Angela White

Ti Voglio Per Me

romanzo

Copyright © 2019 Angela White

Proprietà artistica e letteraria riservata
ISBN - 9781096617051

Questa è un'opera di fantasia. Nomi, personaggi, luoghi ed eventi narrati sono il frutto della fantasia dell'autore o usati in maniera fittizia. Qualsiasi somiglianza con persone reali, viventi o defunte, eventi o luoghi esistenti è da ritenersi puramente casuale.

Ti voglio per me
Beauty and the Beast Vol. 1

Prefazione dell'autrice

I romanzi della serie *Beauty and the Beast* sono tutti liberamente ispirati alla celebre e amata fiaba.
Sono autoconclusivi, indipendenti tra loro e si possono leggere nell'ordine che preferite.

Alle donne che avrebbero scelto Erik, il Fantasma dell'Opera.

La finestra della torre si affaccia a strapiombo sulla notte del Vermont. Domina la foresta, sconfinata e bianca di neve. Il castello, arroccato tra le montagne, è irraggiungibile come il nido dell'aquila. Impossibile da abbandonare per chi non ha le ali.

Io non ho le ali, eppure lui mi fa volare.

Lui non mi lascia andare.

Poso la mano sul vetro per avvicinarmi a quel paesaggio che sembra dipinto, di una bellezza tenebrosa e gelida. Ma il freddo è confinato fuori, come il resto del mondo. Le cime ghiacciate degli alberi fremono al soffio del vento. Dalla cornice del finestrone, qui in alto, al caldo e nel buio, è uno scenario da fiaba. Una favola antica e pericolosa, dove cedere alla tentazione significa perdersi e ogni incanto pretende il suo prezzo. La mia libertà. I miei sogni. La mia vita. Ma avevo una vita, prima di lui? Ricordo com'era e rabbrividisco, anche se la stanza è perfettamente riscaldata. Il tepore scivola nei tubi dentro le pareti come sangue bollente sotto la dura pelle di un gigante. Nel caminetto le braci sfavillano, languide e roventi. Sotto le mie dita, la vetrata è fredda. È una barriera che non posso oltrepassare. Non mi lascia andare. Sarebbe così facile dimenticare...

Sii forte, Annabelle!, mi dico risoluta. *Non arrenderti. Non cedere!*

Lui è dietro di me. Sento il suo corpo tra le ombre. Il mio cuore accelera, ma non è una sorpresa. Lui è con me anche quando non lo vedo. La sua presenza mi avvolge come il calore delle fiamme quando allungo le mani verso il fuoco, come l'aria che mi entra dentro a ogni respiro. Lui. Declan Lions.

Sii forte, Annabelle.

Le sue braccia mi circondano, il suo respiro mi sfiora il collo quando posa le labbra dove il mio battito pulsa impazzito. Mille brividi mi increspano la pelle e chiudo gli occhi. Mi appoggio a lui. Vorrei abbandonarmi a lui. Essere sua. Essere come lui mi vuole. Io lo voglio, ma non gli importa. Non gli importa dei miei desideri, e devo andarmene per questo. Sì, devo essere forte. Devo! Prima di perdermi completamente.

La mia testa è sulla sua spalla. Le sue mani sul mio corpo stropicciano pigramente la sottoveste di seta che indosso. Arriccio le dita dei piedi contro il pavimento di legno. Vorrei mettermi sulle punte e stringermi a lui. Sentirlo di più, perché non è mai abbastanza. Ma lui è già dentro il mio cuore, con radici così profonde che per strapparlo via dovrei squarciarmi il petto.

Sii forte, Annabelle.

Me lo ripeto come un mantra, mentre le sue mani mi accarezzano. La sensazione della seta sulla pelle è qualcosa di nuovo e sconosciuto per me. Non l'avevo mai indossata, prima di incontrare lui. Ignoravo un'infinità di cose, di me stessa e del mio cuore. Quanto sono capace di amare. Quanto profondamente si può soffrire. Con la punta della lingua Declan lambisce la mia gola. Mi sfugge un gemito che non so reprimere. Non so come fare a non amarlo, a non desiderare il tocco delle sue mani sul mio corpo. Lo sento sorridere e il suo è sempre un sorriso storto. Solo l'angolo destro della bocca si solleva, nel disegno sensuale di un ghigno. Vorrei essere forte e lui lo sa. Sa che sto lottando contro di lui. Contro me stessa. È una guerra, e Declan conosce bene la guerra. Quando combatte, non si fa scrupoli. Vuole vincere. È spietato, dolce e sensuale, mentre mi accarezza pazientemente. Sono la sua conquista. La sua prigioniera. Sto tremando tra le sue braccia e Declan lo sente, mentre mi inarco contro le sue mani, ogni lembo della mia pelle attraversato da un irresistibile magnetismo. Il mio sangue è bollente. Il mio respiro si spezza. Le sue dita disegnano arabeschi leggeri sulla mia sottoveste. Mia... no, non è mia. Nulla di quello che indosso mi appartiene. Non ho mai potuto permettermi gli abiti che lui mi fa trovare. Capi costosi dal taglio sartoriale, tessuti che sembrano filati dalle fate. Non avrei mai creduto che sarei stata capace di portarli. Essere sofisticata ed elegante. Essere diversa dalla Annabelle che sono stata per ventun anni. Sempre in jeans e maglioni. Vecchi scarponi, sciarpa, berretto di lana e il solito parka. Una ragazza come le altre. Soltanto un po' più sola, più chiusa, meno interessante. Ma i vestiti di quella Annabelle, i miei vestiti, a un tratto sono tutti spariti. L'ho già detto: quando vuole qualcosa, Declan Lions non si fa scrupoli. Non ha mai dubbi, né esita. Vive secondo le sue regole. La sua volontà è legge, qui al castello.

 Sfiora l'orlo della sottoveste, pizzo bianco a impreziosire la seta color indaco che scende fino a metà delle mie cosce. Le schiudo per lui senza quasi accorgermene. Un istinto naturale come respirare. Affondo i denti nel mio labbro inferiore, mentre l'unica cosa che vorrei è prendergli la mano e guidarla dove più desidero sentirla. Ritrovare la pressione del suo palmo e poi i lenti, piccoli cerchi che traccia sapientemente in punta di dita. È la sua mano sinistra, con il mezzoguanto di cuoio nero che sempre nasconde la devastante rovina degli sfregi. Vorrei che mi toccasse. Mi sento palpitare. Sono in fiamme. Arrossisco. Mi sento bagnata. Declan ferma la mano tra le mie gambe, grande, calda e a me meravigliosamente familiare. Ma troppo lontano da dove la voglio. Non la muove più, come se fosse stanco e solo desideroso di riposare. Io vorrei urlare. Vorrei riscuotermi, allontanarmi, fuggire. Lontano da lui? Il mio respiro si trasforma in un singhiozzo e una lacrima scende a rigarmi la guancia. Declan mi prende il mento tra le dita e porta il mio viso verso di sé. Bacia via la sottile scia salmastra.

«Mi incanti anche quando piangi, Belle.»

Come ogni volta, fin dal primo momento, la sua voce scende nel profondo di me simile a un miele oscuro. Velluto strascicato, arrochito da troppi silenzi.

L'unica voce che avrei mai potuto amare, ho pensato la prima volta che l'ho udita. Come faccio a essere forte?

Eppure devi riuscirci, Annabelle. Per te. Per lui.

Apro gli occhi e il cielo stellato appare vicinissimo. Molto più del mondo che corre forsennato oltre i confini del castello, al di là del lago ghiacciato e della foresta, dei sentieri scoscesi e pieni di neve. In alto la luna è piena e perfetta.

«Sembra una perla. È bellissima» osservo, commossa dalla sua solitudine, sebbene circondata dalle meraviglie del firmamento.

Declan sfrega il naso contro il mio, teneramente.

«Tu sei bellissima, Belle.»

Scuoto il capo, senza ritrarmi. Dovrebbe essere il mio no, ma in realtà prolunga ancora quel dolce scambio di effusioni.

«Sono tua prigioniera.»

«Prigioniera? Vorresti andar via, mia luce? Da qui? Da me? Davvero?»

Ogni parola è un bacio sulle mie labbra. E poi sono io a baciarlo. Apro la bocca per lui, mi lascio invadere dalla sua lingua, che danza insieme alla mia. Non mi basta e comincio a tremare. La sua mano si posa sul mio seno, scivola sotto la seta e stuzzica il capezzolo inturgidito. Ansimo sensibile e mi sento morire. Voglio di più. Voglio lui. Tutto di lui. Ma Declan non si darà mai a me.

«Lasciami andare» lo imploro, eppure suona così diverso alle mie orecchie. *Lasciati amare. Fa' l'amore con me, Declan.*

Lui scuote la testa, inesorabile.

«Questo mai, Belle. Ricorda che sei tu a essere venuta da me. Hai ignorato tutti gli avvertimenti e sei entrata nel mio mondo. Mi hai cercato, mi hai risvegliato quando credevo di essere morto. Tu hai fatto tutto questo. Tu mi hai portato la tua luce. Adesso dovrei lasciarti andare via? No, mai.»

«Declan, vuoi tenermi prigioniera per il resto dei miei giorni? Non è possibile.»

«Ah Belle!» ride piano, di cuore e incantato. È sempre così, quando mi comporto in maniera tremendamente ingenua ai suoi occhi. «L'impossibile è solo qualcosa che gli altri non hanno mai fatto. Gli altri sono meschini, crudeli e invidiosi. Menti piccole e un cuore ancora più piccolo. È da loro che vuoi tornare? È là fuori che vuoi andare? C'è solo freddo, là fuori. Resta con me. Qui è così bello. Così caldo.»

Tra noi c'è fuoco, fiamme roventi che lambiscono e divorano. Divorano tutto. Anche me, penso, abbassando le palpebre.

La sua bocca mi bacia languidamente sul collo. La sua mano si muove, sale tra le mie gambe, si ferma là dove la desideravo di più. Le sue dita fanno tutto ciò che sognavo. Mi schiudono, mi accarezzano, mi esplorano lentamente. Si bagnano e mi bagnano. Eccoli i piccoli cerchi, e poi la punta di un dito mi penetra dolcemente, con un ritmo magico che fa impazzire il mio cuore. Batte dentro il mio petto come un uccellino disperato. In gabbia anche lui. Chissà se gli usignoli imparano ad amare la loro prigione?

«Resta con me, Belle. Nel mio mondo sei una regina. Devi solo accettare che questo regno ha dei confini. Sono le mie regole. Accettale tutte, non solo quelle che ti piacciono come questa. Basta combattere, mia luce. Sei venuta da me. Adesso vieni per me, mia bellissima Belle.»

Dal profondo della mia gola il suo nome sfugge strozzato, mentre il piacere mi travolge come un relitto nel maelstrom.

«Declan!»

Di nuovo lo sento sorridere. Dovrei odiarlo. Non posso. Dovrei odiarmi e sì, posso riuscirci. Mi accascio contro la finestra e poso la fronte sul vetro, dolorosamente gelido a contatto con la mia pelle accaldata. Mi tremano le gambe. I capelli mi cadono intorno alle spalle, come uno scialle dietro il quale nascondermi. Sto tremando tutta.

«Non hai vinto» gli dico, tra un ansito e l'altro. Cerco di ritrovare il controllo sul mio respiro. Almeno quello, perché non ho speranza di riuscirci sulle mie emozioni.

«Non hai vinto» ripeto bassamente, ed è vero. Non è contro di lui che ho perso, ma contro me stessa.

Sii forte, Annabelle!

Come faccio a essere forte? Come posso riuscirci?

Declan mi attira a sé e ciò che vorrei è abbandonarmi contro il suo corpo. Così forte. Solido e reale. Voglio sentirlo sotto le mie mani. Voglio smarrirmi nel profumo della sua pelle.

«Ti prenderò per tutta la notte» mi promette all'orecchio, prima di lambirlo con la punta della lingua, mordicchiando il lobo fino a strapparmi un gemito. So che lo farà, perché lo ha già fatto altre notti. Singhiozzo, quando mi solleva per portarmi sul letto. Gli passo le braccia intorno al collo, nascondendo il viso contro la sua spalla.

«Ti prego, permettimi di...»

Mi fa tacere con un bacio. Un bacio selvaggio, feroce e possessivo.

«Basta, Annabelle» mi avverte, catturando il mio labbro inferiore tra i denti. «Basta chiedermi di lasciarti andare. Non lo farò mai. Mai. Perché non posso. Dannazione, non posso! Sei mia prigioniera? Sì, lo sei. Ma anche tu hai imprigionato me. Tu, Annabelle. Tu hai fatto tutto questo. Tu sola mi hai fatto questo.»

La mia sottoveste è ridotta a brandelli dall'impeto delle sue mani. Declan si avventa sul mio corpo come un assetato nel deserto farebbe all'improvvisa apparizione di una pozza d'acqua. Io passo le dita tra i suoi lunghi capelli neri. Gli cadono sulle spalle come il setoso manto di un leone.

Permettimi di amarti.

Questo volevo dirgli.

Nient'altro.

Capitolo 1

Un mese prima

Annabelle Mayfair posa un mazzo di lilium di fronte alla lapide dov'è inciso il nome di suo padre. Infagottata nel vecchio parka verde scuro e con l'ombrello nero da uomo a ripararla dalla pioggia, nessuno le rivolgerebbe mai una seconda occhiata, passando per il cimitero di Menton. Ma degli sguardi degli altri, Annabelle non si accorge mai.
Accucciata sull'erba bagnata, indifferente al freddo di quella mattina di Novembre, la ragazza accarezza le lettere scolpite dal marmista.

Benjamin Mayfair
Padre adorato

Sotto, due date. La più recente di pochi giorni prima.
Annabelle potrebbe pensare che anche il cielo sia commosso per la morte del suo papà e ne pianga la mancanza come lei. Il Professor Benjamin Mayfair ha trascorso la vita con il naso per aria a studiare le stelle, almeno quanto Annabelle tiene il suo

sempre ficcato tra le pagine di un libro. Ma questa è Menton, e piove sempre a Menton. E quando non piove, il cielo è di un grigio cupo che ben si adatta all'umore tetro della cittadina.

Ventimila abitanti, per lo più militari in congedo. Anziani, perché i giovani non restano mai a Menton. Non saprebbero che farci. Tempo prima era un centro fiorente, abbastanza vicino a Seattle da permettere agli operai e ai colletti bianchi la vita rispettabile, anche se stancante, dei pendolari.

"Rispettabile" era la parola preferita della matrigna di Annabelle. Ad Annabelle sono sempre piaciute tantissimo le parole. C'è chi colleziona francobolli e chi farfalle. Lei è una collezionista di parole. Insolite e comuni, nuovissime e antiche, desuete e ricorrenti. Qualsiasi parola, purché capace di esprimere un arcobaleno di emozioni. Da bambina, quando leggeva le favole sui suoi librettini tenendo il segno con il ditino, Annabelle era convinta che le parole fossero magiche.

Anche Benjamin Mayfair è stato per anni uno dei pendolari che facevano avanti e indietro da Seattle. Non per un lavoro in banca o in una delle fabbriche della metropoli, ma come insegnante di scienze in una scuola privata. Quando si era presentata la possibilità di quel ruolo, Mildred, la matrigna di Annabelle, aveva insistito per trasferirsi. Secondo Mildred Mayfair, Menton aveva molto più da offrire alla loro famiglia del Montana dove Annabelle aveva passato l'infanzia. Soprattutto c'erano maggiori possibilità di un futuro brillante per Drusilla. Drusilla era la figlia di Mildred e "brillante" era un'altra parola che Mildred adorava. Drusilla era venuta a vivere con loro, quando sua madre aveva sposato il papà di Annabelle. Drusilla era già una signorina di ben tredici anni, quindi era giusto che avesse una stanza tutta per sé, potesse truccarsi, ascoltare lo stereo ad alto volume e sbattere le porte, se la conversazione non le piaceva. Ad Annabelle, che di anni ne aveva appena nove, non serviva molto spazio, sempre secondo Mildred. La nuova moglie di suo padre credeva fermamente ne "Il mondo secondo Mildred". Perciò la cameretta vicino alla lavanderia sarebbe stata perfetta per Annabelle.

"E poi non hai molte cose, vero Annie? Quei giocattoli da bimbetta sono tutti rimasti nel Montana. Sarebbe stato molto sciocco caricarsene durante il trasloco. Non servivano più. Tu non sei più una bimbetta, vero tesoro?"

Annabelle aveva annuito, perché si era accorta che suo padre sembrava preoccupato. Il nuovo lavoro, il trasferimento... no, Annabelle non era una bambina. Aveva capito che suo padre aveva bisogno del suo sostegno e quindi non avrebbe causato problemi. Le dispiaceva solo che la mamma restasse tutta sola nel Montana. Chi le avrebbe portato i fiori, se loro andavano via? Annabelle non ricordava molto di sua madre, perché era morta quando lei era più piccola. Succedeva che il suo volto le si confondesse nella memoria, però c'erano dettagli che restavano indelebili, come il tono dolce della sua voce quando le leggeva *Cenerentola*, *La Bella Addormentata* e *Biancaneve*. Tutte principesse, che sarebbero state per sempre felici e contente insieme al loro principe.

"Troverò anch'io un principe, mamma?"

"Certamente, Annabelle. Quando ti innamorerai, allora lui sarà un principe. Il tuo principe."

Suo papà era stato il principe della mamma, Annabelle di questo era sicurissima. Un principe un po' sbadato e sempre distratto, tanto bisognoso di qualcuno che si prendesse cura di lui. Annabelle si era impegnata con tutta se stessa dopo la morte della mamma per assumersi quel compito, ma i suoi sforzi non erano bastati, altrimenti Mildred e Drusilla non sarebbero entrate nella loro vita. Invece suo padre si era risposato ed era sinceramente convinto di aver fatto ad Annabelle il più bel regalo del mondo.

"Principessina, lo so che Mildred non sarà mai come la mamma, però ti vuole bene. Ci sarà sempre per te, soprattutto adesso che stai per diventare una piccola donna. Mildred sa benissimo come affrontare tutti i pasticci del crescere. Ha fatto esperienza con Drusilla e vedi anche tu che la ama infinitamente. Non è una meraviglia? Così avrai una sorella. Sarai parte di una famiglia e non sarai mai sola. Mai."

Eppure "meraviglia" non era una parola a cui Annabelle pensava spesso, vivendo con la matrigna e la sorellastra.

Un altro ricordo indelebile di Annabelle è che sua mamma aveva amato tantissimo i lilium. I lilium erano i fiori preferiti anche di suo padre proprio per quella stessa ragione.

"Nessuno porterà più i lilium alla mamma" aveva sussurrato Annabelle, mentre partivano diretti a Menton, nella station-wagon stipata all'inverosimile. Mildred aveva scrollato le spalle, sistemandosi il cappello sui riccioli freschi di parrucchiere.

"Annie, tesoro, non darti pensiero. Sono passati secoli, ormai. Lì sottoterra, di tua madre, sarà rimasto solo un mucchietto di cenere."

Un giorno, nel ritornare a casa dal lavoro, suo padre era sceso alla stazione sbagliata del treno. I ferrovieri lo avevano trovato in uno stato confusionale. Stanchezza, soltanto quella, aveva riso imbarazzato Benjamin Mayfair. Però una terribile sensazione di freddo si era allargata dentro Annabelle, come una mano di strega che distende i suoi artigli. Angoscia, ma non era una parola da annoverare tra le sue preferite.

La confusione di Benjamin Mayfair si era ripresentata sempre più di frequente, tanto che il giorno della consegna dei diplomi, Annabelle temeva che suo padre non avesse ben chiaro dove si trovavano. Invece l'aveva abbracciata, orgoglioso di vederla vestita con la toga azzurra dei diplomandi e la pergamena arrotolata tra le mani.

"È terribile, terribile! Oh Annie, tesoro, non posso vederlo in queste condizioni. Il mio Benjamin! La sua mente così brillante devastata da una forma precoce di Alzheimer. Non riesco a sopportarlo! Non riesco proprio! Mi fa troppo male! E poi come faremo a pagare le cure? Un'infermiera a tempo pieno, dice il dottore! Fa presto, lui! Dove troveremo i soldi? Oh Annie, tesoro! Perché tuo padre ci ha fatto questo?!"

Annabelle aveva sentito una stilettata al cuore al pensiero che la matrigna stesse incolpando suo papà per quella malattia.

"Posso provare a occuparmi io di lui. Adesso che ho finito il liceo ho molto più tempo libero... e magari potrei prendermi un anno sabbatico prima di cominciare il college. Finché non avremo trovato un'altra soluzione."

"Oh Annie, tesoro, sei così cara! Io e la mia Drusilla lo diciamo sempre."

Drusilla aveva finito gli studi, si era sposata ed era andata a vivere nell'Oregon. L'anno sabbatico di Annabelle si era prolungato di ulteriori dodici mesi, e poi di altri dodici ancora. I suoi diciotto anni erano diventati ventuno, e la sua vita orbitava intorno al padre.

Prendersi cura di lui, vederlo cambiare, peggiorare, dimenticare tutto. Dimenticarsi di lei. La guardava, le sorrideva, ma Benjamin non sapeva più chi lei fosse. C'erano volte che anche Annabelle se lo chiedeva: chi sono? Aveva avuto aspirazioni o desideri, prima che la malattia di suo padre fagocitasse la sua vita come un buco nero? La cosa più straniante è che neppure riusciva a rispondersi.

Le amiche di scuola erano partite per l'università, tutti i compagni del liceo si erano trasferiti da qualche altra parte. Anche Jake Russell, per il quale Annabelle aveva avuto la sua prima, immensa cotta. L'unico ragazzo che avesse baciato, dopo un pomeriggio al cinema passato con le mani intrecciate nel sacchetto dei popcorn, di fronte al maxischermo dove un giovane Leonardo Di Caprio faceva volare Kate Winslet sulla prua del *Titanic*.

Intanto era arrivata la crisi economica e le aziende di Seattle avevano cominciato a licenziare. Le famiglie con i bambini si trasferivano altrove per cercare lavoro. Inesorabilmente Menton aveva cambiato volto. I negozi chiudevano e Annabelle non conosceva più nessuno nel quartiere.

"Questa città non è più così rispettabile! Dovremmo andare a Portland, così almeno staremmo vicine a Drusilla" aveva proposto Mildred una sera, mentre cenavano da sole in cucina. Annabelle l'aveva guardata con occhi spalancati.

"Ma non possiamo! Papà non è in grado di affrontare un simile cambiamento. Sta sempre peggio!"

La sua matrigna si era messa a piangere.

"E credi che non lo sappia? Che non lo veda? Oh Annie, tu non hai idea di come mi faccia male vederlo in quello stato. L'uomo che ho sposato! L'uomo che amavo!"

"*Amavo*" aveva ripetuto Annabelle, raggelata da quell'uso di tempo passato.

"Io devo andare un po' da Drusilla! Ci sono i bambini, e che razza di nonna orribile penseranno che io sia se non vado mai a trovarli? Non basta certo far loro dei regali perché mi vogliano bene."

Annabelle su questo era d'accordo, sebbene tutto si potesse dire di Mildred tranne che non fosse prodiga di doni nei confronti dei nipotini.

"E poi, povera la mia Dru, sai com'è difficile avere a che fare non con uno, ma con ben due bambini di tre anni? Oh, non mi perdonerò mai di non esserle stata vicina."

Mildred si era trasferita dalla figlia per sette mesi dopo la nascita dei gemelli. Annabelle si chiedeva come avrebbe potuto esserle più vicina. La sua matrigna, comunque, restava di tutt'altro avviso, così aveva fatto di nuovo i bagagli per andare a trovare la figlia.

Il maggiore MacTrevor era rimasto sbalordito.

"Quella stupida strega irresponsabile ti ha lasciato da sola con tuo padre in quelle condizioni?" aveva sbraitato fuori di sé, quando Annabelle gli aveva raccontato l'accaduto.

Il maggiore MacTrevor aveva sessant'anni ed era il migliore amico di Annabelle, oltre che il suo datore di lavoro e il suo mentore. Maggiore del Corpo dei Marines, ormai in congedo da anni, si occupava della Biblioteca Pubblica di Menton.

Dopo il diploma, aveva offerto ad Annabelle un lavoro part-time come archivista. Le aveva insegnato a catalogare i libri, organizzare le scansie, riconoscere la corretta datazione delle edizioni. Soprattutto il maggiore aveva offerto ad Annabelle un luogo dove rifugiarsi, quando tutto diventava così pesante da schiacciarla al suolo come una formica. A volte Annabelle si sentiva proprio così: piccola come un insetto, disperatamente presa da un inutile affannarsi.

Lei e il maggiore erano amici perché condividevano lo stesso amore per le parole. Anche lui ne faceva collezione, ma una volta aveva confessato che una parola gli mancava. C'era una parola che non esisteva in nessuna lingua del mondo.

"Esistono gli orfani e i vedovi, ma come si definisce un padre che seppellisce suo figlio? Piccola, in natura non dovrebbe mai accadere una cosa simile."

Quella volta Annabelle lo aveva abbracciato, in ginocchio sul pavimento della Biblioteca dove lo aveva trovato riverso una domenica mattina. Accartocciata accanto al maggiore c'era la lettera di Stato che dolorosamente annunciava la morte del sottotenente Scott MacTrevor.

No, non passa mai nessuno dal camposanto di Menton, e Annabelle sa che può piangere senza essere vista. Le sembra che in tutta la città, ormai, non ci sia più un'anima.

«Ciao papà» sussurra, baciandosi la punta delle dita per poi posarle sulla pietra fredda, umida di pioggia. Prende un respiro profondo e si alza, per tornare in una casa dove non c'è nessuno ad aspettarla. Dopo il funerale, Mildred aveva detto che non sopportava di sentirsi circondata da ricordi tanto dolorosi, così Drusilla l'aveva portata via con sé.

«Annie, tu resti qui, vero? Ci sono ancora molte cose di cui occuparsi e mamma non può restare senza di me. È sconvolta. E poi ci sono i gemelli...»

Annabelle era restata e si era occupata di seppellire suo padre.

Sta per andarsene, ma si ferma nel vedere il maggiore MacTrevor a pochi passi da lei. Senza ombrello e con l'impermeabile fradicio. La solita espressione burbera. Lo sguardo sempre gentile.

«Piccola, davvero pensavi che ti avrei lasciata qui tutta sola? Tu con me non lo hai fatto.»

**

«Adesso cosa farai?»

Seduta a uno dei tavoli della silenziosa Biblioteca di Menton, Annabelle stringe tra le mani una tazza di tè. Il tepore passa dalla ceramica alla sua pelle, ma lei continua a sentirsi gelata.

«Non lo so, maggiore» risponde con sincerità. Solleva la testa e lascia vagare lo sguardo per la biblioteca chiusa. Gli scaffali sono quasi tutti vuoti. I volumi sono stati impilati e spediti alle loro destinazioni, secondo quanto stabilito dal Consiglio Cittadino, una volta decisa la chiusura per mancanza di fondi.

«È così triste! Un altro pezzo del mio passato che se ne va» mormora lei con un sospiro.

«Piccola, tu sei troppo giovane per avere un passato. Devi pensare solo al presente. E al tuo futuro. Finalmente puoi averne uno.»

Annabelle abbassa gli occhi e il maggiore maledice la propria mancanza di tatto.

«Sono un bestione. Mi dispiace. So quanto amavi tuo padre. Ma devi pensare al tuo futuro proprio per lui: credi che il Professor Mayfair avrebbe voluto che sprecassi la tua vita qui a Menton?»

Annabelle scuote il capo. No, nessuno vuole restare a Menton. Presto anche il maggiore sarebbe partito per passare il resto della pensione al sole della California, accanto alla figlia che gli era rimasta.

«Vorrei riprendere gli studi, ma il mio fondo per l'università è stato speso in gran parte per le cure mediche di papà. Devo trovarmi un lavoro» afferma Annabelle risoluta. «Ma cosa potrei fare? Non ho una qualifica.»

«Sei una brava bibliotecaria e un'archivista migliore di me. Anzi, più ancora di questo, piccola: sei una bibliofila.»

Annabelle gli sorride, confortata dal suo incoraggiamento. Tuttavia ha i piedi saldamente piantati per terra. Accenna al luogo desolato intorno a loro, già smantellato e prossimo al suo termine definitivo.

«Non mi pare che siano competenze molto spendibili nel mercato del lavoro.»

Il maggiore MacTrevor non risponde, chiuso in un silenzio che Annabelle ha imparato a conoscere bene. I silenzi del maggiore sono speciali perché carichi di parole. Parole invisibili che volano nella sua testa, oltre la fronte corrugata e le sopracciglia aggrottate in una riflessione profonda.

Quando i suoi "silenzi speciali" hanno fine, allora dice sempre qualcosa di estremamente importante. Annabelle resta in attesa. Quasi sussulta appena lui si alza in piedi e raggiunge quella che è stata la sua scrivania per tutti gli anni trascorsi a occuparsi della Biblioteca di Menton. Dalla tasca dei pantaloni tira fuori una piccola chiave e fa scattare la serratura di un cassetto.

«Ci sarebbe un lavoro per te. Però è lontano da qui.»

«Molto lontano?»

«Nel Vermont. In un castello tra le montagne.»

Annabelle guarda il maggiore, chiedendosi se per caso stia scherzando.

«Un castello? Nel Vermont?»

Lui distoglie lo sguardo

«Hai presente come sono certi miliardari... Tutti eccentrici, con manie impossibili da capire. Anche il proprietario di questo castello è così. Una specie di eremita, ma ricchissimo e con una sconfinata collezione di libri bisognosi di qualcuno che se ne prenda cura. Mi ha offerto il posto di archivista, ma preferisco raggiungere la mia Ellen a Los Angeles.»

Sul tavolo di fronte ad Annabelle, il maggiore posa una lettera sigillata. Sulla busta è riportato l'indirizzo del destinatario, un posto nel Vermont che lei non ha mai sentito. Come quel nome, del resto. Declan Lions. Annabelle ne segue le lettere con la punta dell'indice.

«Niente email, ma referenze scritte a mano alla buona, vecchia maniera?» domanda con un sorriso. Lui la ricambia stancamente.

«Non devi decidere adesso, piccola. Ma è una possibilità. Tienila con te.»

Annabelle abbassa gli occhi, sentendoli pizzicare.

«Il suo regalo di addio? Grazie.»

«No, il mio regalo è questo» le risponde, offrendole il libro che ha custodito a chiave insieme alla lettera per il misterioso Declan Lions.

Annabelle accetta con un sorriso commosso. Adesso le lacrime non riesce a trattenerle.

«È *Grandi speranze*! La prima volta che sono entrata qui, stavo cercando proprio questo titolo.»

L'uomo annuisce.

«Lo so. E quando lo hai riportato, ricordo che hai detto che era il tuo libro preferito.»

«E lei mi ha risposto che Dickens era il suo scrittore preferito. Noi saremo sempre amici, vero maggiore? Anche se lei domani sarà in viaggio per la California e io... io non lo so dove sarò. Noi restiamo amici.»

«Naturalmente, piccola. Non esiste amicizia più sincera di quella tra persone che amano gli stessi libri.»

***

Quando Annabelle apre la porta di casa, con la copia di *Grandi Speranze* stretta tra le braccia, si stupisce di trovare la luce accesa.

«Drusilla, ma sei tu!» esclama alla vista della sorellastra.

Drusilla le va incontro e la abbraccia, affogandola in una nuvola di profumo al patchouli. Bacia rapidamente l'aria accanto alle guance di Annabelle.

«Annie! Oh finalmente, sei tornata! Non sarai rimasta al cimitero fino a quest'ora, voglio sperare! Scusa, ma proprio non me la sono sentita di venirti a cercare in… in quel posto. Sono diventata così impressionabile dopo la gravidanza.»

«Sei qui» mormora, ancora incredula. «Sei da sola?»

L'altra annuisce, mentre comincia a camminare irrequieta. Annabelle la segue con gli occhi, esausta solo a guardarla. Drusilla è sempre stata iperattiva, ma in maniera discontinua, cominciando mille cose e poi abbandonandole presto.

«Sì, certo che sono sola, sciocchina. Credi che avrei portato i bambini in una circostanza così lugubre? Dio, questo luogo trasuda negatività! Hai sistemato i cristalli come ti avevo spiegato? È importante riequilibrare le energie.»

Annabelle prende un respiro profondo. A lei non sembra affatto che la casa *trasudi* qualcosa, anche perché si è sempre data da fare per tenerla in ordine e pulita. Quando negli ultimi tempi suo padre urlava la notte, svegliandola di continuo, sbrigare le faccende domestiche si era rivelato un ottimo modo per non pensare. E poi, quando lui era morto, tirare tutto perfettamente a lucido era stata la sola cosa che Annabelle fosse riuscita a fare, prima di crollare sul divano in un sonno pastoso e senza sogni.

«No, non l'ho fatto, Dru. Mi dispiace, ma non ho avuto il tempo» risponde alla sorellastra, che solleva con rassegnazione gli occhi al cielo.

«Non ne sono nemmeno stupita, Annie. Eppure avevo provato a spiegarti con attenzione come fare. Dovrò lavorare su me stessa, per capire come gestire questa tua connaturata difficoltà a svolgere anche i compiti più semplici» aggiunge, con un ampio gesto a cerchio delle braccia, prima di unire le mani in quello che ad Annabelle ricorda un saluto yoga. «Certo dovrai impegnarti anche tu, Annie, o la nostra convivenza diventerà impossibile.»

Annabelle ha un sussulto a quelle parole.

«Convivenza? Quale convivenza?»

Drusilla la fissa con una durezza che quasi la spinge a indietreggiare. Le labbra strette in una linea sottile e gli occhi come schegge di ghiaccio. Questa è la Drusilla con cui lei è cresciuta. La Drusilla di cui Annabelle non ha mai sentito la mancanza, dopo la sua partenza per il college.

«Quanto pensi di poter restare ancora in questa casa, Annie? Mio Dio, lo dicevo alla mamma che era un errore proteggerti da tutto, ma lei ha sempre voluto tenerti nella bambagia. Sempre! Così, povera mamma, si è dovuta occupare lei delle notifiche della banca.»

«La banca?»

Drusilla sembra quasi sul punto di darle uno schiaffo. A volte lo faceva, i primi tempi, quando Annabelle era piccola. Poi erano seguiti i pizzicotti. "E non andare a frignare dal tuo papino, Annie. Perché le spie non piacciono a nessuno."

«La casa è pignorata! Come credi che abbiamo pagato i conti per le cure mediche di Benjamin?»

Annabelle sente vacillare il pavimento sotto i piedi.

«Ma papà aveva l'assicurazione e i risparmi... ed era rimasto ancora qualcosa dei soldi che la mamma mi aveva lasciato per l'università...»

«Quella miseria? Tutto andato da un pezzo! Mentre tu giocavi alla piccola infermiera, felice di avere il tuo papino solo per te, mia madre ha dovuto affrontare non immagini quali situazioni! Oh, non so come non abbia avuto un esaurimento nervoso. Va bene, lo riconosco: mamma non ha speso proprio fino all'ultimo centesimo esclusivamente per Benjamin, ma andiamo! In una situazione così intollerabile aveva bisogno anche di lei di qualche gratificazione. Non vorrai fargliene una colpa, spero?»

In silenzio Annabelle si trascina fino al salotto, lasciandosi cadere sul divano senza neppure togliersi il parka.

«Ma dove andrò, se ci portano via la casa?» domanda smarrita, sollevando lo sguardo su Drusilla. Questa prende un respiro profondo, le mani di nuovo giunte sotto il mento e un'espressione raggiante sul viso.

«Te l'ho già detto, stupidina: tu verrai a stare da me. Ora, mamma non è d'accordo che io mi sacrifichi in questo modo, ma le ho assicurato che tu non accetteresti mai di continuare a fare la scroccona…»

Una fiammata di rabbia attraversa Annabelle.

«*Scroccona*? Io mi prendevo cura di papà, Drusilla! Per questo sono rimasta qui!»

La sua sorellastra non si lascia turbare.

«A maggior ragione vorrai renderti utile e ripagare la generosità mia e di mio marito. Ora, si dà il caso che i gemelli abbiano sempre più esigenze con la crescita. Potrai occuparti di loro. Per te sarà sicuramente più appagante che continuare a prenderti cura di malati terminali.»

«Prendermi cura di malati terminali?» ripete Annabelle incredula. «Drusilla, ma che stai dicendo? Io non sono un'infermiera e neanche una puericultrice!»

«Un'infermiera, Annie cara, lo sei stata per gli ultimi tre anni. Sul fatto che non sei qualificata a occuparti dei miei figli, siamo d'accordo entrambe. Per questo vitto e alloggio mi sembrano una ricompensa sufficiente per te. La mamma è dubbiosa, ma io le ho assicurato che ti impegnerai, perché la riconoscenza è sempre una spinta molto potente. Sono certa che molto presto non ti occorrerà più la mia presenza. Le mie istruzioni e la mia supervisione, quelle sempre: dopotutto parliamo dei miei figli e della mia casa...»

«Casa?!»

Drusilla scrolla impercettibilmente le spalle.

«Converrai anche tu, Annie, che aspettarsi una mano a tenere in ordine non sia nulla di eccessivo da parte mia. Comunque su questo sento di poterti concedere abbastanza autonomia. Da quello che posso vedere non hai fatto un lavoro troppo malvagio, qui dentro. Io riprenderò la mia carriera da dove l'ho dovuta sospendere con la nascita dei gemelli e...»

«No.»

Drusilla si interrompe, guardando Annabelle come se non avesse capito quella semplice sillaba, scandita come uno sparo.

«Prego?»

Annabelle si sente le guance in fiamme e i polmoni bruciare. Sta tremando e chiude a pugno le mani, le unghie affondate nei palmi. Si alza in piedi.

«No! Ho detto no! Non sarò la tua schiava, Drusilla.»

«Schia-schiava?!» balbetta l'altra con una risatina incredula.

Annabelle ha il respiro affannato.

«Che tu possa crederlo o meno, anch'io ho delle aspirazioni e dei sogni. Sogni che, mi dispiace dovertelo dire, Dru, non comprendono pulire i tuoi pavimenti o fare da baby-sitter ai tuoi figli.»

Lo sguardo della sorellastra si raggela in un modo che quasi spaventa Annabelle. I suoi occhi la squadrano da capo a piedi, facendola sentire un insetto.

«Oh! La principessina Annie ha sogni e aspirazioni! E noi, miseri mortali, non possiamo certo farne parte. Ma andiamo, svegliati! Cosa credi di poter fare? Non hai un titolo di studio, una qualifica, una preparazione di nessun tipo! Non sai neppure presentarti come si deve e sei completamente priva di fascino!»

Annabelle è schiacciata dalle parole di Drusilla. In cuor suo ha sempre saputo che la sorellastra non la trovava simpatica, tuttavia non ha mai immaginato che la disprezzasse a tal punto. Si sente la gola stretta dalle lacrime e non riesce neppure a parlare.

Drusilla solleva in aria le mani in un gesto irritato.

«Mamma lo diceva che ti saresti comportata da ingrata pretenziosa, ma io l'ho ascoltata? No, certo che no!»

Impettita raggiunge il guardaroba all'ingresso e indossa il cappotto. Si volta verso Annabelle con un'occhiata astiosa.

«Prenditi la notte per rifletterci sopra, Annie. Quando passerò domani mattina, sarà la tua unica occasione per accettare la mia offerta. Non te la presenterò di nuovo. Tra poco sarà il Ringraziamento. Spero che ti renderai conto che hai un grande motivo per essere grata, e cioè me.»

Anche se sposata e con figli, Drusilla non ha perso l'abitudine di sbattere le porte quando va via. Annabelle sussulta al tuono con cui si chiude l'uscio di casa. Pian piano cala il silenzio e lei lo accoglie come un amico. Abbassa le palpebre, massaggiandosi le tempie stancamente. Ha un'emicrania lancinante e lo stomaco annodato. Con un sospiro si toglie di dosso il parka. La lettera che le ha consegnato il maggiore scivola fuori dalla tasca. Annabelle si china a raccoglierla e legge di nuovo l'indirizzo sulla busta. Ancora una volta, senza sapere il perché, accarezza il nome scritto sopra. Declan Lions.

Il signor Lions sta cercando un'archivista per la sua biblioteca privata. Il signor Lions le darà uno stipendio, che le permetterà di cominciare a costruirsi una vita. Soldi suoi, da risparmiare e anche da spendere, finalmente, solo per se stessa. Pagarsi un affitto, aggiustare la sua vecchia Ford rossa, essere indipendente. Non dover mai più rendere conto a nessuno.

Certo il Vermont è lontano, sulla costa opposta dell'America, ma in questo momento ad Annabelle sembra decisamente un punto a favore. E poi il Vermont ha le montagne, che magari assomigliano un po' a quelle della sua infanzia...

Posso farlo davvero?, si chiede con il cuore che batte all'impazzata.

Grandi Speranze giace sul divano, dove lei lo ha lasciato cadere senza accorgersene. Per Annabelle un libro preferito è come un amico, sempre capace di offrire il consiglio più giusto: basta aprirlo e leggere la prima frase che si presenta ai tuoi occhi.

Apre il ventaglio delle pagine, ma non legge neppure una parola. Scivola fuori una fotografia, che cade sul tappeto del salotto. Lei la raccoglie, sedendosi per osservarla attentamente.

L'immagine ritrae due giovani uomini, uno con il braccio intorno alle spalle dell'altro. È uno scatto rubato, la posa è spontanea. L'istante tra due amici consegnato all'immortalità del tempo. Migliori amici, Annabelle non ha alcun dubbio. È come se quella fotografia le raccontasse la gioia di vivere, la complicità e tutte le speranze per il futuro che quei due ragazzi si portano dentro. Le scende una lacrima, perché riconosce in uno dei due Scott MacTrevor, il figlio del maggiore. L'altro, invece, Annabelle non lo ha mai visto. È più alto di Scott, porta i capelli neri fin troppo folti per un militare, ma non c'è dubbio che anche quel giovane sia un marine. Ha una macchina fotografica al collo, una Leica. Occhi di un azzurro stupendo e un sorriso bellissimo. Lui è bellissimo, pensa Annabelle e sente il cuore battere un po' più forte. Arrossisce. Accarezza il volto dello sconosciuto, i suoi lineamenti eleganti, il sorriso irresistibile sulla sua bocca. Il braccio intorno alle spalle di Scott è un gesto confidenziale, ma soprattutto protettivo.

Annabelle volta la fotografia. Non ci sono nomi, solo una data di pochi anni prima: quando Scott MacTrevor era ancora vivo, antecedente alla partenza per la missione che lo avrebbe ucciso.

Con un sospiro, lei rimette la foto tra le pagine del libro. Poi si stringe il volume al cuore. Non è stato esattamente *Grandi speranze* a suggerirle cosa fare, tuttavia adesso Annabelle non ha più dubbi. Si sente stranamente in pace. Sicura di se stessa e della sua decisione.

Deve preparare subito la valigia, perché domani mattina, prima che Drusilla ritorni, lei sarà già in viaggio per il Vermont.

Capitolo 2

«Sono davvero felice di non avere un cuore, Declan.»

Nuda sul grande letto a baldacchino, mentre l'aurora irrompe tra le montagne del Vermont, Savannah fa ondeggiare il cognac nel napolèon di cristallo. Si volta pigramente tra le lenzuola, per ammirare la luce del sole colorare le fronde degli alberi. Sfumature che vanno dal rosa più tenue al rosso sangue, passando attraverso l'oro e il bronzo. «Se avessi un cuore, mi commuoverei di fronte a tanta bellezza.»

L'elegante bottiglia di liquore, proveniente dalla riserva speciale dei Lions, giace vuota sul pavimento. Savannah posa il bicchiere sul comodino e riporta lo sguardo sul suo anfitrione. L'amico che le ha aperto i cancelli del suo inviolabile castello, dandole rifugio in quei giorni infernali. L'amante che le ha permesso di dimenticare per un po' i suoi guai, annegandoli in un piacere sfrenato e annichilente.

Se avessi un cuore, si spezzerebbe ogni volta che poso gli occhi su Declan Lions, pensa Savannah, mentre osserva l'uomo in piedi accanto alla finestra. È nudo e le offre le spalle. La mano posata sulla tenda stringe nel pugno il ricco drappeggio damascato.

È la mano sinistra, protetta dal mezzoguanto. Savannah sa che la pelle del dorso e del palmo è completamente ustionata e le dite sono un reticolo di cicatrici. Ma così di schiena, Declan Lions è una stupenda statua di carne, le gambe lunghe, le cosce muscolose e i glutei disegnati in maniera assolutamente irresistibile. Un dio, come lo immaginavano Fidia e Prassitele. La curva perfetta della colonna dorsale e la magnifica muscolatura che solo l'addestramento degli *US Marines* ha il potere di cesellare. I capelli gli scivolano sulle spalle come seta nera. Savannah prova a figurarselo sotto il sole dell'Afghanistan, la pelle scurita come bronzo dorato. Adesso la carnagione di Declan è marmo bianco, da troppo tempo accarezzata soltanto dal chiarore della luna.

Un'opera d'arte distrutta dalla stupidità degli uomini, aggiunge lei tra sé, quando Declan si volta. Lo sguardo della donna indugia con sfrontata ammirazione sul suo sesso.

«Se fossi migliore di quella che sono, allora arrossirei» ridacchia con malizia, ma è un pensiero che le lascia l'amaro in bocca. Gli occhi di Savannah risalgono sugli addominali scolpiti, oltrepassano il torace possente e si fermano sul volto di Declan Lions.

Non ho un cuore, eppure mi fa male lo stesso, anche nel vuoto che sento nel petto.

«Hai uno sguardo che fa veramente paura, Declan.»

Lui sorride ed è qualcosa da cui Savannah non riesce a distogliere l'attenzione. Nessuno potrebbe. Un sorriso stupendo per metà. Mentre per l'altra...

«Solo il mio sguardo fa paura, Sav? Non questo? Spavento i bambini. E non solo i bambini» dice lui, accennando alla metà sinistra del suo viso. Una metà tremendamente sfigurata, dove le cicatrici sono così terribili e marcate da rendere inimmaginabile quale fosse il suo antico aspetto.

E invece, questo, si può dedurre benissimo, ammette Savannah. Perché l'altra metà del volto di Declan Lions sembra ancora quella di un angelo. Un contrasto stridente dove bellezza e devastazione si esaltano tra loro.

Sdraiata sul letto, la donna incrocia le mani dietro la testa e accavalla le gambe. Una posa da seduttrice, studiata per mettere in risalto il suo corpo, lasciando intravedere il sesso perfettamente depilato tra le gambe. Sa di essere bella. Ha vissuto della sua bellezza. La sua bellezza le ha permesso di avere un tetto sopra la testa, cibo nel piatto e vestiti con cui coprirsi, una volta arrivata in America, la terra dei sogni e delle opportunità, come clandestina russa di diciassette anni. Aveva cambiato il suo freddo e troppo slavo nome, Svetlana, nel più caldo e assolato Savannah. Prostituta, puttana, mantenuta... molte parole l'hanno accompagnata da allora. Alcune gentili, altre meno, non che a lei importi qualcosa delle parole. L'ultima è stata maîtresse. Dopo aver compiuto i quarant'anni. Dopo che non ha più avuto bisogno di vendersi, ma poteva guidare, amministrare e anche aiutare -*che gli ipocriti si fottano!*- chi sceglieva la sua stessa carriera. Quella parola, maîtresse, insieme al suo nome, è apparsa in prima pagina su tutti i giornali, dando il via allo scandalo che sta facendo tremare l'intera Costa Est degli Stati Uniti. Lei, Savannah: la raffinata signora del più facoltoso giro di escort di tutta Manhattan.

«Mi hai salvato la vita accogliendomi nel tuo castello, Declan. Credimi, alcuni miei ex-clienti fanno molta più paura dei giornalisti. Sono mostri veri.»

«Anch'io sono un tuo cliente. Anch'io sono un mostro.»

«Stronzate, Declan: ti ho mai fatto pagare? No. Quindi non sei mai stato un cliente. Anche se mi piace ricordare che sei stato mio allievo. E pieno di talento!» aggiunge allegramente.

Savannah ricorda bene il loro primo incontro. Era sempre sua abitudine fare ricerche e informarsi, quando un potenziale, nuovo cliente domandava i suoi servizi. Quella volta Declan Lions aveva chiesto espressamente di lei. Il signor Lions poteva pagare qualsiasi cifra per soddisfare le più nascoste e depravate fantasie, tuttavia aveva chiesto proprio lei, *Maîtresse Manhattan*. Declan Lions: infinitamente ricco e senza più nessun parente. Ricchezza antica, di denaro, industrie e proprietà che passano tra le generazioni. Sua madre era una nobildonna inglese. Quel castello tra le montagne, il sogno stupefacente di un bisnonno probabilmente pazzo. Lui, Declan Lions, era un giovane eroe di guerra, tornato a casa con la medaglia al valore e la vita rovinata per sempre.

Sì, se avessi avuto un cuore, quella volta, al nostro primo incontro, si sarebbe spezzato.

Declan Lions, il capitano Declan Lions, la voleva per uno scopo ben preciso: imparare come far impazzire una donna tra le lenzuola. Certo, aveva avuto avventure, prima. Anche senza contare i suoi soldi, a uno come lui bastava un sorriso per togliere le mutandine alle ragazze. Ma adesso era diverso. Tutto era cambiato. Lui era cambiato. Nell'aspetto sì, ma Savannah tremava nel chiedersi quali ferite Declan si portasse dentro. Ferite che nessuno vedeva. Qualcosa di profondo, oscuro e doloroso, come una bestia ruggente. Il capitano Declan Lions possedeva una natura sessuale decisamente dominante.

"Pagherò sempre, quando avrò voglia di scopare. Un accordo prestabilito, chiaro e trasparente" le aveva detto.

"E, nonostante questo, vuoi essere sicuro che la tua compagna goda con te" aveva concluso Savannah. Gli aveva sorriso, affascinata. Intrigata. "D'accordo, capitano. Ma ho una regola anch'io: niente soldi. Non li accetto mai dai miei amici. E spero che diventeremo amici."

«Puoi restare quanto vuoi, Sav» le dice Declan, sedendosi sul letto. Così calmo e rilassato, a Savannah ricorda uno stupendo predatore, un grande felino pigramente appagato dopo la caccia, il pasto, l'accoppiamento. Lei gli sorride, soffiandogli un bacio.

«Non tentarmi. Purtroppo devo tornare a New York. Ho amici da proteggere e che mi stanno a loro volta proteggendo. Tu lo sai che non abbandono mai i miei amici.»

«Mi dà piacere la tua compagnia, Sav.»

Lei si sporge per sfiorargli le labbra con un bacio. Lui si irrigidisce, ma Savannah non se la prende. Declan Lions non è un amante dei baci.

«E a me, di te, dà piacere tutto» gli strizza l'occhio, civettuola. Poi diventa seria. Sincera al punto da sentirsi veramente nuda. «Oh Dio, vorrei avere un cuore, sai? Vorrei essere diversa. Vorrei essere quella che meriti, così potrei davvero restare con te. Potrei salvarti. Ma sono ciò che sono, e se rimango so che finiremmo col distruggerci.»

Lui ride con amarezza straziante.

«Sei fantastica, Sav. Straordinaria! Quello che merito? Perché? Cos'è che merito?»

«Una ragazza dolce, innocente e pura. Pura di cuore, intendo. Piena di quello che la vita ci ha strappato via: speranza. Fiducia. Luce.»

«Un angelo» conclude lui, e ride di nuovo. Una risata sensuale e oscura. Una risata che, come il suo sguardo, fa paura. «Ma quale angelo danzerebbe mai con i miei demoni?»

Capitolo 3

Annabelle spegne il motore della sua Ford, mentre controlla sulla cartina a che punto è del viaggio. Sulla lucida superficie della mappa, acquistata in una stazione di servizio, ci sono delle X tracciate orgogliosamente con il pennarello rosso. Una X per ogni Stato da lei attraversato fino a quel momento.

Ha lasciato Menton ritornando nel suo amato Montana. Lo ha percorso tutto, ma prima si è concessa una digressione per andare a trovare la mamma e portarle un mazzo di lilium. Mentre toglieva dalla lapide l'erica rampicante, Annabelle ha cominciato a parlarle come se fosse lì con lei.

«Sono sicura che adesso tu e papà siete di nuovo insieme. Lo sai che sto andando nel Vermont? Sto guidando da ore, ma non preoccuparti: sono prudente e faccio molta attenzione. Mi fermo, faccio sempre rifornimento, ho comprato tantissima cioccolata da mangiare durante il viaggio. Sto andando nel Vermont perché ho un nuovo lavoro! Ho una paura folle, sai mamma? Però sono anche tanto emozionata. Mi sento elettrizzata! Un lavoro tutto mio! Dovrò occuparmi di un'importante biblioteca privata e il maggiore MacTrevor dice che sono perfetta. Speriamo abbia ragione.»

Per tutta la prima mattina di viaggio il suo smartphone non ha fatto altro che squillare e il nome della sua sorellastra lampeggiava sullo schermo. Annabelle non ha mai risposto. Non voleva più saperne di Drusilla, né della sua matrigna.

«Basta. Quella vecchia vita è finita. Addio Menton, addio Drusilla, addio Mildred» si è promessa, mentre guidava verso est.

Annabelle si mette in macchina la mattina presto e prosegue fino al tramonto, fermandosi quando comincia a imbrunire. In realtà si sente piena di energia, tanto che potrebbe continuare anche tutta la notte, ma non vuole commettere imprudenze. Usa il cellulare per studiare il percorso su Google Maps, che poi traccia anche sulla cartina per essere preparata nell'eventualità la rassicurante voce del navigatore l'abbandoni improvvisamente.

Quando in lontananza appare un motel con stanze ancora disponibili, parcheggia la sua Ford, scende portandosi dietro il trolley e chiede una camera. Compra qualcosa da mangiare al take-away e poi sale, chiudendosi dentro. Sposta sempre la scrivania davanti alla porta per sentirsi più tranquilla. Mangia la sua cena, fa una doccia, controlla il tragitto del giorno seguente, le previsioni meteo e si mette a letto. Spesso dalla sua finestra lampeggia il neon dell'insegna del motel e si vedono le luci dei viaggiatori che sfrecciano sulla superstrada. Mentre sta sotto le coperte, con la testa affondata nel cuscino, la raggiungono i rumori delle altre stanze. Filtrano dalle pareti sottili e Annabelle ascolta i gemiti e gli ansiti degli altri ospiti, impegnati a fare l'amore. Si sforza di non ascoltare, perché le sembra di violare l'intimità di quelle coppie, ma il suo cuore comincia a battere più forte lo stesso. Raggomitolata e con gli occhi chiusi, Annabelle si chiede se conoscerà mai anche lei la passione, il desiderio, quel prendere e dare, donarsi e ricevere.

Per sua fortuna il tempo si mostra clemente e un'insperata sequenza di belle giornate, con poche e rade spruzzate di neve, continua a sorriderle durante il viaggio.

«Il cielo amico di papà si sta comportando proprio bene con noi» ridacchia, con un allegro colpetto sul volante della Ford. «Tu tieni duro e non abbandonarmi! Lo so che ti servono un mucchio di riparazioni e ti prometto che il mio primo stipendio sarà tutto a tuo favore» ripete accoratamente alla sua auto.

Sud Dakota, Iowa, Illinois… Passano gli Stati e anche i giorni. Il pranzo del Ringraziamento di Annabelle è un sandwich al tacchino che sbocconcella, continuando a guidare.

«Vediamo! Sono grata… Sono grata… Oh sì! Sono grata di essere andata via da Menton. Sono grata di non dover vivere con Drusilla e occuparmi dei gemelli e di pulirle casa. Sono grata di avere un amico come il maggiore MacTrevor. Sono grata per questo lavoro. Soprattutto sono grata, tanto, tanto grata al signor Declan Lions!»

Annabelle si ferma in una cittadina e accosta la macchia. Controlla la cartina e con il cuore che le batte forte si accorge che mancano solo due tappe. Posa il dito sul cerchio rosso della sua destinazione. Lions Manor. Sentendosi un po' bambina, si accorge che quel segno assomiglia a un cuoricino.

Il suo stomaco brontola e lei scende dall'auto per cercare un motel. Lungo la strada trova una *Italian Bakery*, dove decide di fermarsi per mangiare qualcosa. Dopo aver ordinato, va in bagno a lavarsi le mani. Lo specchio sopra il lavello le restituisce un riflesso spettrale.

«Sembro la piccola fiammiferaia!» ammette sconfortata, di fronte al suo volto pallido e i capelli sommariamente raccolti con un fermaglio. Come un acido corrosivo, ricorda le accuse di Drusilla.

Non hai fascino! Non sai presentarti!

Tornata in sala, Annabelle si siede al bancone concedendosi un piatto di melanzane alla parmigiana e una fetta di torta fatta in casa.

«Proprio quello che ci voleva!» esclama soddisfatta, e la proprietaria le strizza l'occhio. È una donna di mezza età dall'aria simpatica e materna. Cominciano a chiacchierare e Annabelle le domanda dove può prendere una camera per la notte.

«Troverai posto da Vera, l'affittacamere a due isolati da qui. Bambina, ma sei tutta sola? Dove stai andando?»

«Nel Vermont. Mi aspettano per un lavoro.»

La cuoca spalanca gli occhi.

«E hai guidato fin qui da Seattle? Con quel macinino parcheggiato lì fuori? Tesoro, non so davvero se sei tutta matta oppure incredibilmente coraggiosa!»

Annabelle sorride, arrossendo. In realtà non lo sa neanche lei.

La donna la guarda intenerita.

«Adesso capisco perché hai quel faccino così sbattuto. Tesoro, non preoccuparti: telefono a Vera e dico che sei mia nipote. Nel frattempo perché non ti prendi il resto del pomeriggio per riposarti un po'?»

Annabelle abbassa la testa, consapevole del suo aspetto trascurato. Si allontana dagli occhi una ciocca di capelli, trattenendola pensosamente tra le dita.

Incontrerò il mio nuovo datore di lavoro e sono sciatta da morire!

«Mi chiedevo... ecco... magari saprebbe indicarmi anche un parrucchiere dove possono farmi una piega?»

La signora batte le mani con un sorriso raggiante.

«Ho proprio quello che fa al caso tuo!»

Porge ad Annabelle un volantino.

«*Le tre fatine*?» legge lei, mentre dalla lucida superficie del foglio tre ragazze graziosissime sorridono orgogliose nei loro camici. Una è vestita di verde, l'altra di rosa e l'ultima di azzurro. Quella in azzurro assomiglia molto alla proprietaria della tavola calda.

«Sono mia figlia con due amiche. Hanno aperto un salone di bellezza qui a due passi. Perché non vai a trovarle? Ti possono fare le unghie, oltre ai capelli. Coccolati un po', tesoro.»

Annabelle arrossisce.

«È solo che io… non ho molti soldi con me. Devo ancora incassare il primo stipendio.»

La donna fa un gesto noncurante con la mano.

«Oh non preoccuparti di questo. Mia figlia sta facendo tantissime offerte per lanciare il salone, con pacchetti completi che ha messo scontatissimi, una volta passato il Ringraziamento. E poi le dici che ti mando io.»

Annabelle non ricorda neanche più l'ultima volta che è stata dall'estetista, e poi l'urgenza di partire e la necessità di portare con sé l'indispensabile, tralasciando make-up e i prodotti per capelli.

Alla faccia di Drusilla! In fondo perché no? Perché non cercare di presentarmi al meglio?

«D'accordo!» annuisce convinta. La signora batte con entusiasmo le mani e le schiocca un bel bacio sulla fronte. Annabelle ride imbarazzata, ma accoglie quello spontaneo gesto di simpatia come la benedizione di una strega buona.

Adesso non potrà mai accadermi niente di male!

***

Le tre fatine si trova a dieci minuti a piedi dalla *Italian Bakery*. Annabelle viene accolta con entusiasmo dalle ragazze che lavorano lì. Le tolgono di dosso il parka, la liberano di sciarpa, guanti e cappellino di lana. In pochi minuti si ritrova vestita solo di un kimono e con un paio di ciabattine di spugna ai piedi.

«Se è tua madre a mandarla, Serena, allora dobbiamo fare del nostro meglio per stupirla!»

«E credi che ci vorrà un grande sforzo? Ma non lo vedi già quanto è bella?»

«Hai dei capelli stupendi, tesoro! Così sani e lucidi! Usi l'olio di Argan, vero?»

Annabelle scuote la testa con un sorriso timido. I suoi capelli non le sono mai sembrati niente di speciale. Comunissimi capelli castani che non vogliono mai saperne di stare come decide lei.

«Guarda come sono lunghi e folti! Sono anni che non li tagli, vero? Tranquilla, ci darò solo una spuntatina, giusto per regolare la linea... Oh, fanno tutti i boccoli!»

«Lo smalto alle unghie di che colore lo vuoi? Io starei su un colore pastello, perché tu sei una favolosa bellezza naturale. Facciamo un rosa chiaro per mani e piedi? Ti trucchi poco, vero? Hai una pelle stupenda! Così luminosa... e che ciglia lunghe! Appena sei entrata ho pensato fossero finte, invece no! Scommetto che il tuo fidanzato ti chiama "cerbiatta", vero?»

«Dobbiamo ancora decidere la ceretta. Va molto di moda la brasiliana, tu l'hai mai fatta? Oddio, se mi guardi così direi proprio di no!»

«Ehi, ti ricordo che è mia madre a mandarla. Cos'è, vuoi traumatizzarla? Tu non ascoltarla, tesoro. Allora, facciamo gambe, inguine e ascelle, tutto compreso nel pacchetto. Tanto un vero uomo apprezza sempre un soffice triangolino scuro, là sotto. Così è sicuro di avere tra le braccia una donna, non una bimbetta.»

Annabelle si unisce alle risate delle ragazze, un po' stordita di trovarsi al centro di tante attenzioni. Il tempo corre via leggero come una bolla di sapone. Alla fine di tutti i trattamenti, si guarda allo specchio, felicissima di come le stanno i capelli. Circondata dai complimenti delle altre ragazze, si sente bellissima. Alza il mento, atteggiando le labbra nel broncio scontento che ha sempre visto fare alla sua sorellastra. Scoppia subito a ridere, facendo una linguaccia. Le ragazze la salutano con baci e abbracci.

«Prometti che se ripassi da queste parti, vieni a salutarci! Ecco, questi sono da parte nostra. Così non ti dimenticherai di noi tanto presto.»

Annabelle prende il sacchetto che Serena le porge: è zeppo di campioncini di ogni tipo, trucchi, profumi, creme per il corpo, viso e capelli.

«Ragazze, siete magiche! Come faccio adesso ad andare via?» ringrazia commossa.

Il giorno dopo Annabelle si ferma a fare colazione alla *Italian Bakery*, poi si rimette in viaggio. Saluta con la mano la proprietaria della tavola calda, uscita in strada per vederla partire.

Guida tutto il giorno, e al tramonto si lascia andare a un gridolino di gioia mentre oltrepassa il cartello con la scritta "Benvenuti nel Vermont".

Sta cominciando a fare buio quando Annabelle raggiunge il paesino di Heaven's Lake. Cerca la pensioncina adocchiata quella mattina, mentre studiava Google Maps.

«*Bed&Breakfast Deveraux… Bed&Breakfast Deveraux…* Speriamo abbiano una stanza per me… Eccolo!»

Ad accoglierla è una coppia di gentiluomini che Annabelle intuisce siano marito… e marito. Il pensiero del colpo apoplettico che verrebbe alla sua matrigna la fa gongolare.

«Benvenuta, signorina. Io sono Justin Deveraux» si presenta il proprietario, uno degli uomini più affascinanti che Annabelle abbia mai visto.

«Ma lei… lei è uno dei protagonisti de *I sogni della nostra vita*!» lo riconosce emozionata. Annabelle non si è persa una puntata, nei tre anni passati a occuparsi di suo padre. Le vicende sconvolgenti ed emozionanti di quella soap-opera le hanno fatto compagnia, riuscendo a portarla per un po' lontano dalla sua vita.

Justin si schermisce con una risata. «Lo ero, signorina. Adesso sono soltanto un marito devoto, un padre orgoglioso e un umile locandiere.»

Da un ripiano fanno mostra delle fotografie di famiglia, e quasi tutte ritraggono una ragazza bellissima, con stupendi occhi verdi dal taglio leggermente a mandorla.

«Mia figlia Samantha» dice Justin con fierezza. «È una ragazza davvero in gamba e molto più intelligente del suo vecchio. Tutta sua madre, in questo. È ingegnere informatico e lavora per un'importantissima società high-tech. Pensare che qui non abbiamo neppure la connessione internet!»

Annabelle sorride per l'affetto caldo di quelle parole. In cuor suo rivolge un pensiero al suo papà.

«Così ti fermi con noi solo per questa notte? Allora dobbiamo impegnarci per renderla indimenticabile!» promette Justin, facendola sedere alla tavola della grande cucina, dove il suo compagno sta apparecchiando per lei. Quest'ultimo rovescia un bicchiere pieno di succo di mele e Annabelle si alza d'istinto per dare una mano a pulire. Justin l'anticipa con naturalezza, ma prima sfiora dolcemente il braccio del compagno.

«Va tutto bene, Ray, non è successo niente. Allora, signorina Mayfair! Tornando a noi, dove sei diretta, se posso chiedere?»

«Mi aspettano a Lions Manor» risponde Annabelle, mostrando con orgoglio l'indirizzo scritto sulla lettera del maggiore. La porta ovunque con sé. È la sua proprietà più preziosa, insieme alla copia di *Grandi speranze* e alla fotografia custodita tra le sue pagine. Da quando è partita, ogni sera prima di addormentarsi, legge alcuni passi del romanzo... e guarda il ragazzo con la Leica, che sorride irresistibilmente alla vita.

Cala il silenzio nella cucina dei Deveraux. Uno scambio di sguardi corre tra i due uomini, senza che Annabelle se ne avveda. Infine Justin si schiarisce la voce.

«Lions Manor? Dal castello manderanno una macchina a prenderti?»

Annabelle scuote la testa.

«No, ho il mio mezzo» ricorda loro, anche se consapevole che la vecchia Ford probabilmente ha già dato tutto durante il lungo viaggio. E il successivo scambio di occhiate tra Justin e Ray non sfugge ad Annabelle. Si sente scottare le guance, imbarazzata.

«Sì, lo so che la mia auto ha visto tempi migliori... però mi ha portata fin qui. Non penso che sarà un problema coprire quest'ultimo tratto.»

«Signorina Mayfair, sono sicuro che arriverai a destinazione... ma presto ci sarà la neve, la vera neve del Vermont, che è stranamente in ritardo quest'anno. A quel punto, andarsene da Lions Manor ti sarà impossibile, con una macchina come la tua.»

Annabelle batte le palpebre, stupita.

«Ma io non voglio andarmene! Non prima di aver svolto l'incarico per cui il signor Lions mi ha assunta. Sono un'archivista e devo riordinare la sua biblioteca. Sarà un lavoro lungo, immagino» mormora, improvvisamente travolta dalla stanchezza. Si alza da tavola. «È un problema se porto qualcosa in camera? Vorrei andare subito a dormire.»

Justin le prepara un vassoio e l'accompagna nella sua stanza. Gli scuri alla finestra sono aperti e il panorama è incantevole. I boschi, le montagne, il cielo... Annabelle alza il naso per aria, ammirando lo sconfinato scintillare delle stelle.

«Finalmente sono quasi arrivata» sussurra tra sé, con un misto di eccitazione e timore. La sfiora un incredibile pensiero. *Finalmente sono quasi a casa.*

«Mamma, papà... ma voi lo avreste mai immaginato che sarei stata capace di attraversare da sola tutta l'America? Di arrivare fin qui?» ride piano, scuotendo i capelli. «Io no! Non lo credevo davvero. Chissà, allora, cos'altro posso fare? Chissà cosa mi aspetta, a Lions Manor...»

Capitolo 4

È pomeriggio inoltrato, quando Annabelle spegne il motore della Ford per studiare il percorso sulla cartina. Non ci sono altre X da aggiungere e secondo le indicazioni la sua destinazione dovrebbe trovarsi proprio davanti a lei. Ma non c'è.

«Non riesco a capire» mormora, cercando di riavviare il navigatore. Ha smesso di guidarla almeno un'ora prima, e l'unico suggerimento del computer è un infinito "Attendere prego".

«Eppure dev'essere qui. Dopo l'ultimo bivio non ci sono state altre deviazioni. Potevo solo proseguire lungo la strada. Il paese è sicuramente questo. Ma di castelli io non ne vedo neanche l'ombra.»

Alla fine Annabelle scende dall'auto e chiude lo sportello. Il suo respiro disegna nuvolette nell'aria fredda, mentre si guarda intorno in quella che dev'essere la piazza principale del paese. C'è una bella fontana di pietra al centro, con una testa di leone dettagliatamente scolpita: dalle fauci spalancate sgorga una spumosa cascata d'acqua. Fanno da corona alla piazza la farmacia, il mini-market alimentare e l'emporio di articoli vari. Annabelle trova appeso sulla porta chiusa di tutti quei negozi lo stesso identico cartellino: *Sono al pub*.

Il pub è dall'altra parte della piazza, una costruzione in mattoni grigi e tegole rosse secondo lo stile delle casette del posto. L'insegna riporta il suggestivo nome di *Lion's Den* e informa che ci sono delle camere in affitto disponibili.

«Qui sapranno sicuramente dirmi dove devo andare!»

L'uscio del locale si schiude sotto la sua mano, seguito da uno scampanellio. Il rumore fumoso di chiacchiere si spegne appena Annabelle entra nel pub. A disagio, si sente addosso l'attenzione dei presenti. Solo uomini. Alcuni sono intorno un tavolo da biliardo, altri siedono ai tavoli leggendo il giornale. Tutti hanno in mano un boccale di birra.

«Buonasera, signorina.»

Annabelle sussulta, quasi sorpresa di sentirsi rivolgere la parola. Battendo le palpebre, porta lo sguardo oltre il massiccio bancone di legno, dove un afroamericano spaventosamente imponente, dalla barba folta e senza un capello in testa, sta asciugando i bicchieri con meticolosa attenzione. Il proprietario, capisce Annabelle d'istinto.

«Buonasera» risponde, avvicinandosi e dando le spalle a tutti gli altri. «Mi scusi, avrei bisogno di un'informazione. È ancora molto lontano Lions Manor?»

Nessuno ha più parlato nel pub dall'istante in cui Annabelle è entrata, tuttavia il vero silenzio cade solo dopo la sua innocente domanda. Un silenzio pesante, duro e freddo. Un silenzio accompagnato da tutti gli sguardi dei presenti, fissi su di lei come quelli minacciosi di una muta di mastini. Spaesata, Annabelle si volta nuovamente verso l'oste.

«Lei è una giornalista?» le chiede lui. «Perché al capitano Lions non piacciono i giornalisti. E non piacciono neanche a noi. Ecco, diciamo che quello che non piace al capitano Lions a tutti noi piace ancora di meno.»

Annabelle batte le palpebre, assolutamente confusa.

«Io... no! Non sono una giornalista. Sono un'archivista. Il mio lavoro consiste nell'occuparmi delle biblioteche e dei libri antichi. La biblioteca e la collezione di libri antichi del signor Lions, in questo caso. Sono arrivata fin qui seguendo le indicazioni del navigatore, ma adesso devono esserci problemi di connessione e non so come proseguire.»

La sua dichiarazione sembra rilassare un tantino gli animi. L'oste piega ordinatamente lo strofinaccio sul tavolo e poi incrocia le braccia muscolose sul torace enorme. Arriva perfino ad accennare un sorriso, che si intravede bianchissimo sotto i baffi folti e la barba scura.

«Ci scusi, signorina, siamo gente di campagna dai modi un po' ruvidi. Non siamo abituati agli estranei. Ma se lavorerà per il capitano Lions, allora lei è una di noi. I Lions hanno fondato questo posto e danno lavoro da quattro generazioni. Il primo Lions ha fatto costruire il castello, suo figlio ha edificato l'ospedale e la scuola, suo nipote ha modernizzato le acciaierie e istituito le Borse di Studio Lions. Il più giovane dei miei ragazzi sta studiando a Princeton con una Borsa di Studio Lions. E anche la figlia di Mark, che siede laggiù, è diventata biologa marina grazie alle donazioni dei Lions. Come sta la tua Cheryl, Mark? Ancora al largo delle Hawaii? Ringraziala per la sua cartolina, è sempre un tesoro di ragazza! La madre e la sorella di Billy lavorano al castello e danno una mano a tenere tutto come si deve. Tuo padre è morto... quanti anni sono, Billy? Venticinque? E i Lions hanno subito dato loro un lavoro. Adesso, su al castello, c'è il capitano Lions. Il capitano Declan Lions è un eroe di guerra» l'uomo versa la birra in due bicchieri, uno per sé e l'altro per Annabelle. Solleva il suo, imitato dal resto dei presenti. «Al capitano Lions!» dichiara con voce stentorea, subito seguito in coro da tutti gli altri. Annabelle si affretta a portarsi la birra alle labbra. Ne beve un sorso, scoprendola inaspettatamente ottima. Aromatizzata alla mela e cannella. Posa il bicchiere, ricordandosi di dover ancora guidare. L'oste fa il giro del bancone e invita Annabelle a precederlo fuori dal pub.

«Come ho detto, signorina, siamo gente semplice e schietta. Fedele a chi ci fa del bene, e i Lions ci hanno sempre fatto del bene» aggiunge, accennando alla fontana al centro della piazza. Improvvisamente quella testa di leone assume per Annabelle un significato diverso: come un marchio di proprietà su quel luogo. «Siamo fedeli e anche molto protettivi. Il capitano Lions ha sofferto molto e con grande onore. Tutto ciò che vuole, tornato dalla guerra, è la pace. Noi faremo sempre quello che è in nostro potere per preservare la sua pace.»

Raggiunta la Ford rossa di Annabelle, l'uomo le apre la portiera.

«Continui sempre dritto lungo il sentiero. A un certo punto si inerpica e diventa più stretto, ma lei vada avanti se vuole arrivare al castello. Non può sbagliare. Sempre dritto, lungo il sentiero tra gli alberi. Buona serata. E buon lavoro» le augura, prima di richiudere lo sportello.

Annabelle prende un respiro profondo e rimette in moto.

«Che personaggi pittoreschi!» esclama con una risatina, mentre le ruote dell'auto schiacciano la terra mista a neve sul sentiero. Sempre dritto, ricorda tra sé proseguendo tra antichi sempreverdi. I cumuli di neve sembrano piccole montagne di panna montata. Annabelle continua a guidare, finché la sua Ford non comincia a tossire, bofonchiare, rallentare e infine, con suo sommo orrore, fermarsi.

«No, no, no, no!» ripete allarmata, mentre gira la chiave nel quadro e l'auto non vuole saperne di ripartire. «Andiamo! Sei stata così brava finora, non puoi abbandonarmi proprio adesso!» supplica, con tanto di carezze sul cruscotto, senza che la Ford dia un segno di vita. Disperata prende in mano lo smartphone: sullo schermo persiste il desolante messaggio di "totale assenza di rete". Sconsolata, batte la fronte sul volante.

«E adesso cosa faccio?»

Nessuno le risponde, tranne il vento. Soffia lungo il sentiero, muovendo appena i rami scarnificati degli alberi nudi. Annabelle li osserva incantata: avvolti dalle gocce di gelo, sembrano enormi soffioni, simili a quelli che le ragazzine si divertono a raccogliere in primavera per esprimere un desiderio.

«Non posso restare qui. Non adesso che sono quasi arrivata. Una bella camminata non ha mai ucciso nessuno. E poi quanto ancora può essere distante Lions Manor?»

Annabelle scende dalla macchina, prende il trolley e si avvia con determinazione, un passo dopo l'altro. Non si guarda indietro, cerca di non pensare alla sua auto abbandonata in mezzo alla strada e continua a camminare. Il suo fiato sbuffa nuvolette bianche, la sua ombra si allunga man mano che il sole comincia a calare e ad avvolgerla è il silenzio della neve, l'ovattata assenza di suoni capace di assorbire anche il rumore dei pensieri.

Si ferma un istante per riprendere fiato, ammirando quel paesaggio invernale, la natura silente, pura e bellissima.

«Sembra il bosco della Bella Addormentata. C'è un castello qui vicino? Veramente?»

Annabelle alza lo sguardo e le sfugge un ansito alla sagoma delle torri svettanti e le mura merlate che si intravedono oltre le cime degli alberi più alti.

La stanchezza sparisce, mentre un'esaltazione incontenibile le esplode dentro. Con un grido di gioia accelera il passo fino a mettersi a correre, trascinandosi dietro il trolley.

«Esiste davvero! Ma è incredibile!» dice tra sé con il fiato corto e le guance bollenti, gli occhi fissi sulla meta. Dal cielo, lentamente, la neve comincia a fioccare come batuffoli di cotone. Annabelle prosegue senza sosta, finché superati gli ultimi alberi, coperto l'ultimo e più ripido tratto del sentiero, la strada si allarga in una grande distesa d'acqua. Lei si ferma, con il respiro ansimante e gli occhi spalancati dalla meraviglia.

«Un lago!» esclama, osservando incantata la superficie placida come argento fuso. E poi, dietro al lago, sorge il castello. Annabelle lo ammira senza parole, senza più sentire il freddo né la stanchezza. Quando il maggiore MacTrevor le aveva parlato di Lions Manor, lei si era immaginata un'imponente villa in stile coloniale, magari con quel gusto kitsch, gotico ed eccessivo che a volte possiedono gli eccentrici pieni di soldi. Non era preparata a un castello vero, come li sognava il Principe Ludwig e che lei ha visto solo nelle fotografie dedicate alla Baviera. Linee eleganti e agili, culminanti in torri bianche dai tetti a punta, coronati di merlature. Finestre ovunque, dalle vetrate ampie che riflettono la luce del tramonto in scintilli dorati. La pietra bianca del rivestimento esterno si colora di tutte le sfumature, dal rosa più delicato all'amaranto acceso.

Si potrebbe passare una vita intera a esplorare questo luogo senza annoiarsi mai, pensa Annabelle con il cuore che le galoppa nel petto. Preso un respiro profondo, si dirige decisa verso il cancello. Posa la mano sul battente in ottone, una testa di leone scolpita come quella della fontana giù in paese. Il simbolo dei Lions, comprende lei. La cancellata si apre sotto la sua mano e Annabelle, con un po' di timore, la oltrepassa per entrare nel parco. La sorprende quell'assenza di vigilanza, ma forse è l'ultima e più assoluta dimostrazione che Lions Manor è talmente sicuro da lasciar aperti i suoi cancelli. Nessuno si azzarderebbe mai a varcarne la soglia animato da cattive intenzioni.

Il silenzio dell'inverno è un'atmosfera sonnolenta, anche se ovunque Annabelle posi lo sguardo trova cura fin nel minimo dettaglio. C'è chi lavora con grande zelo, perché quel luogo conservi ogni giorno il suo stupefacente fascino.

Raggiunto il portone d'ingresso, di nuovo si trova osservata dall'alto dalle teste di leone con le fauci spalancate. "Procedi a tuo rischio e pericolo" sembrano dire. Lei sorride. «Non mi fate paura!"

Dopo aver cercato inutilmente il pulsante del campanello, prende il battente in mano e bussa con forza al grande portale di legno.

Nel tentativo di quietare i folli battiti del cuore, Annabelle respira profondamente. E aspetta. E aspetta. E aspetta... La sfiora il dubbio che nessuno le aprirà mai. Con un brivido di terrore non sa più cos'altro fare.

Il sole è quasi tramontato, l'allungarsi delle ombre su quel luogo sconosciuto, così impressionante, ne sta rapidamente cambiando la fisionomia. Più oscura, misteriosa, estranea. Pericolosa, e del genere di pericoli che Annabelle non riesce a definire. Bussa di nuovo, con energia, mentre un respiro dopo l'altro cerca di farsi coraggio.

Calma. Stai calma. Non può succedere niente. Adesso ti aprono e...

Il portone si apre e Annabelle si trova di fronte un giovane uomo molto attraente. Alto, atletico, con una massa di riccioli fulvi e due occhi chiari che la osservano interrogativi. Indossa un paio di jeans sbiaditi e un dolcevita color ruggine.

«Posso aiutarla, signorina?» le domanda educatamente.

Annabelle batte le palpebre mentre si sforza di ritrovare la voce.

«Io sono Annabelle Mayfair» si presenta, un po' imbarazzata che il suo nome non gli dica nulla. «Lei è il signor Lions?»

Il ragazzo scoppia a ridere.

«Io? Oh proprio no!» risponde, aumentando la confusione di Annabelle.

All'improvviso una voce femminile si alza alle spalle del giovane.

«Cosa succede, Ted?»

Ted si fa da parte, rivelando una grande scalinata e una donna che sta scendendo i gradini. Schiena dritta, il mento alto e i passi attutiti dalla calda morbidezza del tappeto pregiato, Annabelle non riesce a darle un'età, ma è il genere di donna che chiamerebbe sempre e rispettosamente "signora". Il viso è elegante, dotato di un fascino duro, sottolineato dai capelli biondi raccolti severamente. Il vestito è altrettanto austero, in lana morbida e scura, la gonna a metà polpaccio, le calze coprenti e le scarpe comode. Non un filo di trucco. Non un anello alle dita. L'incarnazione perfetta di un'istitutrice o di un'impeccabile governante.

«Lei chi è?» domanda ad Annabelle, scrutandola dalla punta del cappellino di lana, fino agli scarponi che stanno sgocciolando neve sciolta sul gradino d'ingresso. Istintivamente, Annabelle si affretta a liberarsi di berretto e guanti.

«Annabelle Mayfair» risponde Ted al suo posto, con una nota di divertimento nella voce. «Non vuole permetterle di entrare un momento, miss Tower? Fuori è freddo e sta facendo buio.»

La donna rivolge al giovane un'occhiata penetrante.

«Il signor Lions non ama avere estranei per casa» afferma rigida, per poi rivolgersi direttamente ad Annabelle. «E lei chi sarebbe, signorina Mayfair?»

Ted, intanto, si è un po' allontanato dall'uscio, invitandola a entrare con un cenno appena percettibile del capo. Annabelle non si lascia sfuggire l'occasione. Sospira di sollievo, quando la porta si richiude dietro di lei. "*Sono arrivata! Sono davvero arrivata!*" pensa con un sussulto di gioia. Ma subito si impone di controllarsi, sotto lo sguardo raggelante di miss Tower.

«Sono la nuova archivista. Sono qui per il posto di curatrice della biblioteca.»

I due la fissano come se avesse appena detto la cosa più assurda del mondo.

«La nuova archivista? Non c'è nessun posto di curatrice della biblioteca. Non stiamo cercando proprio nessuno» afferma la governante, la voce autoritaria vibrante di diffidenza, la stessa che trapela ostile dal suo sguardo, mentre di nuovo osserva Annabelle. «Insomma, chi è lei veramente? Quali intenzioni ha? Cosa vuole?»

Annabelle scuote la testa, smarrita.

«Non capisco... io... avete già assunto qualcun altro?» prova a chiedere, ma il modo che quella signora sconosciuta ha di fissarla le ricorda Mildred e Drusilla: la capacità sempre avuta da entrambe di farla sentire stupida, fuori posto e indesiderata. Un'intrusa.

«Ripeto: non c'è nessun posto per cui candidarsi. Non c'è mai stato. Non abbiamo bisogno di nessuno e certamente, se ci servisse un nuovo membro per lo staff, non valuteremmo mai una perfetta estranea. Glielo chiedo un'ultima volta: cosa vuole?»

«Io...» Annabelle si schiarisce la voce, che le sfugge come un patetico pigolio. Comincia a tremare di vergogna, incapace di gestire la situazione. E all'improvviso la stanchezza per il lungo viaggio la travolge. Lo sconforto e lo smarrimento per quella situazione avvilente diventano più forti di lei. Due lacrime le scendono lungo le guance.

«Ehi, ma stai piangendo!» esclama Ted dispiaciuto. «Avanti, non è nulla di così grave. Miss Tower, è stata troppo dura con questa ragazza. Non vede come trema?»

La governante appare sbalordita.

«Sarebbe colpa mia se questa piccola millantatrice sta piangendo? Cielo, come sei sciocco, ragazzo! E lei la smetta! Non è certo una bambina!» afferma rigida, ma qualcosa si incrina nella sua voce. Corrucciato, Ted indica Annabelle con un ampio gesto del braccio.

«A me sembra davvero una bambina, in questo momento. Spaventata, sperduta, esausta. Ma la guardi! Le sembra che possa fare davvero del male? È completamente indifesa.»

«Non sono una bambina!» interviene Annabelle, umiliata che si parli di lei come se neppure fosse lì presente. «E non sono una millantatrice. Io non capisco cosa sia successo. Ho fatto tanta strada perché il maggiore MacTrevor mi ha detto che c'era un lavoro per me. Ecco, ho qui le sue referenze. Guardatele, non sono una bugiarda!» afferma, asciugandosi le guance mentre prende da sotto il parka la lettera del maggiore.

«MacTrevor? Il maggiore MacTravor?» ripete Ted, scrutando Annabelle come se la vedesse per la prima volta. Lei annuisce, sorpresa: quel giovane improvvisamente sembra diverso. Più solido e adulto. Un uomo duro, di quella durezza che solo il dolore ha la capacità di infondere.

«Da dove hai detto che vieni?» le domanda Ted, fissandola negli occhi.

«Non l'ho detto» risponde Annabelle. «Comunque da Menton, nello Stato di Washington. Per favore, se solo potessi vedere il signor Lions...»

La governante sussulta e qualunque breccia si stesse aprendo nella sua corazza è sigillata completamente.

«Il signor Lions non vede nessuno! Tutto questo è ridicolo! Sono io la responsabile del castello e....»

«Ma *questa* il capitano deve vederla eccome» stabilisce Ted, prendendo dalla mano di Annabelle le referenze del maggiore. Sventola la busta sotto il naso della donna. «MacTrevor, Miss Tower. Ha capito bene? *MacTrevor*. Da Menton. Questa la porto subito al capitano.»

Con stupore di Annabelle, la governante piega il capo.

«Va bene. Nel frattempo immagino di dovermi occupare io di questa... della signorina Mayfair. Avanti, mi segua. È buio, sta nevicando e ovviamente non possiamo certo chiuderla fuori dalla porta» ammette, in un tono che tradisce, però, tutto il suo istinto di agire in tal senso. «Le mostro la sua stanza per questa notte. Avrà anche fame, suppongo.»

Annabelle stringe le labbra, ma il suo stomaco risponde in sua vece con un gorgoglio che la fa arrossire fino alla radice dei capelli. Miss Tower la percorre con uno sguardo che oscilla tra pietà e disgusto.

«Le farò preparare un vassoio. Potrà cenare in camera.»

«Io... grazie» risponde semplicemente Annabelle.

La governante si limita a un cenno con la testa, per poi precederla verso la grande scalinata. Annabelle sta per seguirla, quando qualcosa la trattiene. Qualcosa di indefinibile. Una sensazione. Un brivido. L'impressione che ci sia qualcuno, oltre lei, Ted e miss Tower. Si volta per osservare l'ambiente circostante, il mobilio antico e di pregio, le colonne intarsiate e le tende in prezioso damasco. La luce delle lampade è calda come quella delle fiamme. Danzante e dorata si diffonde soffusa, trasformandosi in penombra e poi in ombra.

C'è qualcuno tra quelle ombre?, si chiede Annabelle, attraversata da un presentimento potente. Tuttavia non dà voce a quella domanda, che resta inespressa dentro di lei.

«Allora mi segue o no?» la esorta la governante, spazientita.

In silenzio, trascinandosi dietro il trolley, Annabelle si affretta a raggiungerla.

Sono stanca. Solo stanca. Comunque adesso sono finalmente qui. A Lions Manor.

***

«E io che pensavo mi avrebbe chiusa in soffitta!» ammette Annabelle incantata, mentre osserva la sua stanza. Le pareti sono rivestite di seta rosa, il pavimento è un lucidissimo parquet. Vicino all'armadio a due ante, un paravento in lacca cinese conferisce un tocco di stravaganza.

Una volta rimasta sola, Annabelle non resiste alla tentazione di mettersi a saltellare, soffocando gridolini di gioia, per poi tuffarsi sulla soffice trapunta del grande letto dalla testata in ferro battuto. Corre dall'altra parte della camera, dove una porta si apre su un bagno privato, dotato di una vasca posata a terra su quattro zampe di leone, rubinetteria dorata e un grande specchio. Avvicinandosi fin quasi a toccare con la punta del naso la superficie riflettente, Annabelle si sfiora le guance, rosse come due mele.

«Sembro Heidi!» esclama mortificata. Improvvisamente si accorge che quello è il primo specchio che ha visto al castello.

«Non ci sono neppure fotografie di famiglia o ritratti. Che strano! Un luogo come questo dovrebbe esserne tappezzato.»

Scrolla le spalle, relegando il tutto a eccentricità da miliardari. Apre l'acqua nella vasca e si prepara a fare un bagno. Trova un set di cortesia con prodotti per l'igiene personale e morbidi teli di spugna. Immersa nell'acqua piena di bolle profumate, con un sospiro estasiato, si accorge che è possibile guardare fuori dalla finestra. La neve fiocca abbondante dal cielo notturno.

«È un sogno» sussurra, chiudendo gli occhi. *Chissà cosa succederà domani, ma almeno questa notte mi sento tranquilla.*

Annabelle esce dalla vasca e toglie il tappo per far scorrere via l'acqua. Avvolta in un grande asciugamano, cammina a piedi nudi sul morbido tappeto.

Nella sua stanza trova ad aspettarla un vassoio. Sollevata la cloche, le viene l'acquolina in bocca alla vista del pasticcio di roastbeef, patate al forno e verdure grigliate. Una cena così squisita da non sembrarle vera, dopo essersi nutrita per una settimana di fast-food e cibo take-away.

Terminato il pasto, apre il trolley e indossa la vecchia casacca di flanella che usa per dormire. Apparteneva a suo padre: enorme e morbida le arriva a metà coscia e lei l'adora. Nonostante i numerosi lavaggi, sembra conservare ancora un po' del profumo di Benjamin, e riesce a far sentire Annabelle sempre protetta.

Fuori dalla finestra, il panorama si imbianca, creando un quadro di misteriosa e suggestiva bellezza. Lei si sdraia sul letto, lo sguardo rivolto al paesaggio. Dal comodino il suo smartphone continua a non trovare campo e nessuna rete Wi-Fi disponibile.

«Non posso avvertire nessuno che sto bene» mormora a se stessa. «Però sto bene. E comunque non ho nessuno da avvertire.»

Spegne la lampada, e pian piano si addormenta. Almeno per una notte, si sente a casa. Così al sicuro che non la sfiora il bisogno di sbarrare la porta, come ha fatto tutte le notti precedenti, mentre viaggiava attraverso l'America.

E allo scoccare della mezzanotte, quella porta si apre.

***

Declan

Continuo a fissare la lettera. Il foglio bianco, riempito dalla grafia ordinata del maggiore MacTrevor, è un contrasto doloroso con il cuoio nero del mezzoguanto che copre la mia mano sinistra: devastata, ma non completamente inutile. Non serenamente e giustamente morta. Proprio come me.

«Capitano, con il dovuto rispetto, si sente bene?»

Ted ha rivelato un talento straordinario come giardiniere, artigiano, meccanico e in qualunque campo si sia messo alla prova, da quando ha assunto l'incarico di factotum di Lions Manor. Eppure, ogni volta che si trova di fronte a me, torna a essere il sergente Theodore Styles, come se il nostro onorato congedo dal Corpo dei Marines non fosse mai arrivato. Come se fossimo ancora una squadra, uniti sotto il sole dell'Afghanistan. Come se Scott fosse ancora vivo.

«Cosa ti preoccupa?» gli domando.

Ted non vacilla, lo sguardo fermo e schietto, il corpo pronto a scattare, rigido, sull'attenti. Vive ancora ogni mia parola come un ordine. "Riposo" gli ho detto, il giorno che ha deciso di seguirmi al castello, ma sappiamo entrambi che saremo sempre soldato e superiore. I ricordi non ci abbandoneranno mai. Quei fottuti ricordi, quel maledetto passato, hanno fatto di noi ciò che siamo.

«Il suo sguardo, signore. Sembra… arrabbiato.»

Arrabbiato, dice Ted. Sorrido, anche se so bene che non serve mai a rassicurare delle mie intenzioni. Ma le mie intenzioni, adesso, sono tutt'altro che rassicuranti. Quel pozzo nero che si è mangiato il mio cuore ribolle come un vulcano pronto a esplodere. Incandescente e distruttivo. Non c'è nulla di diverso dal solito. Sono sempre così.

Mi alzo dalla scrivania, portando con me la lettera del maggiore. La getto tra le fiamme del caminetto. Ted ha un sussulto.

«Signore!»

«Non c'era una parola su Scott» lo rassicuro, mentre la carta si annerisce, diventando fragile come un sospiro per poi rompersi. Proprio come ha fatto la pelle del mio viso. «Mi chiede soltanto di dare un lavoro ad Annabelle Mayfair. È una giovane donna senza nessuno al mondo, bisognosa di essere protetta. E il maggiore l'ha mandata da me. Da me, Ted. Non è divertente? Lo sarebbe, se non fosse così grottesco.»

E chi la proteggerà da me?, mi chiedo, mentre la lettera si dissolve in cenere. Il maggiore ha speso un'impressionante quantità di lodi inutili su miss Mayfair: gentile, molto intelligente, di buon cuore… Me ne importa qualcosa? Una ragazza che non sa un cazzo della vita e che non ha mai messo il naso fuori da quel cesso di Menton. Un'estranea, nella tana del leone. Detesto gli estranei. Non li voglio in casa mia.

«A me la signorina Mayfair ha fatto molta tenerezza, signore. Sembra una bambina.»

A Ted fanno tenerezza tutti gli animaletti smarriti del bosco. Per questo non fa che raccogliere uccellini con l'ala spezzata e leprotti feriti, con grande gioia di Angélique.

«Capitano, io credo che se le permettesse di restare almeno per qualche tempo... Capitano?»

La voce di Ted si spegne lentamente, mentre mi allontano dallo studio senza rispondergli.

Una bambina... così l'ha definita lui. Quella giovane donna, una bambina. L'immagine di lei, ferma nell'atrio, è indelebile nella mia mente. Nitida e perfetta. Annabelle Mayfair era avvolta dalla luce. Sembrava irradiarla lei stessa. Quando ha guardato nelle ombre, verso di me, avrei voluto afferrarla e trascinarla nel buio. Vedere se avrebbe continuato a splendere. Forse la sua luce avrebbe illuminato anche me. E allora sarebbe fuggita. Nella notte, sotto la neve, urlando terrorizzata. Perché le brave bambine sanno che bisogna avere paura del buio. Nel buio ci sono i mostri. Nel buio di questo castello, ci sono io.

Entro nella stanza della ragazza. Lei non conta niente. Lei è ininfluente. Tuttavia se il maggiore MacTrevor vuole che Annabelle Mayfair resti al castello, allora così sarà. Nient'altro da aggiungere. Il maggiore MacTrevor può chiedermi qualunque cosa, dopo che ho giurato di proteggere Scott e sono stato capace di riportargli un cadavere.

Tra tutte le camere disponibili, Elizabeth Tower ha assegnato a miss Mayfair la più lontana dalla mia. Come se servisse a qualcosa, tuttavia Lilibeth è fatta così: sempre decisa a proteggermi. Ma non è mai riuscita a proteggermi da me stesso.

Chiudo piano la porta e mi avvicino al letto. Il chiarore della neve sembra concentrarsi sulla ragazza, come innocenza attratta da innocenza. Annabelle Mayfair dorme davvero come una bambina, la guancia posata sul cuscino, le labbra rilassate e appena socchiuse. I capelli sciolti intorno a lei. Respira lieve e le ciglia, incredibilmente lunghe, si curvano con dolcezza nello sfiorare i suoi zigomi. Cristo, è di una bellezza che toglie il fiato.

Sta raggomitolata e indifesa, la trapunta aggrovigliata in fondo al letto, e indossa una camicia di flanella che le lascia scoperte le gambe. Mi prendo tutto il tempo per ammirarle: lunghe, affusolate, con le caviglie sottili e i piedi nudi dal disegno perfetto. Mi piacerebbe sentire quelle magnifiche gambe intorno ai fianchi… e poi guidarle sulle mie spalle. Sono tentato di accarezzare quei piedini tanto vulnerabili. Solleticarne la pianta… titillare una per una quelle graziose, piccole dita…

Ted ha detto che lei gli ha fatto tenerezza. Io avverto una fitta all'inguine e lo sento diventarmi duro. Ho una fottuta erezione solo a guardarla dormire. Tanto basterebbe per farmela odiare, questa sconosciuta entrata nel mio territorio, nell'unico luogo dove ho deciso di confinare la mia presenza per liberarne il mondo. Lei, invece, è arrivata fin qui. Annabelle Mayfair. Ha turbato la mia pace, come un sasso gettato in uno stagno infrange la quiete della superficie. E, come quel sasso, sarà inghiottita sempre più a fondo nel buio dell'abisso.

Nel sonno le sfugge un gemito. Su di me ha l'effetto di una scossa elettrica. La odio per questo. La odio per essere qui, per la lettera del maggiore che ha portato con sé, per i ricordi che ha risvegliato. La odio perché… è così bella. Bellissima.

Si gira nel sonno e si sdraia sulla schiena, scomposta. La camicia si apre un poco, scoprendole il ventre. La sua pelle sembra seta. La fossetta dell'ombelico si offre ai miei occhi, mentre il suo seno si alza e si abbassa seguendo il ritmo calmo del respiro. Indossa mutandine di cotone bianco. Senza una trasparenza, del pizzo, qualcosa che parli di seduzione. Io… 'Fanculo, gliele strapperei di dosso. Ha le guance soffuse di un rosa delicato, mentre dorme serena come una bambina, immersa nel sonno profondo degli egoisti. Ma è pericolosa come una sirena. Mi chiedo cosa farebbe, questa incauta sirenetta, se cominciassi ad accarezzare la pelle nuda del suo indifeso pancino. Leggero, solo con la punta delle dita, in un tocco che non saprebbe se reale o frutto di un sogno.

Mi avvicino di più, fino a sfiorare con le mie gambe il materasso del letto, fino a proiettare la mia ombra sul corpo disteso davanti ai miei occhi come una vittima sacrificale. Lei gemerebbe ancora, se quel sogno lo rendessi più caldo e selvaggio, se leccassi quella fossetta deliziosa per poi soffiare sulla pelle inumidita dalla mia saliva? Sì, diventerebbe più veloce, quel respiro adesso così tranquillo. Più intenso, il rossore sulle sue guance. Dovrei bendarla, rifletto tra me. La guardo e la immagino nuda, con solo una striscia di seta nera a coprirle gli occhi. Le cose che potrei farle... Il piacere che le farei conoscere. Chissà se avrebbe paura? Dubito abbia già scoperto quale potente afrodisiaco sia la paura. Voglio sentirle pronunciare il mio nome. Sì, voglio il mio nome su quelle labbra piene e morbide, che continua a tenere socchiuse in maniera tanto seducente. Le cose che potrebbe fare con quella bocca... come baciarmi. Dio, voglio baciarla ed è straziante. Detesto i baci, perché so che nessuna donna desidera essere baciata da me. Non sulle labbra, almeno, quando si mescolano sospiri e anima nella più vicina rappresentazione del fare l'amore. Eppure vorrei baciare lei. Indugiare con le mie labbra sulle sue... una volta soltanto. Mi basterebbe. Me ne ricorderei per sempre. Non la bacio. Prendo la coperta tra due dita e la distendo con attenzione sul suo corpo. Esco dalla stanza, senza un altro sguardo ad Annabelle Mayfair. Eppure so che lei è qui. Indifesa, bellissima e serenamente addormentata. La sua presenza mi scorre nelle vene come una dose di eroina dopo un inferno interminabile di astinenza. Rido piano, pensando che alla fine sono diventato davvero pazzo. Lei me ne ha data conferma. La odio.

Ma mai quanto odio me stesso, ogni giorno sempre di più.

Capitolo 5

Annabelle apre gli occhi lentamente, la sua stanza è inondata di sole. Per un istante osserva ammaliata i raggi riflettersi sul mondo di cristallo al di là della finestra. La neve caduta durante la notte lo ha trasformato nel regno delle fate. Allunga una mano per controllare l'ora sullo smartphone. Balza seduta sul letto, quando scopre che sono quasi le otto.

«È tardissimo! Già non piaccio per niente a miss Tower, adesso si convincerà anche che sono una pigrona» geme tra sé, correndo in bagno per poi vestirsi a tempo di record. È sorpresa di aver dormito così a lungo e tanto bene da sentirsi ristorata completamente. Non le era mai successo in un luogo sconosciuto e in un letto che non era il suo. Non le era più successo, da quando suo padre si era ammalato. Le notti successive alla morte di Benjamin erano state inquiete, veglia e sonno intervallati da incubi angoscianti, che al risveglio la lasciavano stremata. Ma non la notte appena trascorsa. La sua prima notte a Lions Manor.

«La prima di molte notti» promette alla Annabelle che la guarda dallo specchio. «Devo solo parlare con il signor Lions e chiarire l'equivoco. Perché sicuramente è tutto un banale equivoco.

Il maggiore MacTrevor non mi avrebbe mai mandata fin qua se non ci fosse un posto per me.»

Riflette sul proprio abbigliamento: stivaletti comodi allacciati alla caviglia, jeans puliti, camicetta bianca con sopra un caldo maglioncino rosso, ideale per il clima rigido del luogo.

«Sembro una matricola al mio primo giorno di college» ammette tra sé con un sospiro sconfitto. «Una perfetta candidata a gestire i buoni pasto della mensa, altro che la bibliotecaria di un castello come questo.»

Purtroppo il suo trolley non offre grande possibilità di scelta, e Annabelle non ricorda nemmeno l'ultima volta che si è concessa un giro per negozi.

«Almeno i capelli sono ancora in ordine» si consola, rivolgendo un pensiero di gratitudine alle sue tre fatine. L'oggetto più elegante in suo possesso è la catenina d'oro che porta appesa al collo, con il ciondolo a forma di rosa. Apparteneva a sua madre e Annabelle non se la toglie mai di dosso. La sfiora con due dita, per raccogliere il coraggio di affrontare la grande sfida di quel giorno.

«Sii forte, Annabelle!» raccomanda a se stessa. Poi, preso con sé il vassoio della cena, esce dalla camera. Percorre il corridoio, guardandosi intorno incuriosita. Tutto le appare diverso dalla sera prima, mentre la governante le faceva strada tra le luci calde e soffuse proiettate dai lumi. Marmi, parquet e tappeti si alternano sotto i passi di Annabelle, circondata da stucchi e tappezzerie, mobili antichi e preziosi oggetti di antiquariato. Eleganza e ricchezza respirano in ogni dettaglio, e lei non può fare a meno di restarne incantata. È evidente che Lions Manor ha impiegato anni per arrivare a un simile livello di eccellenza. Generazioni di Lions hanno fatto di quel castello il *proprio* castello, a cominciare dal primo che, come raccontato dalla gente del luogo, ha costruito quell'edificio straordinario mattone dopo mattone. Eppure Annabelle si accorge che non c'è niente che racconti qualcosa dell'attuale padrone del maniero. Alle pareti sono appesi quadri meravigliosi, di paesaggi europei e dipinti del Novecento che lei si attarda a osservare emozionata. Riconosce la grazia eterea di un Renoir, i tratti aggressivi e rivoluzionari di un Picasso. Ma non ci sono ritratti. Le cornici appoggiate sulle eleganti consolle di palissandro sono tutte vuote. Lions Manor sembra appartenere a un fantasma.

All'improvviso delle voci raggiungono Annabelle. Lei si affretta a scendere delle scale molto più semplici e funzionali rispetto all'imponente scalinata di gala che domina l'atrio d'ingresso.

«Queste sono le scale di servizio» capisce, saltando giù dagli ultimi due gradini per trovarsi di fronte alla porta aperta della cucina. E le donne che stanno parlando tra loro tacciono appena si accorgono di lei. Annabelle si trova puntato addosso lo sguardo di due paia di occhi tra loro molto simili: uno è quello di miss Tower, sempre impeccabile nella sua tenuta grigia e inamidata. L'altro è di una donna poco più giovane, con i capelli raccolti in una retina e grembiule bianco annodato in vita. La cuoca del castello.

Annabelle rivolge loro un raggiante sorriso, che nessuna delle due ricambia, osservandola come farebbero due sentinelle di frontiera all'avvicinarsi di un forestiero: pronte prima a sparare e poi a chiedere informazioni. Lei non si lascia scoraggiare e si fa avanti.

«Buongiorno. Scusate l'ora, di solito sono abituata ad alzarmi prima. Ho riportato il vassoio della cena. Era tutto squisito, grazie infinite!»

Posa il portavivande sulla penisola della grande cucina, con uno sguardo allo sconfinato piano cottura a induzione, i forni e i pensili, che di sicuro contengono tutti gli strumenti che farebbero la felicità di uno chef stellato. È attrezzata per un ricevimento reale, tuttavia Annabelle non ha avuto l'impressione che al castello abiti molta gente, né che si tengano spesso delle feste.

"Il signor Lions non riceve nessuno!" ha affermato la governante, la sera prima.

«Come sei dolce e gentile! Hai apprezzato la mia cucina, questo significa che hai grande buongusto» sentenzia la cuoca, accennando un sorriso ad Annabelle. Le mani piantate sui fianchi e il capo orgogliosamente alzato le donano un aspetto battagliero, ma di sicuro molto più aperto di quello della governante. «Io sono madame Dubois. Siediti, ti preparo la colazione.»

Annabelle scuote la testa. Non è abituata a essere servita da qualcuno.

«No, per favore! Non è necessario. Posso benissimo…»

«Siediti» ripete la cuoca severa, indicandole uno sgabello accanto alla penisola. «Ti chiami Annabelle, vero? Molto bene, Annabelle, ti spiego subito come stanno le cose qui. Il castello ha le sue regole, sono le regole del signor Lions e tutti noi le osserviamo. Ma questa è la cucina. E la cucina è mia. C'è solo una regola nella mia cucina: si fa quello che dico di io. Quindi, *siediti*!»

La ragazza ubbidisce, guadagnandosi un compiaciuto cenno del capo di madame Dubois. Mentre la cuoca danza intorno ai fornelli e un invitante profumo di frittelle e caffè riempie la cucina, Annabelle riporta di nuovo lo sguardo sulla governante.

«Signora, la ringrazio per avermi accolta, ieri sera. Io sono sicura che ci sia stato un fraintendimento: sono davvero qui per occuparmi della biblioteca. Vorrei incontrare il signor Lions e avere l'opportunità di spiegarmi, così…»

«Il signor Lions le assegna il posto di archivista» la interrompe asciutta la governante. Annabelle resta a bocca aperta. Batte le palpebre incredula: si era preparata a combattere, invece tutto si è risolto con una facilità inaspettata che la disorienta.

Gioia e sollievo irrompono dentro di lei.

«Davvero? Oh grazie! Grazie! Farò del mio meglio!» promette piena di entusiasmo. Divora la colazione, trovando tutto buonissimo. Fa i complimenti alla cuoca, che le strizza l'occhio compiaciuta.

«Quando potrò incontrare il signor Lions?» domanda, pulendosi la bocca con un tovagliolino. Ed è come se alla sua domanda qualcuno avesse spalancato una finestra sull'inverno del Vermont. Annabelle osserva confusa le due donne scambiarsi occhiate indecifrabili. Non capisce cosa abbia detto di tanto strano per ottenere una simile reazione. Infine la governante si schiarisce la gola. Posa su di lei uno sguardo intransigente.

«Il signor Lions non incontra nessuno. Quando e se deciderà di riceverla, allora sarò io a farglielo sapere. Per qualunque necessità, dovrà fare riferimento esclusivamente a me. Può chiamarmi miss Tower» la informa con asciutta efficienza. Annabelle si trattiene a fatica dal farle il saluto militare.

Signorsì, signora!, pensa con un pizzico di inebriante irriverenza. Poi, con grande stupore di Annabelle, miss Tower spinge verso di lei una busta bianca.

«Ecco! Sono certa che troverà più che soddisfacente il suo primo stipendio.»

Annabelle apre la busta e sgrana gli occhi al fascio di banconote che ci trova dentro. Le scorre con un dito, facendo un conto approssimativo. Il risultato è talmente esagerato da sbalordirla.

«Primo stipendio? Questo... questo sarebbe solo il primo stipendio?!»

La governante si porta alle labbra una tazza del tè preparato per lei da madame Dubois.

«Il signor Lions ha voluto includere un piccolo bonus per ripagarla dei costi sostenuti durante il viaggio da Menton. È un uomo molto generoso, signorina Mayfair. Sa come ricompensare un comportamento onesto e leale. Sia sempre onesta e leale, signorina. Rispetti le regole di Lions Manor e vedrà che si troverà bene. Non avrà mai da pentirsene.»

E la prima regola è che Declan Lions non vuole vedermi, riassume Annabelle tra sé.

La portafinestra si apre lasciando comparire Ted, intento a battere gli scarponi sul gradino della cucina per liberarli dalla neve.

«Buongiorno a voi, mie signore. È arrivato l'inverno!» annuncia allegramente.

«Per l'amore del cielo, entra e chiudi quella porta! Vuoi congelarci?» lo esorta madame Dubois. «E pulisciti le suole! Non vorrai inzaccherarmi tutto il pavimento?»

Il giovane le rivolge un sorriso che scioglierebbe anche un ghiacciaio. Annabelle si diverte a vedere la cuoca fingere una ruvida indifferenza, quando è evidente che adora Ted.

«E siediti. Ho detto *siediti*! Ma si può sapere perché questa mattina devo ripetermi sempre? Prendi una tazza di tè.»

Ted si porta alle labbra una tazza fumante. Ci soffia sopra, osservando Annabelle oltre l'orlo.

«Ecco tra noi l'ultima arrivata a Lions Manor! Allora, come ti trovi?»

«Molto bene, signor...»

Lui scrolla le spalle.

«Ted. Qui per tutti sono solo Ted. E, se me lo permetti, io ti chiamerò Annabelle.»

Lei annuisce deliziata. Finalmente sente di aver trovato un amico.

«Allora che progetti ha per oggi la nostra archivista?»

«Cominciare a lavorare! E credo che sarebbe un buon inizio se trovassi la biblioteca in questo gigantesco maniero» risponde con tanto entusiasmo che Ted si mette a ridere. Le dita di Annabelle si stringono intorno alla busta con il suo stipendio. «E devo anche recuperare la mia auto. L'ho lasciata lungo il sentiero, ieri sera, mentre venivo qui. Non si metteva più in moto. È una vecchia Ford e ha bisogno di riparazioni. È possibile contattare un'officina giù in paese? Naturalmente me ne occuperò durante la pausa pranzo.»

Ted scuote il capo.

«La tua auto sarà seppellita dalla neve, dopo ieri notte. Adesso non sta nevicando e le previsioni sono abbastanza buone, per oggi e domani. Ma nessuno si azzarderà mai a salire verso il castello, con un tempo come questo. Comunque, penso di aver capito dove l'auto ti ha lasciato in panne. Più tardi vedrò di trovarla e trainarla fino al castello. Se il danno non è irreparabile, dovrei riuscire a sistemarla.»

Annabelle vorrebbe gettargli le braccia al collo.

«Lo faresti davvero? Oh grazie! Sei appena diventato il mio eroe personale!»

Lui si schermisce con una risata.

«No, sono solo un ragazzo cresciuto in Alaska. E adoro l'inverno! Mi sembra di tornare a casa.»

Miss Tower si alza da tavola e quel semplice gesto sembra far ripartire il tempo. Annabelle ha quasi l'impressione di sentire il tic-tac dell'orologio.

Forza, c'è un lavoro che ti aspetta. In marcia!, dice a se stessa. Si avvicina alla governante e le domanda gentilmente di mostrarle la biblioteca.

**

Ad accogliere Annabelle è il buio. Miss Tower apre la doppia porta che dal corridoio conduce alla biblioteca, ed entrambe entrano in un regno in penombra. Lo sguardo di Annabelle impiega alcuni momenti per abituarsi a quell'assenza di luce, mentre segue la governante attraverso il salone. La donna cammina sicura, mentre Annabelle incespica e perde subito l'orientamento. Dalle porte lasciate socchiuse filtra appena una lama di luce, che non basta a dissolvere le ombre. Annabelle ha l'impressione di sentirle respirare intorno a sé. Con un brivido si ferma al centro della grande sala. O almeno a quello che a lei sembra che sia il centro.

Non è facile capirlo, perché ha la straniante sensazione che lo spazio si allunghi all'infinito, intorno a lei. In ogni dimensione, sconfinando anche in quella del tempo. Il tic-tac dell'orologio perde significato. Chiude gli occhi con un respiro profondo. C'è sentore di chiuso, ma non è sgradevole. È più un profumo di cose dimenticate, di libri che dormono da lungo tempo in attesa di qualcuno disposto a sfogliarli. C'è l'odore della carta e del cuoio, di fiori secchi, inchiostro e forse un sigaro, fumato tantissimi anni prima. Zucchero, biscotti e liquore dolce. Il profumo di un passato felice.

La governante tira le tende e la luce del sole irrompe nella biblioteca. Annabelle sussulta, incapace di distogliere lo sguardo dalle librerie alte fino al soffitto, piani e piani dove i volumi si rincorrono come un domino senza fine.

«Che meraviglia!» esclama, ma sottovoce, con riverenza. Gira su se stessa e comincia a camminare per quell'ambiente enorme, le librerie che si trasformano in pareti, si intersecano e si chiudono, formando un labirinto. Annabelle scruta tra le ombre, tentata di proseguire per scoprire quali testi si nascondono là, timidi, lontani dalla luce. «Ci vorrebbe un gomitolo di lana per non perdersi!» ammette allegra, tornando sui suoi passi e vicino a Miss Tower. La governante la osserva con espressione impenetrabile.

«È stata la nonna del signor Lions a raccogliere la maggior parte dei libri che vede, ampliando la biblioteca che oggi si estende per un quarto del piano nobile» spiega asciutta, conducendola in una parte sgombra della sala, verso una scrivania dove, con stupore di Annabelle, ci è appoggiato sopra un portatile. Un Mac, riconosce lei battendo le palpebre. Un dettaglio tecnologico quasi fuori posto in un luogo dotato di un tale fascino senza tempo.

Tutto Lions Manor sembra senza tempo, ammette Annabelle.

Miss Tower accenna al computer.

«Il signor Lions pensa che le sarà utile nel suo lavoro, per creare un archivio dei libri raccolti finora.»

Annabelle sussulta a quelle parole, sfiorata da un terribile presentimento.

«Esattamente cosa intende con "creare"? Senz'altro ci sarà già un database di partenza...»

La governante le rivolge un sorriso che a lei ricorda molto il sogghigno di una strega, nelle favole dove l'eroina è messa alla prova in cimenti apparentemente impossibili.

«Ma certo, signorina Mayfair. Eccolo là!» le risponde, indicando tre grossi bauli, perfetti per un viaggio transcontinentale di fine Ottocento. Annabelle si avvicina e solleva il coperchio della prima cassa. Cade in ginocchio davanti a quello che custodisce. Carta. Centinaia di fogli di carta. Molti stampati, altri dattiloscritti, alcuni perfino compilati a mano, dove sono riportati prezzi di acquisto, date di anni addietro, registrazioni di passaggio tra acquirente e venditore. Ci sono marchi di editori e librerie, nomi privati e stemmi.

«Sono bolle di consegna» mormora lei, sbirciando dentro gli altri due bauli per scoprire che contengono la stessa cosa.

«Il signor Lions desidera che tutti i libri presenti nella sua biblioteca siano registrati e messi in ordine secondo criterio. Ha anche detto di sentirsi libera di operare nel modo che ritiene migliore. L'archivista è lei.»

«Ma com'è gentile il signor Lions» sussurra Annabelle atterrita. «In realtà se avesse qualche consiglio da darmi, ne sarei felice. Mio Dio, ci metterò una vita solo a catalogare tutto! Figurarsi mettere in ordine.»

«Ha detto qualcosa, signorina?» indaga la governante, corrugando la fronte.

Lei si affretta a scuotere la testa.

«Che non vedo l'ora di cominciare!» garantisce con un sorrisone. «Solo un'ultima cosa, Miss Tower: posso avere i codici di accesso per il Wi-Fi?»

Già pronta ad andarsene, la governante si ferma un istante, guardando Annabelle in silenzio.

Lei prende lo smartphone dalla tasca dei jeans.

«Il mio telefono non ha campo qui. Le dispiace se uso la rete del castello? Così almeno sarò raggiungibile tramite Skype e WhatsApp.»

Non che abbia grandi contatti da mantenere... però il maggiore MacTrevor mi ha dato la sua email. Mi piacerebbe fargli sapere che ho seguito il suo consiglio e sto bene, riflette Annabelle. Miss Tower sembra essersi trasformata in una statua di ghiaccio.

«Signorina Mayfair, al signor Lions è stato riferito che lei non ha più legami con Menton. Che questo lavoro rappresenta l'opportunità di iniziare una nuova vita. La prego di dirmelo adesso, se le cose non stanno così.»

Annabelle sente scottare le guance, mentre si sforza di deglutire il nodo che le si è formato in gola. In passato Mildred e Drusilla hanno raggiunto risultati ineguagliabili nell'arte di farla sentire una povera disperata, ma quel senso di umiliazione era convinta di averlo lasciato dietro di sé, a Menton. Le toglie il respiro l'idea che il signor Lions l'abbia assunta per pietà.

Esattamente che genere di referenze ha scritto il maggiore su di me?

La governante inarca un sopracciglio e Annabelle distoglie lo sguardo, imbarazzata di mostrarsi tanto vulnerabile. La donna si schiarisce la voce.

«Quello che voglio dire, signorina Mayfair, è che nella scelta di un membro del suo staff per il signor Lions sono determinanti lo zelo e la devozione. Non approva che ci siano... distrazioni. È un uomo molto generoso, come lei ha già avuto modo di scoprire. Ma tutto ha un prezzo e il lavoro che la attende...» Miss Tower accenna alla sterminata quantità di libri che le circondando. «Non sono un'archivista, ma non penso di sbagliare se dico che la assorbirà completamente e per diversi mesi.»

Vagamente rinfrancata dalla spiegazione della governante, Annabelle annuisce.

«No, ha ragione, Miss Tower.»

Quest'ultima annuisce compita.

«La lascio al suo lavoro. In ogni modo presenterò al signor Lions la sua richiesta.»

La governante si allontana e quando Annabelle sente le porte della biblioteca richiudersi, si lascia sfuggire un sospiro. Si alza in piedi, sfiorando i volumi in fila sugli scaffali. Libri. Tanti, tantissimi libri. Annabelle decide di prendersi la giornata per conoscerli, fare amicizia con loro. Passa il tempo, mentre si muove tra un argomento e l'altro, tra un genere e l'altro. Grandi classici, manuali, libri di testo, saggi e prime edizioni di capolavori della narrativa. C'è di tutto e lei si sente quasi stordita, mentre in preda a una frizzante euforia si muove tra le librerie e saltella di gioia man mano che trova un tesoro dietro l'altro. Poi, all'improvviso, il suo sorriso si spegne, quando accarezza l'ultimo volume raccolto con un senso di struggente malinconia.

«*Il Conte di Montecristo*» legge a voce alta, sfiorando con la punta delle dita i caratteri dorati impressi nella copertina del volume. Lo apre, fa scorrere a ventaglio le pagine e poi se lo stringe al petto.

Era il nostro romanzo preferito, papà. Te lo ricordi? Almeno adesso riesci a ricordarlo?

L'assenza di Benjamin Mayfair si fa straziante come non è mai stata dal giorno della sua morte. La mancanza del padre che ha perso già molto tempo prima, quando si è ammalato, lasciando al suo posto un estraneo. No, non ha preso proprio il suo posto: lo ha... imprigionato. Il vecchio Benjamin Mayfair, il papà che si sedeva in poltrona con lei sulle ginocchia, mentre insieme leggevano *Il Conte di Montecristo*, viveva ancora nell'uomo emaciato, cupo in viso e spesso malevolo di cui lei si è occupata negli ultimi tre anni. A volte la riconosceva, si ricordava di lei, erano sprazzi di luce nel buio che lo stava mangiando vivo, pezzo dopo pezzo. Sembrava lo sfavillio delle stelle di notte, quelle che suo padre aveva tanto amato nella sua vita. Quei rari momenti di lucidità erano una benedizione e una maledizione insieme. Annabelle ripone il libro sullo scaffale, mentre si asciuga le guance in silenzio.

Che vergogna piangere come una bambina! Per fortuna che non c'è nessuno.

Non c'è nessuno... un brivido scivola lungo la schiena di Annabelle. Non si sente sola. In quella labirintica biblioteca percepisce un respiro accompagnare il proprio. La presenza e il battito di un altro cuore.

«C'è qualcuno?» domanda, ma dalle librerie non risponde nessuno. Ci sono solo le ombre, il pulviscolo danzante tra le lame di luce. Annabelle comincia a tremare. Stringe i pugni, imponendosi di stare calma. Non c'è nessuno. Nessuno. Tuttavia...

«Miss Tower? Ted?» prova a chiamare, camminando tra le file intrecciate delle scansie. «Signor... signor Lions?» azzarda e si ferma. Si morde il labbro, senza sapere cosa fare. È impaurita al pensiero di incontrare questo misterioso personaggio che ha cambiato la sua vita, di cui tutti parlano senza che lei lo abbia mai visto. È impaurita, ma anche... eccitata. Annabelle sussulta, realizzando la piena portata di quel pensiero.

Mi sto comportando come una perfetta stupida. È solo suggestione, e io sono una donna adulta.

«Signor Lions, è lei? Per favore, mi risponda, signore. Se non vuole vedermi, resto qui. Se desidera rimanere solo, posso andare via e continuare più tardi. Però, la prego, dica qualcosa.»

Silenzio. Solo il respiro accelerato di Annabelle e il battito sempre più furioso del suo cuore.

Abbassa lo sguardo, sforzandosi di rilassarsi.

Non c'è nessuno. Sono solo nervosa. Troppo nervosa e...

Le sfugge un urlo quando qualcosa appare davvero dalle ombre. Si porta le mani al cuore, che poi abbassa con un'esclamazione di stupore.

«Ma tu sei un husky! Un siberian husky.»

Il cane le viene incontro scodinzolante. Poi si accuccia, osservandola con i suoi stupendi occhi azzurri. Annabelle è piena di gioia.

«Sei una meraviglia! Non vuoi avvicinarti? Vivi qui da molto? Stavi facendo un bel pisolino tra tutti questi vecchi libri, vero? Allora la presenza che avvertivo eri tu.»

Il cane abbaia come a darle conferma e lei ridacchia deliziata. Gli tende la mano per lasciarsi annusare e fare amicizia. La lingua ruvida e rosa dell'husky le accarezza la pelle, facendole il solletico. Annabelle ride di nuovo. Con cautela gli accarezza la testa, prendendo confidenza alla docilità mostrata dal cane. È un esemplare magnifico, dal pelo grigio come l'argento e tutta la fierezza del lupo, suo lontano antenato. Mentre passa le dita nella sua folta pelliccia, Annabelle si accorge che porta il collare.

«Moonlight» legge sulla targhetta. «Hai un nome bellissimo! Fai la guardia a questo castello, Moonlight? Esegui gli ordini del tuo padrone? Chi è il tuo padrone? Il signor Lions?»

Moonlight abbaia di nuovo il suo assenso. Si mette a scodinzolare festoso.

Annabelle sorride, grattandolo tra le orecchie puntute.

«Sei morbidissimo e davvero intelligente. Allora appartieni al signor Lions! Di certo conosci questo castello bene quanto il suo proprietario. Io, invece, sono appena arrivata e chissà per quanto tempo rischierò di perdermi. Mi faresti da guida, Moonlight?»

L'husky abbaia e si allontana un poco. Poi si volta, per accertarsi che lei abbia capito.

«Oh vuoi che ti segua? Va bene, andiamo!» acconsente Annabelle.

Moonlight la conduce fuori dalla biblioteca, attraverso corridoi e saloni dal mobilio coperto con grandi teli bianchi. Lei si guarda intorno, e ha l'impressione che parte del castello sia addormentato. Un sortilegio sembra aver spento parte della sua luce.

Il cane la porta in un'altra ala del maniero, dove un grande lucernaio di cristallo dà sole a un giardino d'inverno. Annabelle ammira a bocca aperta la rigogliosa vegetazione che cresce senza temere la più inclemente stagione dell'anno. L'aria profuma di fiori. Vicino a una fontana di pietra, scolpita con l'immancabile testa di leone, siede una ragazzina. Dondola i piedi calzati da scarpette rosa. È interamente vestita di rosa. Una gonna di tulle da ballerina si allarga intorno a lei.

Moonlight abbaia e la ragazzina sussulta, fissando uno sguardo sorpreso su Annabelle. E lei si accorge che ha la sindrome di Down. Alle orecchie porta un apparecchio acustico.

«Ciao! Io mi chiamo Angélique Dubois. Tu chi sei?»

«Io sono Annabelle Mayfair. Lavoro qui e sono arrivata ieri sera.»

La bocca della ragazzina disegna un "oh" di stupore.

«Anche la mia mamma lavora qui. La mia mamma è la cuoca del castello. Mentre io sono la fata del castello!» le spiega, inciampando un poco nella pronuncia di alcune parole. Poi si alza in piedi e fa una lenta piroetta su se stessa. Mostra con orgoglio la sua bacchetta magica: dalla stella di cartone sulla punta scendono nastrini dorati. «Se vuoi ti faccio una magia! Chiudi gli occhi ed esprimi un desiderio.»

Annabelle si abbassa per essere alla stessa altezza della ragazzina e fa come le viene detto.

Angélique le sfiora la fronte con la sua bacchetta.

«Ecco fatto! Adesso vuoi diventare mia amica?»

Annabelle riapre gli occhi e sorride.

«Certamente. Ne sarei felice.»

Un grande sorriso si disegna sul viso piatto e largo della ragazzina, che di slancio abbraccia Annabelle.

«Il desiderio non lo devi dire a nessuno, se no non si avvera.»

Annabelle annuisce a quella sentita raccomandazione.

«Farò come dici, fata del castello» promette seria.

L'unico desiderio che ha attraversato la sua mente è incontrare presto Declan Lions.

Capitolo 6

È ormai sera quando Annabelle si lascia cadere sul letto, il pigiama già indosso, pervasa da un senso di soddisfatta stanchezza. Sul comodino l'abat-jour proietta una luce calda e cullante. Il vento soffia impetuoso fuori dalla finestra, unico rumore di una notte immersa nel silenzio. Annabelle sbadiglia e chiude gli occhi, abbracciata al cuscino. È in quel momento che sente la musica. La raggiunge come in un sogno. La melodia dolce e triste di un pianoforte sembra chiamarla.

Annabelle si mette seduta sul letto, ascoltando con attenzione. Qualcuno sta suonando, al castello. In quella notte di neve e di luna, di stelle e di ombre, un pianoforte libera il suo struggente richiamo.

Annabelle scende dal letto, indossa un cardigan sulla sua casacca di flanella ed esce dalla camera. Scalza, trasognata, non si chiede se sia giusto oppure non lo sia. Pian piano, mentre prosegue lungo i corridoi, la melodia diventa più nitida, più dolce e sempre più necessario per lei raggiungerne la fonte. Insegue quei suoni armoniosi come ammaliata. Tutta la solitudine dentro il suo cuore, la tristezza e il rimpianto, trovano voce ed espressione nella musica che qualcuno, da qualche parte, in quel castello, sta suonando.

Chi è? Chi sta provando i suoi stessi sentimenti? Ma più cupi e disperati, come una richiesta di aiuto da cui lei si sente toccata profondamente. Non può ignorarla o il suo cuore si spezzerebbe. Si ferma di fronte a porta accostata, dove una luce soffusa filtra debole oltre la soglia. Sotto i suoi piedi c'è la morbidezza del tappeto. Intorno a lei, sulle note di quella triste sonata, danzano le ombre del corridoio. Il cuore di Annabelle batte furioso e la mano le trema mentre la allunga verso la maniglia. Sta per sfiorarla, quando una voce severa la richiama alla realtà.

«Cosa crede di fare, signorina Mayfair?»

Sussulta, voltandosi verso la governante. Miss Tower è ancora nella sua tenuta da lavoro, che indossa come un'armatura. E sembra pronta a sguainare la spada.

«Io... ho sentito la musica e allora...» Annabelle si morde le labbra, incapace di offrire una spiegazione a se stessa men che meno all'intransigente governante, che la scruta dall'alto in basso come se fosse una bambina maleducata. La musica improvvisamente tace. La ragazza rivolge uno sguardo addolorato alla porta, perché il venir meno della melodia segna quasi la fine di un incantesimo.

«È il signor Lions al pianoforte, vero?»

Miss Tower stringe le labbra in una linea dura.

«Il signor Lions ama trascorrere alcune serate in questo modo. E lei lo ha disturbato. Ora, esattamente quale parte della frase *"Quando il signor Lions vorrà incontrarla, sarà lui a farla chiamare"* le risulta di così oscura comprensione?»

Annabelle si sente arrossire fino alla radice dei capelli.

«Io non volevo... È solo che la musica era così bella...»

E lui mi sembrava così solo. Era come se mi stesse chiamando, aggiunge tra sé, distogliendo lo sguardo.

Gli occhi di miss Tower perdono un po' della loro freddezza.

«Sì, il signor Lions suona con grande trasporto» mormora, quasi un segreto sfuggito a tradimento. Subito si ricompone. Fissa Annabelle con estrema disapprovazione. «In ogni caso, signorina Mayfair, pensava di presentarsi al signor Lions così? A piedi nudi e in... in vestaglia, se quella si può chiamare vestaglia?»

Annabelle non riesce a proferire parola, mentre la pienezza della situazione la travolge. Si è coperta di ridicolo e vorrebbe solo che il pavimento si aprisse per inghiottirla. Incrocia le braccia davanti al seno e abbassa la testa.

«Mi dispiace, signora. La prego di scusarmi» farfuglia, oltrepassando la governante per tornare di corsa nella sua stanza. Si getta sul letto, il viso in fiamme affondato nel cuscino.

«Sono una stupida. Una stupida! Perché mi sono comportata così? Perché?»

Non riesce a rispondersi, mentre sottopelle si sente attraversata come da un flusso magnetico, scintille elettriche che la tormentano. Con un sospiro esasperato collega le cuffiette allo smartphone e fa partire la sua playlist preferita. Lascia che la musica la porti lontana. La faccia dimenticare. La induca a sognare. Chiude gli occhi.

Era lui che stava suonando. Declan Lions. Era al di là di quella porta. Ancora un momento e lo avrei incontrato.

Sono gli ultimi pensieri che attraversano la mente di Annabelle, prima di riuscire, finalmente, ad addormentarsi.

***

Declan

Lilibeth è stata severa con la ragazzina. E lei più audace di quanto le avrei mai dato credito.

Oggi è la seconda volta che Annabelle Mayfair mi ha mancato per un soffio. Un'inezia, un dettaglio, una di quelle maledette e fottute casualità che in un secondo possono cambiarti la vita. Spezzarla. Distruggerla. Mi piace giocare con il fuoco fin da quand'ero bambino, Lilibeth lo sa e si è sempre preoccupata per me. Ma dopo che hai giocato con il napalm, bisogna per forza alzare l'asticella del rischio, per provare qualcosa. Un brivido, una sensazione, qualsiasi fottutissima cosa che ti dica che non sei morto. Io non sono morto. Dovrei essere morto. E Scott dovrebbe essere vivo. Invece non è andata così, niente va mai come cazzo dovrebbe e io sono un morto ancora tormentato da tutti i fottuti bisogni di un vivente. Respirare, mangiare, dormire... scopare. Un primario impulso biologico, ecco cosa mi porta anche questa notte nella stanza di Annabelle Mayfair. Non è per lei. L'ho già detto che lei, questa ragazzina, non ha nessuna importanza. Chiunque altra al suo posto andrebbe bene. È semplice e sano appetito sessuale... lo stesso che ho sfogato con Savannah e che mai, in tutta la mia vita del cazzo, ha influenzato il mio comportamento.

La guardo dormire. È incantevole, non posso mentire a me stesso. Il giorno che comincerò a mentire a me stesso metterò tutti i proiettili nel caricatore per regalarmi un bel giro di roulette russa.

Ammetto che ad attrarmi verso Annabelle Mayfair è l'istinto primordiale di possedere una cosa così bella e innocente. L'opposto di tutto ciò che sono. L'ho osservata, oggi in biblioteca. Ho visto il suo entusiasmo e l'ho odiata per la gioia meravigliata che le illuminava il viso, davanti agli scaffali di libri. Canticchiava allegra, inconsapevole del mio sguardo, protetta dalla sua beata ignoranza. La sua serenità mi ha suscitato dentro una tempesta di emozioni che neppure mi credevo più capace di provare. Frustrazione, rabbia e la voglia potentissima di turbarla, sconvolgerla. Annabelle Mayfair è una gigantesca scocciatura. Un'estranea, che con la sua presenza mi ha tolto la libertà di muovermi come voglio in casa mia. E poi... e poi lei è diventata triste. Si è messa a piangere. Perché un romanzo vecchio di due secoli l'abbia sconvolta, io non lo so. Ma so che le sue lacrime silenziose me le sono sentite addosso come acido. Mi è mancato il respiro e ho controllato a stento l'istinto di afferrarla e stringerla tra le braccia. Trascinarla al riparo, nelle ombre che le nascondevano la mia presenza. C'è conforto nelle ombre. C'è la consolante libertà di potersi lasciare andare. Senza limiti. Senza essere mai toccati dal giudizio degli altri, dagli sguardi degli altri.

Mi avvicino al letto, dove lei sta dormendo profondamente. Vorrei svegliarla anche solo per spezzare quella pace da cui io sono escluso. Oggi, in biblioteca, mi ha supplicato perché mi rivelassi a lei. Ha una voce dolce e morbida. Lei è dolce e morbida. Signor Lions... Signor Lions... Cristo, è Declan che voglio sentirle dire. Sospirare e gemere. Implorare, sì anche quello. Il mio nome sulle sue labbra e il mio cazzo dentro di lei. Il suo corpo tra le mie braccia e la mia lingua nella sua bocca. L'oscurità che ho dentro colmata da tutta la sua luce.

Sul cuscino, vicino al suo bellissimo viso, ci sono delle cuffiette. Le ha perse nel sonno, proprio come la ragazzina che è. Il filo bianco pende dallo smartphone. Lo prendo, sfioro appena lo schermo e si illumina. Un modello vecchio di chi non si è mai potuto permettere di meglio. Non mi meraviglio: basta guardare i suoi vestiti per capire che Annabelle Mayfair non ha avuto molto dalla vita. Solo una bellezza straordinaria, di cui non sembra lontanamente consapevole, un'intelligenza sensibile e un cuore gentile, almeno secondo il maggiore MacTrevor.

Neppure una password protegge il suo telefono, e questo sì, mi stupisce. Annabelle Mayfair continua a dormire, i suoi stupendi occhi chiusi e le labbra lievemente imbronciate. Come in attesa di un bacio. Si sveglierebbe, se la baciassi. Urlerebbe. Oh, vorrei sentirla urlare per me, disperata e senza controllo, mentre sono impegnato a baciare labbra diverse da quelle della sua invitante bocca... Lei sospira e si gira sul letto. Ha di nuovo gettato via la coperta e adesso mi volta le spalle. Si raggomitola un poco. Le sue virginali, irresistibili mutandine coprono appena la curva seducente di un culetto che davvero mi divertirei a prendere a morsi. Lo smartphone è ancora illuminato, indifeso come lei. O forse quella di Annabelle Mayfair è la libertà assoluta di chi non ha segreti, nulla da nascondere e nessun giudizio da temere. Odio una simile libertà. Odio anche lei. La invidio e la desidero da impazzire. E come altro potrei mai desiderarla, dal momento che sono pazzo?

Sfioro di nuovo lo schermo e appare la playlist che lei ha ascoltato prima di addormentarsi. Un ghigno mi piega le labbra, mentre davanti ai miei occhi scorre l'intera colonna sonora de *Il Fantasma dell'Opera*, il musical di Andrew Lloyd Webber.

Ragazzina romantica!

Mi piego su di lei, la mia ombra la accarezza. Le prendo una ciocca di capelli, che mi arrotolo intorno al dito. Le sfioro una guancia.

Sogni di fare l'amore con il Fantasma, piccola? Lo sai lui cosa ti farebbe? Lo sai io cosa ti farei? Lascio andare i suoi capelli e ritraggo la mano. No, non lo sai. O scapperesti, come Christine. Le donne sognano il Fantasma, ma alla fine restano con Raoul.

Il braccio mi cade stancamente lungo il fianco. Esco dalla stanza. Fosse altrettanto facile far uscire lei dai miei pensieri.

Capitolo 7

Annabelle starnutisce, mentre seduta a gambe incrociate sul pavimento della biblioteca cerca di fare ordine tra le bolle di consegna dentro i bauli. Poco dopo mezzogiorno, Angélique le ha portato dei sandwich gentilmente preparati da sua madre.
«Grazie, fata del castello. Sei la migliore!» le ha sorriso Annabelle, ma senza interrompere il lavoro. La ragazzina l'ha osservata per alcuni momenti, prima di allontanarsi insieme a Moonlight. I tramezzini sono rimasti intoccati, lasciati sulla scrivania vicino al computer.
«D'accordo, almeno una cosa posso dire di averla capita: la nonna dell'attuale signor Lions era affetta da un'autentica biblio-follia!» afferma Annabelle, le mani alzate in segno di resa. «Un'accumulatrice seriale di libri. I suoi acquisti spaziavano tra i generi più vari e la conquista di una prima edizione valeva qualsiasi prezzo. Nella sua vita ha creato una collezione eccezionale, ma senza nessuno a tenerla in ordine i volumi si sono accatastati alla rinfusa.»

Aperto l'ultimo baule, Annabelle tira fuori una manciata di fatture. Si libera anche una nuvola di polvere che le arrossa gli occhi, strappandole l'ennesimo starnuto.

«Questo non è stato più aperto da anni!» esclama, dopo essersi soffiata il naso. Improvvisamente si accorge che c'è qualcosa, nascosto sotto una montagna di vecchi fogli di carta. Incuriosita controlla meglio e, con emozionato stupore, si trova tra le mani un volume foderato di velluto azzurro. Due nastri di seta bianca lo chiudono con un bel fiocco. Annabelle scioglie il nodo e scopre che le pagine, protette tra loro da veline trasparenti, sono piene di fotografie.

«Un album di famiglia!» comprende, il cuore che fa un balzo nel suo petto. Comincia a sfogliarlo e immagini del castello si susseguono in scatti di ogni stagione degli anni passati. Una coppia distinta ed elegante, un po' avanti negli anni, posa di fronte all'obiettivo. Annabelle gira la foto e trova scritti due nomi e una data.

«Questi sono i nonni del signor Lions!»

Soffoca un gridolino di gioia, mentre continua a voltare le pagine e gli scatti proseguono attraversando il tempo. Appaiono vari ritratti dell'eccentrica signora che ha raccolto la maggior parte dei libri intorno a lei, facendo ampliare la biblioteca. Poi un'altra coppia, un uomo bello e atletico, l'aria maledetta alla Johnny Depp, accanto a una giovane donna bionda, altera come una principessa.

«I genitori del signor Lions» deduce Annabelle, l'emozione che aumenta a ogni pagina sfogliata. Gli anni scivolano veloci tra le sue dita.

«Ohhh!!!»

Commossa si porta una mano alle labbra, quando appare la foto di un neonato. Declan, c'è scritto sul retro.

Il signor Lions da piccolo!, pensa Annabelle, tutta emozionata. Di foto in foto, il bimbo cresce. Lei si ferma a osservare incantata il primo piano di un bambino bellissimo, con i capelli neri e gli occhi di un azzurro straordinario come quelli di Liz Taylor. Da quel momento in poi le fotografie sono tutte sue, prese nel corso delle estati al castello. Quel bambino con berretto da baseball, guantone in mano e un adorabile sorriso birichino. Elegante come un ometto, in pantaloni scuri, camicina bianca e farfallino. Altri scatti, altri anni e lui cresce. Diventa un ragazzino, smarrisce la morbidezza dell'infanzia per linee più asciutte e i primi cenni di virilità. Capelli spettinati e atteggiamento sfrontato, mentre indossa il completo di una scuola privata. Cucito sul blazer lo stemma di un prestigioso college inglese.

Lui a cavallo, lui al pianoforte, lui alla guida di una favolosa auto sportiva. Gli anni passano, il ragazzino si fa uomo e Annabelle quasi smette di respirare. Sostiene lo sguardo del giovane nella foto, mentre in jeans e giacca a vento sta sistemando l'obiettivo di una macchina fotografica. Annabelle sente il cuore batterle come un tamburo. Conosce quel volto bellissimo e il suo sorriso seducente.

«È il ragazzo con la Leica» sussurra tra sé. Dalle fotografie, in decine di scatti diversi, appare lui, di cui Annabelle conserva il ritratto tra le pagine di *Grandi speranze*.

Declan Lions è il ragazzo con la Leica. Ecco perché il maggiore MacTrevor lo conosce: era un amico di Scott. Hanno servito insieme nei Marines. Ma perché il maggiore non me lo ha detto? E perché lui vive rintanato qui, in questo castello fuori dal tempo come un eremita, se è ancora così giovane? Mio Dio, quanti anni può avere? Una trentina?

Annabelle osserva le foto sparse davanti a lei. Da ognuna di esse, Declan Lions la fissa arrogante e sorride irresistibile. Annabelle si sente arrossire. È confusa. Completamente smarrita. Chiude l'album e lo tiene stretto tra le braccia, come a volerlo proteggerlo. Come se, in questo modo, stesse abbracciando anche lui. L'uomo della fotografia che guarda ogni sera prima di addormentarsi, come un'adolescente innamorata di una star del cinema. Ma Declan Lions non è una star del cinema. È il proprietario di quel castello magnifico e il suo datore di lavoro. E non vuole vederla. Non ha mai voluto incontrarla. Probabilmente si è già dimenticato della sua esistenza. Attanagliata da un profondo senso di sconforto, Annabelle sente il cuore farle un po' male.

Sono patetica. Una stupida totale.

Con un sospiro, ripone l'album vicino al computer e lo stomaco le brontola alla vista dei sandwich.

Ho perso la cognizione del tempo.

Un improvviso colpetto alla vetrata la fa sussultare. Apre l'anta, socchiudendo gli occhi per l'aria fredda che le sfiora le guance. Abbassa lo sguardo e sotto, giù in cortile, c'è Ted. Ha tirato un po' di ghiaia contro il vetro e adesso la sta salutando con la mano.

«Sei una vera stacanovista! Neanche cinque minuti di pausa?»

Lei gli sorride.

«Devo ancora pranzare!»

«Anch'io! Dai scendi! Così ci facciamo compagnia e mangiamo insieme vicino al lago.»

Annabelle prende i suoi tramezzini, indossa il giaccone e si affretta a raggiungere Ted. Fuori, il freddo le dà il benvenuto scompigliandole i capelli. Rabbrividisce, respirando a pieni polmoni l'aria limpida di quella giornata bellissima. Il lago di fronte al castello è uno spettacolo mozzafiato, un mosaico di cristalli candidi e scintillii dorati sulla superficie.

«Stai attenta a dove metti i piedi, perché il pontile si ghiaccia facilmente» la avverte Ted, facendole cenno di sedersi su una panchina accanto a lui. Annabelle si accomoda al suo fianco.

«Volevo dirti che ho recuperato la tua Ford rossa. Adesso è al sicuro nel garage del castello. Accidenti, se è messa male! Proverò a lavorarci, ma scordati di metterla in moto almeno fino a maggio. Che poi, scusa, fammi capire: hai guidato quel macinino da

Menton fin qui? È un vero miracolo che non ti abbia piantata a metà strada.»

Annabelle si lascia sfuggire un lungo sospiro. Il suo fiato disegna una nuvoletta. Ted inarca un sopracciglio.

«Tutto okay?»

Lei si riscuote, dando un morso ai sandwich preparati da madame Dubois.

«Certamente! E grazie davvero! Sei sempre gentile con me» risponde, dopo aver deglutito il boccone. I tramezzini sono fantastici, ma Annabelle ha lo stomaco così annodato che tutto le sembra cartone. Infine si volta verso il giovane. Lo scruta attentamente.

«Ted, se ti faccio una domanda... tu mi dirai la verità?»

Lui la guarda sorpreso.

«Certamente. Se non siamo sinceri, come possiamo essere amici?»

Lei sorride, sollevata dalla sua risposta.

«Da quanto tempo conosci il signor Lions?»

«Ah ecco! Dovevo immaginarlo!» sbuffa Ted, gettando indietro la testa. «Tu non vuoi parlare con me, furbetta. Tu vuoi che io ti racconti del capitano.»

«Capitano» ripete Annabelle. «Sei il solo, qui al castello, a chiamare così il signor Lions.»

Ted fissa lo sguardo di fronte a sé, dando un paio di morsi al suo panino.

«Perché lui per me è, e sarà, sempre il capitano Declan Lions. È così che l'ho conosciuto. In realtà io ho conosciuto il tenente Declan Lions. La promozione l'ha avuta quando è tornato dall'Afghanistan, insieme alla medaglia al valore.»

«Medaglia al valore?»

«Per aver salvato otto membri della squadra. Sì, il capitano Lions ha salvato la mia vita e quella di altri sette compagni. Ecco, ti faccio vedere.»

Ted tira fuori il portafoglio, dove custodisce una fotografia. Ritrae nove giovani uomini, sorridenti, disposti in tre file e stretti tra loro, le braccia sulle spalle. Annabelle riconosce Ted. Riconosce anche Scott MacTrevor.

«L'ha scattata il capitano Lions prima della missione» spiega Ted. «La fotografia è sempre stata la sua passione. Lo vedi questo? È Martinez, anche lui si è congedato e nell'ultima email mi ha scritto che è diventato papà di due gemelline. Quest'altro è Malley. Aveva saputo quella sera stessa che la sua fidanzata lo avrebbe sposato, una volta tornato a casa...»

Ted indica uno a uno gli uomini del gruppo, gli occhi gli brillano emozionati mentre racconta ad Annabelle quello che stanno facendo adesso. Un paio ancora in servizio, un altro è diventato insegnante... Quando il suo dito su posa su Scott, però, tace. Non c'è nulla da dire. Annabelle sente le lacrime chiuderle la gola.

«Eri un marine anche tu, Ted.»

Lui si alza in piedi ed esegue un perfetto saluto militare.

«Sergente Theodore Styles, signora. Al momento in congedo.»

Lei gli sorride. Sbriciola un po' di pane e lo getta nel lago. I pezzettini galleggiano un poco, poi si inzuppano e finiscono sotto la superficie. Ted si siede di nuovo.

«Tra qualche giorno sarà completamente ghiacciato. E resterà così fino a primavera.»

«Anche il capitano Lions è in congedo?»

«Sì, certo. Dopo quello che gli è successo...» lui si interrompe, ma Annabelle adesso ha bisogno di sapere.

«È rimasto ferito? Non sta bene? Eppure non ho incontrato infermieri al castello...»

«Non è un invalido» chiarisce Ted. «E noi non dobbiamo parlare di queste cose. Dopo il congedo, il capitano mi ha permesso di seguirlo e mi ha dato un lavoro qui. Gli sono grato, perché... anch'io, proprio come lui, non riuscivo più a stare in mezzo alla gente» un muscolo guizza nella sua mascella tesa, poi esala un respiro profondo. «Una sera, ero tornato a casa da poco, stavo bevendo una birra in un bar. Un tizio ha fatto una battuta stupida sui Marines. Niente di insolito, capita di incontrare l'imbecille di turno. Era successo altre volte anche a me, prima. Ma quella volta... l'ho massacrato di botte, Annabelle. A mani nude. Non mi sarei fermato finché non avesse smesso di respirare. Grazie a Dio mi immobilizzarono prima che riuscissi ad ammazzarlo sul serio. Mi sbatterono in cella e fu il capitano Lions a tirarmi fuori da quel casino. Quando venne a prendermi, stavo piangendo come un bambino. Mi offrì di lavorare qui per lui e disse che avevo solo bisogno di tempo. Ho ancora bisogno di tempo.»

Disturbo da stress post-traumatico, comprende Annabelle, toccata dalle sue parole.

«A volte tutti abbiamo bisogno di tempo» gli dice con un piccolo sorriso. Ted si volta verso di lei.

«Sì, hai ragione. Soprattutto le cose belle hanno bisogno di tempo. Non essere impaziente, vedrai che il capitano, prima o poi, deciderà di incontrarti. Ci vuole solo tempo.»

«Tempo» ripete Annabelle, lo sguardo rivolto verso il cielo. «Mi sembra di non aver fatto altro nella mia vita che aspettare.»

«Per le cose belle, ne vale sempre la pena» afferma Ted con grande solennità. Poi le strizza l'occhio. «A volte le cose più belle sanno anche sorprenderti.»

Dalla busta accanto a sé, tira fuori una rosa. Annabelle la osserva meravigliata. Ne sfiora i petali: sono bianchi, appena venati di un bel giallo allegro.

«Com'è possibile?»

«Un regalo del giardino d'inverno» le rivela Ted. «L'ho trovata questa mattina. E mi fa ben sperare che ne sbocceranno altre nei prossimi giorni. Questa è per te, mia lady.»

Lei prende il fiore con un gentile cenno del capo.

Si sporge verso Ted e gli sfiora la guancia con un bacio.

«Grazie, sergente Styles. Sei un soldato e un gentiluomo. Sono molto fortunata ad averti come amico.»

Lui si passa una mano tra i riccioli fulvi.

«Adesso sarà meglio tornare al lavoro. Tutti e due dobbiamo tornare al lavoro»

Annabelle lo saluta, rientrando al castello. Si ferma sul gradino d'ingresso per pulirsi le suole degli stivaletti dalla neve, poi corre veloce verso la biblioteca, la rosa stretta tra le mani.

Ricorda di aver notato un bicchiere su uno scaffale e sorride felice, quando lo ritrova. È un flûte, perfetto per accogliere la rosa. Annabelle lo riempie d'acqua e poi ci sistema il lungo gambo del bellissimo fiore. Si prende un momento per godersene la vista. Ha un profumo dolcissimo.

«Adesso devo trovarti un bel posto» dice alla rosa. Il suo sguardo attraversa il salone, segue le file di librerie disposte tra loro come corridoi. Senza saperne il perché, decide di andare nella parte più in ombra, da dove il giorno prima è sbucato Moonlight. Si sente attratta in maniera inspiegabile da quella zona della biblioteca, anche se fino a quel momento ne è rimasta prudentemente a distanza. Si addentra in quell'angolo poco illuminato, una nicchia di libri dove è quasi impossibile distinguere i caratteri sulla costa. Ovviamente non c'è nessuno. Annabelle avverte uno strano senso di delusione.

Cosa, o meglio chi mi aspettavo di trovare?

Non ha il tempo di rispondersi, perché un grido la richiama dall'altra parte della sala. Posato il bicchiere con la rosa su uno scaffale, Annabelle si precipita di nuovo nella zona centrale della biblioteca. Miss Tower ha trovato l'album di velluto azzurro sulla scrivania. È pallida in volto come se avesse visto un fantasma. Seguendo l'istinto, Annabelle afferra il raccoglitore e lo stringe protettivamente tra le braccia. La governante la fissa sconvolta.

«Dove ha trovato... *quello*?»

«In uno dei bauli» risponde Annabelle, preoccupata per la reazione della donna. «Perché? Che problema c'è? Signora, è sicura di sentirsi bene? Credo farebbe meglio a sedersi.»

La governante cerca di riacquistare il controllo e si passa le mani sul vestito, per lisciarlo da pieghe inesistenti. Ma le sue dita tremano.

«Credevo fosse andato distrutto. Sono sorpresa, tutto qui. Adesso me lo dia.»

Per tutta risposta Annabelle indietreggia di un paio di passi.

«Oh non sia sciocca, signorina! Quello è un oggetto personale della famiglia Lions. Non può tenerlo lei. Non rientra tra i suoi compiti. Me lo dia, su!»

Annabelle scuote la testa, stringendo l'album più forte a sé.

Non vuole separarsene, perché sa che altrimenti non lo rivedrà più. Quelle foto, quei ricordi, i ritratti di Declan Lions, del suo ragazzo con la Leica, spariranno per sempre.

Miss Tower sembra perdere definitivamente la pazienza.

«Adesso basta comportarsi come una bambina! Venga qui e non mi faccia sprecare altro tempo...»

Il rumore improvviso di un cristallo in frantumi interrompe il loro alterco.

Con l'album sempre al sicuro tra le braccia, Annabelle corre verso l'angolo della biblioteca, dove ha lasciato la sua rosa.

La trova per terra, con i petali sgualciti e riversa in una piccola pozza d'acqua. I vetri rotti del bicchiere sparsi tutti intorno.

La governante si porta le mani al viso.

«Il signor Lions ci ha sentite! Adesso anche lui sa delle fotografie! Oh no!» geme atterrita, sull'orlo di quella che ad Annabelle sembra una crisi di nervi.

«Signora, io...» si interrompe all'occhiata raggelante della donna.

«Questa è tutta colpa sua, signorina Mayfair. Me lo sentivo che avrebbe portato soltanto guai! Perché non mi ha dato ascolto?

Perché è stata così testarda?» Miss Tower fa per sottrarle l'album, ma Annabelle la evita, determinata a proteggerlo.

Con un sospiro, la donna abbassa le braccia. Scuote stancamente il capo. «E continua a essere testarda. Avrà da soffrirne, per questo. Soffriremo tutti. Ma a spezzare il mio cuore è che il signor Lions soffrirà più di tutti noi.»

***

Declan

Credevo di averle distrutte tutte, invece lei le ha trovate. Le ha viste. Le foto di un uomo che non esiste più. Lei adesso sa com'ero... prima. E me ne importa qualcosa? Sì... Dio, sì. Non doveva andare così. Nel vuoto nero che ho dentro, adesso si sta agitando una tempesta. Le tempeste del deserto sono le più devastanti al mondo, uno spettacolo che non si dimentica, dove il nulla sconvolge e distrugge altro nulla. Quando si scatena, puoi solo fuggire a nasconderti. Aspettare che sia passata. Sfogata e placata. Come una maledizione. Non si combatte una maledizione. Lasci che abbia il suo corso.

«Signor Lions, sta sanguinando. Devo medicarla, la prego.»

La voce preoccupata di Lilibeth mi raggiunge come da un altro mondo. Distrattamente guardo i tagli che i vetri del flûte mi hanno inciso nella carne, quando ho stretto il bicchiere così forte da frantumarlo. Quando ho capito che lei aveva trovato l'album.

Elizabeth Tower mi ha medicato ginocchia sbucciate e graffi di ogni genere. Mi faceva i complimenti perché non piangevo mai, come un vero ometto. Mi abbracciava, mi consolava, mi metteva a letto al posto della madre che non aveva mai tempo per me. Mi ha cresciuto e, una volta adulto, per lei sono diventato "il signor Lions". Lei, invece, sarà sempre la mia Lilibeth.

Si avvicina, mi prende la mano destra e pulisce i tagli con il disinfettante. Non sento niente.

«Sono superficiali, grazie a Dio. Però deve fare attenzione, signore. Non è il caso...»

Non è il caso di pregiudicare l'unica mano sana che mi è rimasta. Sollevo l'altra, la sinistra, sempre protetta dal mezzoguanto. Fletto le dita, che obbediscono alla mia volontà. Mesi e mesi di riabilitazione per arrivare a questo risultato. Per riuscire a suonare il pianoforte solo per me stesso e in maniera appena accettabile, le volte che mi sembra di impazzire e la musica è il solo modo che conosco per ruggire fuori disperazione e rabbia. Patetico. Eppure lei mi ha sentito suonare. Lei stava venendo da me. Lei ha trovato le foto. Le ha viste. Mi ha visto. Lei... non sa niente. Ancora.

«Porta miss Mayfair da me. Voglio incontrarla.»

Lilibeth solleva il viso, la mia mano ancora stretta tra le sue, dopo che ha terminato la fasciatura.

«Signore, è sicuro che...»

Mi allontano da lei. Le volto le spalle.

«La riceverò nello studio inglese. Conducila da me, Lilibeth. Miss Mayfair vuole vedermi? Allora mi vedrà.»

Capitolo 8

Annabelle è in camera sua, seduta al centro del letto e con l'album posato sulla trapunta. È calato il buio fuori dal castello. Il vento ulula come un fantasma e la neve scende lentamente dal cielo. Lei non sa cosa fare, impotente come la farfalla di fronte all'uragano scatenato dal semplice battito delle sue ali. Prende un respiro profondo e raddrizza le spalle.

Ma tutto questo è ridicolo! Insomma, cosa ho fatto di tanto grave? E miss Tower cosa si aspetta da me? Che resti confinata nella mia stanza come una bambina in punizione, finché non mi sarò decisa a chiedere scusa?

La porta si apre e appare proprio miss Tower. Annabelle afferra l'album e se lo stringe al petto, quasi temendo che sia venuta a prenderlo con la forza. Immobile sulla soglia, l'aria dolente e abbattuta, la governante osserva Annabelle in un modo che la fa sentire molto sciocca.

La situazione sarà pure ridicola, ma non è che io mi stia comportando con grande razionalità.

«Signorina Mayfair, mi segua per favore. Il signor Lions ha chiesto di vederla.»

Il cuore di Annabelle fa una capriola. Balza giù dal letto.

«Lui vuole vedermi?» ripete, il sangue che comincia a correre impazzito nelle sue vene. Calza le scarpe e si ferma, tentata di scappare in bagno per controllare il suo aspetto.

Finalmente, oh finalmente! Sto per incontrarlo!

Vorrebbe pettinarsi, truccarsi, vestirsi in maniera diversa. Essere bella per lui.

Sciocca! Sei una sciocca, Annabelle! È un incontro di lavoro, non un appuntamento romantico.

Eppure è così che si sente. Emozionata ed eccitata. Terrorizzata di fare una brutta figura. La presenza di miss Tower alla porta le fa capire che non c'è tempo, e poi non ha nulla di diverso da indossare. Tira un po' giù l'orlo del maglioncino e si prepara a seguire la governante.

«Sono pronta!»

Miss Tower accenna all'album posato sul letto.

«Lo porti con sé. Il signor Lions lo ha chiesto espressamente.»

Annabelle sente il cuore sprofondare. Con l'album tra le braccia, cammina dietro la governante attraverso corridoi del castello ancora mai visti. Vorrebbe memorizzare la strada, ma è troppo nervosa. Non riesce a pensare a nulla e ha l'impressione che il tempo non passi più. Poi, all'improvviso, la governante si ferma davanti a una porta.

«Siamo arrivati» le dice, afferrando la maniglia. L'uscio si socchiude, mentre la donna si fa da parte per lasciar passare Annabelle. Con il cuore che le batte forte, lei entra nella stanza. Tutto è in penombra. L'unica fonte di luce è un grande caminetto, le fiamme dorate e scarlatte divorano i ciocchi tra gli alari. La danza del fuoco disegna ombre sui mobili, scurendo l'originale sfumatura del legno. Il pavimento è coperto da un tappeto pregiato, sicuramente persiano, dove si intrecciano colori caldi e brillanti.

Annabelle avanza pian piano, e nel silenzio ha l'impressione di addentrarsi nella tana di una bestia, feroce e misteriosa. Si guarda intorno, mentre un po' alla volta la sua vista si abitua alla luce soffusa. Ai suoi sensi in allerta, il crepitio del caminetto diventa quasi una musica, ritmica e ipnotica. Il suo olfatto discerne vari odori: la cera d'api dei mobili sapientemente lucidati, le resine dei ciocchi ardenti, il brandy versato in un bicchiere, il cuoio della grande poltrona di pelle, con lo schienale rivolto verso di lei. Sono profumi maschili, e su tutti Annabelle distingue la fragranza avvolgente di una colonia da uomo, ginepro nero. Senza accorgersene, chiude gli occhi e prende un profondo respiro. Quell'odore scende dentro di lei, intenso e sensuale. Ha un brivido.

Cosa mi sta succedendo?

Sussulta all'improvviso abbaiare di Moonlight. Sorride al cane, sollevata per quella presenza amica. L'husky le scodinzola intorno, poi va ad accucciarsi vicino alla grande poltrona di cuoio. Annabelle fa per seguirlo, quando una voce la ferma.

«Resti dove si trova.»

Un ordine, scandito da una voce che Annabelle non ha mai sentito prima. È certa, altrimenti, che non la avrebbe dimenticata. È certa che non la dimenticherà mai. Suadente e profonda, calda come il fuoco che riduce in cenere i ciocchi nel caminetto. Una voce vellutata, ma di un velluto sgualcito e un po' logoro, stancata da lunghi silenzi. Una voce dal vago accento strascicato. Elegantemente inglese.

«Signor Lions?» chiede Annabelle, una domanda che le esce come un sospiro. Per tutta risposta, una mano si distende oltre il bracciolo della poltrona ad accarezzare la testa di Moonlight. Il cane la lecca fedelmente. Annabelle nota la garza bianca intorno alle sue dita.

«Lei è ferito, signore.»

«Ho rotto un bicchiere» risponde cupo. E tuttavia Annabelle sospetta che stia sogghignando. Abbassa lo sguardo. Il flûte con la sua rosa. E la rosa l'ha gettata per terra.

«Capitano, io...»

«Capitano?» la interrompe, il suo tono è raschiante. Annabelle deglutisce nervosa. Non ne capisce il motivo, ma sembra averlo indisposto rivolgendosi a lui con il suo grado militare.

«Mi dispiace...»

«Le dispiace? E per cosa le dispiace esattamente? Ha parlato con il sergente Styles.»

Annabelle resta in silenzio, in preda al terribile presentimento che qualunque cosa dirà sarà sbagliata.

Lui respira profondamente. «Ha parlato con il sergente Styles e lui le ha regalato una rosa del mio giardino. Ha anche recuperato la sua auto abbandonata e sta cercando di ripararla.»

«Ted è... è davvero gentile» risponde lei con diplomazia.

«Mhm... Ted. Gentile e affascinante. Passate molto tempo insieme.»

Annabelle è sempre più a disagio.

«Non direi molto tempo. Abbiamo pranzato insieme e...»

«Lui le piace? È in cerca di un fidanzato?»

Quella domanda la raggiunge come uno sparo. Resta a bocca aperta, mentre una vampata di rossore le imporpora le guance.

«Non credo che questo la riguardi, signore» risponde rigida, arrabbiata al pensiero che Declan Lions abbia una così bassa opinione di lei. Senza conoscerla affatto ha già deciso che lei è una civetta. Solo perché è una donna. Solo perché è felice di avere un amico.

«Mio il castello, mie le regole. Tutto quello che succede qui, mi riguarda. La rosa... le è piaciuta?»

Annabelle si sente stordita, incalzata da domande di cui non riesce a comprendere il senso. Perché il signor Lions le sta chiedendo quelle cose? Cosa vuole da lei?

«Sì, certo. Era bellissima. Signore, io non capisco e mi dispiace...»

Lui ride piano. Bassamente. Un suono che raggiunge Annabelle come miele amaro. Scioglie qualcosa dentro di lei. Si morde le labbra.

«No, lei non capisce» concorda il signor Lions. «Non può capire.»

Annabelle prende un respiro. «Io ci tenevo molto a incontrarla, signore. Desideravo ringraziarla per la fiducia che mi ha accordato. La sua biblioteca è un luogo pieno di tesori e...»

«La biblioteca è la cosa più cara che aveva mia nonna. Il ricordo più prezioso rimasto di lei» la interrompe lui. «Non mi ringrazi. Non le ho assegnato il posto di archivista per suo merito. È una ragazzina priva di esperienza e formazione al riguardo.»

Annabelle sgrana gli occhi, incapace di rispondere. Se le avesse dato uno schiaffo, le avrebbe fatto meno male.

«Io...»

«Vuole negarlo? Allora mi dica cosa ha fatto per essere adatta a un incarico come questo. Ha lavorato? Ha studiato? Ha viaggiato? Ha visto qualcosa del mondo? Ma la avverto: io non sopporto i bugiardi, miss Mayfair.»

Annabelle sente le lacrime riempirle gli occhi. Batte le palpebre, determinata a non lasciarle cadere. Non avrebbe pianto. Non avrebbe mai pianto davanti a quel bastardo arrogante e pieno di soldi, convinto per questo di essere migliore di tutti gli altri.

«No, lei ha ragione, signor Lions. Non posso dire di avere esperienza, al di là di quella fatta alla Biblioteca di Menton, sotto gli insegnamenti del maggiore MacTrevor. Allora, se sono così inadeguata per questo lavoro, posso sapere perché ha voluto assumermi?»

«Io non ho mai voluto assumerla. Io ho semplicemente esaudito la preghiera del maggiore MacTrevor di darle un posto dove stare.»

Annabelle si sente morire a quella rivelazione. Pietrificata, non riesce a proferire parola.

Declan Lions, però, non ha ancora finito.

«Non c'è nulla che non farei per il maggiore MacTrevor. Tuttavia nelle lodi che lui ha speso sul suo conto, miss Mayfair, gli è sfuggito di avvertirmi che lei è una ladra.»

Annabelle sussulta.

«No! Questo non è vero!» si difende con forza. «Mai e poi mai io...»

«L'album» dice lui, spezzando la sua protesta come lo stelo di un fiore. «Non le appartiene, e tuttavia si è rifiutata di restituirlo a miss Tower. Bene, adesso sono io a volerlo indietro.»

Annabelle si sente mancare il fiato.

«Cosa... cosa intende farne, signore?» chiede piano, senza neppure sapere dov'è riuscita a trovare il coraggio per porgli quella domanda.

«Bruciarlo» risponde lui.

Annabelle scuote il capo. Istintivamente le sue braccia si stringono intorno al raccoglitore con le foto.

«No, la prego, signore. Perché? Troverò un posto in biblioteca e non dirò mai a nessuno dov'è. Sarà tutto come prima... È la soluzione più giusta, non crede? Perché distruggerlo? Sono solo fotografie. Sono così belle. Sono ricordi! Non fanno alcun male.»

«Alcun male?» ruggisce lui, facendola trasalire.

Declan Lions si alza dalla poltrona e Annabelle spalanca gli occhi, osservandolo come ipnotizzata. È alto. Neppure le ombre riescono a sminuire la sua figura slanciata e imponente. Annabelle trattiene il fiato mentre lui si muove con un'eleganza irresistibile, simile a un grande felino nel suo territorio di caccia. Moonlight solleva il capo, sorpreso di vedere il suo padrone avvicinarsi alla luce. Raggiungere il cono luminoso proiettato dalle fiamme del caminetto. Quando Annabelle lo vede, le lacrime trattenute fino a quel momento si liberano tutte. Rotolano lungo le sue guance. Fissa Declan Lions atterrita, incapace di distogliere lo sguardo dal suo viso. I capelli sono lunghi, neri come la mezzanotte, e gli scendono sulle spalle incorniciando un volto che lei non riesce a smettere di guardare. Il suo volto... sì, è diverso da quello nelle fotografie. Le sanguina il cuore. Il suo bellissimo ragazzo con la Leica, che sorrideva alla vita con sfrontato entusiasmo... Una bellezza distrutta. Una gioia di vivere annientata. Nell'azzurro profondo di quegli occhi stupendi annega una disperazione infinita. Annabelle scuote il capo, incapace di accettarlo. Respirando a fatica, continua a piangere.

«No» sussurra tra le lacrime. «Oh no!»

Lui allunga una mano verso di lei. Annabelle si ritrae, ancora determinata a proteggere l'album. Ma la sua reazione di difesa sembra pietrificarlo. Declan Lions la fissa per un istante che pare eterno. Poi abbassa la mano, dal cui tocco lei si è ritratta. Distoglie lo sguardo.

«Se ne vada» mormora, come un brontolio sommesso.

Ad Annabelle sfugge un singhiozzo.

«Signor Lions, io...»

«Fuori!» tuona lui, alzando la voce. «Le ho detto di andarsene! Sparisca dalla mia vista. Non la voglio qui!»

I singhiozzi di Annabelle diventano incontrollabili. Scuote il capo, cercando di asciugarsi le guance. In qualche modo sa di aver sbagliato. Ha fallito la prova e lo ha ferito.

«Io non volevo farla arrabbiare, signore. Mi dispiace. Mi dispiace tanto!»

Lui la guarda in un modo che le spezza il respiro. Nessuno l'ha mai fissata così, prima. In vita sua Annabelle è stata guardata con amore da suo padre, con insofferenza dalla sua matrigna, con condiscendenza da Drusilla, con affettuoso rispetto dal maggiore MacTrevor. Ma mai come sta facendo adesso Declan Lions: con una passione così feroce da sentirsi irresistibilmente attratta, e al contempo terrorizzata nel profondo. Da lui. Da se stessa.

«Le dispiace?» ripete il signor Lions, tagliente come il vento che soffia oltre le finestre. «Non so che farmene della sua pietà, miss Mayfair. Non si azzardi a provarne per me e risparmi la sua pena per se stessa, perché a me non serve a niente. Lei non serve a niente. La tollero in casa mia solo come favore a un amico. Patetica ragazzina che non sa nulla del mondo e della vita.»

Annabelle scappa via. Le cade l'album e non le importa. Spalanca la porta e oltrepassa di corsa un'attonita miss Tower.

«Signorina Mayfair, ma dove sta andando? Signor Lions, cosa è successo? Oh questa volta ha esagerato davvero!»

Annabelle ignora quelle parole e le voci che chiamano il suo nome. Ignora anche l'abbaiare concitato di Moonlight. Non sa come, ma esce dal castello e le sue scarpe affondano nella neve. Non ha un giaccone, non ha niente e si sente svuotata di tutto. Si sente piena di una tristezza infinita. Il freddo e il buio la avvolgono e non le importa. Continua a correre, a piangere, a desiderare che il dolore nel suo cuore sparisca. Non c'è nessun posto per lei. Non c'è nessuno per lei. Non c'è niente lì a Lions Manor, per lei.

Non c'è niente da nessuna parte per me, ammette, ed è una lama che la taglia dentro. Si sgretola quel muro costruito tenacemente, oltre il quale Annabelle ha sempre nascosto tutti i sentimenti peggiori. La frustrazione, la rabbia e il dolore, il senso di abbandono, di tradimento e di inutilità. La sofferenza per la morte di suo padre. Non essere mai stata amata abbastanza, neanche da Benjamin. Non essere mai stata abbastanza perché suo padre si accontentasse di una famiglia composta soltanto da loro due. Aver cercato l'amore di Mildred e non averlo mai avuto, come pure l'amicizia di Drusilla. Non avere una famiglia. Sentire di non averla più da tanto tempo. Sentirsi sola. Davvero sola. Annabelle batte i denti, trema, corre e incespica senza una meta. Il vento le soffia la neve negli occhi e lei non vede niente. È buio e freddo, e comincia a sentirsi stanca. Così stanca di tutto. La stanno chiamando. Perché? Nessuno la vuole. Declan Lions non la vuole. È stato molto chiaro. È stato brutale, ma anche sincero. E l'ha resa pienamente consapevole di quanto sia infelice la sua vita.

Annabelle scuote il capo e continua ad avanzare. Non torna indietro. Non ha nessun posto dove tornare. Un piede scivola sul fango ghiacciato. Perde l'equilibrio. Cade nella neve, ma la neve la fa sprofondare completamente. La sommerge, le toglie l'aria, la bagna tutta. La inzuppa e la tira giù in fondo. Sempre più a fondo. Morde la sua pelle con migliaia di spilli ghiacciati.

«È caduta nel lago! Santo Dio!»

Voci, ancora voci e il latrato incessante di Moonlight. Annabelle solleva le palpebre, riemerge e boccheggia. Ombre strane si allungano intorno a lei, come artigli pronti a ghermirla. Poi esplodono le luci. Disegnano mosaici scintillanti. Un torpore inarrestabile la sconfigge e la travolge. Pensa a sua madre e a suo padre. Chiude gli occhi e perde i sensi. Un istante prima, il suo ultimo pensiero va a Declan. Non al ragazzo con la Leica, ma a Declan. Al vero Declan.

***

Declan

«È viva, capitano?»

Neanche rispondo a Ted. Siamo entrambi in ginocchio sulla riva del lago, ma lei è tutto ciò che riesco a vedere e sentire. Lei, esanime e bagnata fradicia, la pelle bianca come il marmo e i capelli che la avvolgono simili ad alghe. Sotto le mie dita posate sul suo collo, il battito dell'arteria mi strappa un gemito di sollievo. Dalle sue labbra il respiro fugge flebile.

«Capitano?»

«È viva» lo rassicuro, avvolgendo Annabelle nella coperta termica che Ted prontamente mi passa. È viva, è qui con me e giuro su Dio che la terrò al sicuro. Ammazzerò chiunque si azzardi a toccarla.

«Capitano, le serve aiuto?»

La sollecita premura di Ted si spegne al ringhio con cui gli rispondo. La sollevo tra le braccia e insieme torniamo di corsa al castello. Lei è abbandonata contro il mio petto e io non la guardo. Guardarla adesso vorrebbe dire distrarsi, invece devo essere lucido ed efficiente. Lucido ed efficiente come ho scoperto di riuscire a essere nelle peggiori situazioni di crisi, come quella che mi ha portato la fottuta medaglia al valore. Cristo, sono pronto a esplodere esattamente come quel dannato giorno. Ma questa volta andrà tutto bene. Lei starà bene. Il calore di Lions Manor ci circonda. Oltrepasso Lilibeth, che si mette a seguirmi al pari di Ted, mentre salgo la scalinata due gradini alla volta.

«Santo cielo, cosa è successo alla signorina Mayfair?»

È Ted a risponderle.

«È in shock ipotermico, miss Tower. No, non pianga! Si riprenderà» la rassicura. Bravo ragazzo. Bravo soldato. Vuole bene a tutti e tutti ne vogliono a lui. Gliene voglio anch'io, cazzo, anche se mi sono comportato da bastardo con Annabelle. Perché... perché lei gli ha sorriso. Lo ha ringraziato, lo ha baciato ed era felice in sua compagnia. Io li ho visti ed ero geloso. Follemente e pateticamente geloso. Assurdamente geloso, perché Ted è gay, e la morte di Scott ha lacerato la mia anima e spezzato il suo cuore.

Raggiungo la mia camera, che è la più calda del castello. Il fuoco è già acceso. Depongo Annabelle con cura davanti al caminetto.

«Capitano, lei sa quello che deve fare, vero?» si assicura Theodore Styles dalla soglia.

Alle sue spalle Elizabeth sposta lo sguardo da me a lui.

«Cosa volete dire? La signorina Mayfair ha bisogno di cure e...»

Rivolgo un cenno del capo al sergente Styles e lui chiude la porta, allontanandosi con Lilibeth. Le proteste della mia governante si attutiscono, finché resta soltanto il silenzio. Io mi inginocchio accanto ad Annabelle. Sta tremando e le sue labbra sono livide. Allargo i lembi della coperta e comincio a spogliarla. In fretta la libero degli indumenti fradici, poi la copro nuovamente. La prendo in braccio e la porto sul mio letto. Allontano il piumino, per poi rimboccarlo intorno a lei. Calcio via le scarpe e mi spoglio in fretta. Mi sdraio al suo fianco, nel bozzolo morbido formato dalle coperte. La stringo a me, e siamo pelle contro pelle. Il calore dal mio corpo al suo. Dio, le darei tutto.

«Torna da me» le sussurro, allontanando una ciocca di capelli dal suo viso. Le bacio la fronte, solo quello, mentre le mie mani si muovono lungo la sua schiena. Le sue braccia, improvvisamente, mi circondano. Annabelle si stringe a me, le gambe intrecciate alle mie, mentre si muove letargica e sonnolenta, puro istinto che la spinge verso il calore, verso la vita. Il suo respiro mi sfiora il collo. Pian piano le sue labbra riprendono colore, ritornano dolcemente rosa. Lei è tutta rosa. È pura seta, bellissima e perfetta, nuda e indifesa. Si abbandona fiduciosa a me.

«Annabelle?» la chiamo per sondare il suo livello di coscienza. Lei solleva il viso, socchiude le labbra. Sento mescolarsi in me travolgente sollievo ed esaltazione euforica a quella risposta positiva. Sta bene. Dio, lei sta bene. Il peggio è passato.

«Non lasciarmi» sussurra. La sua voce, delicata come una preghiera, mi attraversa al pari di una scossa elettrica. Le sue mani si allargano sulla mia schiena e mi stringe di più a sé. Sfrega il naso contro il mio mento.

«Non lasciarmi» mi chiede di nuovo.

Con un respiro profondo poso le mie labbra sulla sua fronte.

«No, non ti lascio» le prometto con gli occhi chiusi, mormorando ogni sillaba contro la sua pelle.

«Mai?»

«Mai.»

Annabelle sospira sollevata. Ha un sorriso sereno sulle sue bellissime labbra. I nostri respiri si confondono. Voglio toccarla, accarezzarla... Cristo, tenere le mani ferme intorno alla sua vita è la cosa più difficile mai fatta in tutta la mia maledetta vita. È Annabelle che non sta ferma. Continua a muoversi come un fiore che si offre ai raggi del sole. Mi affonda le dita tra i capelli. Strofina i seni, soffici e perfetti, contro il mio torace. Mi sta facendo impazzire. Le allargo le gambe con un ginocchio e spingo una coscia tra le sue. Ha un sussulto e un morbido gemito le sfugge dalle labbra. Sospira, gettando indietro la testa, mentre continuo a muovere la gamba contro di lei in una pressione crescente. Si sta eccitando, si sta bagnando, vampate di rossore imporporano la sua pelle stupenda. Dio, mi sento all'inferno con un angelo tra le braccia. Innocente e indifeso nel mio letto. Le prendo il viso tra le mani. Le sue guance scottano. Lei è così meravigliosamente calda.

«Crisi superata» mormoro, aggrappandomi al mio rassicurante cinismo, alla mia solita e abrasiva arroganza. Annabelle è troppo stordita per capire davvero cosa sta facendo. Mi stringe le braccia intorno al collo e sfrega il suo adorabile nasino contro il mio. Non sa chi sono, oppure non lo farebbe. Schiude un poco le ciglia e il suo sguardo, languido e profondo, mi mette in ginocchio.

«Declan» sussurra con un sorriso. E io la bacio. Dio mi perdoni, mi impossesso di quella bocca morbida e socchiusa, tenera e indifesa. Labbra soffici si aprono sotto le mie, e mi costringo a baciarla dolcemente. Come lei merita, così preziosa e vulnerabile. Dolcezza... Solo dolcezza... ma è lei a essere dolce, al punto da farmi perdere la testa. E allora la bacio come ho sempre desiderato. Fino a farla gemere e sospirare. Fino a farla eccitare. È così arrendevole, puro istinto. Ubriaca e stregata. Io la ammiro. Bellissima. Splendida come un sogno. La bacio un'ultima volta.

«Dormi, mia luce. Recupera le forze e torna a splendere.»

Capitolo 9

Annabelle si rigira nel letto, mentre affiora dal sonno lentamente. Languida e trasognata, si muove tra le lenzuola in cerca di calore e di un profumo. Quelli del suo corpo. Quelli di Declan Lions. Lui l'ha tenuta stretta, l'ha accarezzata e baciata. L'ha fatta sentire speciale e bellissima. L'ha fatta sentire... amata.

Annabelle arrossisce, affondando il viso contro il cuscino. Dio, che sogno incredibile! Sfrenato come davvero non credeva di poterne fare. Nella sua fantasia erano entrambi nudi. Stretti l'uno all'altra. La percorre un brivido che va a morire tra le sue cosce. Annabelle le stringe d'istinto, pervasa da un senso di insoddisfazione. Si sente inquieta. Vorrebbe addormentarsi e sognare ancora lui. Solo lui. Declan Lions.

Dopo un discreto bussare alla porta, la soglia si schiude. Annabelle solleva la testa sorpresa. Si allontana i capelli dagli occhi per vedere miss Tower entrare nella stanza. Una stanza che non è la sua, realizza improvvisamente Annabelle. Con occhi sgranati scandaglia un'enorme camera da letto, calda e lussuosa, pervasa di quella particolare eleganza capace di rendere la ricchezza sempre di classe. Una camera padronale, dominata da un regale caminetto e dove le vetrate sulle montagne del Vermont si rincorrono su tre pareti. La vista più stupefacente del castello. La camera del signore di Lions Manor.

Oh mio Dio, sono nel letto di Declan! E sono nuda!, comprende Annabelle di colpo, imbozzolandosi tra lenzuola e piumino, al centro del gigantesco letto *king size*.

La governante chiude la porta e si avvicina con una vestaglia tra le mani. Ha un'aria stanca e appare diversa dalla spietata gorgone ben nota ad Annabelle. Miss Tower le rivolge perfino un lieve sorriso.

«Signorina Mayfair, è bello vedere che si è svegliata. Si sente meglio?»

Annabelle batte sorpresa le palpebre e poi fa cenno di sì con la testa. Scende dal letto e si affretta a indossare la veste da camera portata da miss Tower.

«Non capisco. Cos'è successo?»

«Non ricorda nulla?»

Annabelle si passa una mano tra i capelli, mentre alla sua memoria emergono vividi, uno dopo l'altro, tutti gli eventi della sera prima. L'incontro con il signor Lions in biblioteca. La sua bellezza devastata, il suo fascino oscuro, le sue parole così crudeli... e lei che scappa come un coniglio.

«Ho avuto un incidente?»

«È caduta nel lago. Il signor Lions l'ha soccorsa e si è occupato di lei personalmente.»

Annabelle ha un altro brivido, caldissimo al punto che sente sciogliersi il cuore.

Mi ha scaldata con il suo corpo. Non era un sogno. Era davvero lui... Lui che mi salvava la vita.

«Sì, ora ricordo. Io... io devo ringraziarlo, signora. Devo assolutamente dire al signor Lions quanto gli sono riconoscente. La prego, mi aiuti!» domanda alla governante, prendendole una mano tra le proprie.

Elizabeth la guarda come se la vedesse per la prima volta. Stringe le dita intorno alle sue, ma poi ritrae il braccio. Scuote la testa, desolata.

«Non è possibile, signorina Mayfair. Dovrà aspettare che sia il signor Lions a farla chiamare. È così che funzionano le cose, qui al castello.» Poi torna a essere la miss Tower di sempre. Energica ed efficiente. «Adesso si vesta e scenda in cucina. Ci sono altre persone che vogliono vederla e assicurarsi che lei stia bene.»

***

Angélique è la prima che corre ad abbracciare Annabelle.

«Sei guarita! Sei guarita!» fa festa la ragazzina. La giovane le accarezza i capelli. Quel giorno la fata del castello indossa una coroncina di cartapesta.

«Non essere appiccicosa, Angélique, e lascia respirare Annabelle» interviene madame Dubois. «Siamo tutti felici di vederti già in piedi. Ci hai fatto prendere un bello spavento, sai?»

Appoggiato al muro dall'altra parte della cucina, Ted le rivolge un discreto cenno di saluto.

«Siete tutti molto gentili» ringrazia Annabelle, sorseggiando il tè servito da madame Dubois. Ted si siede vicino a lei, mormorando piano, così che non possa sentire nessun altro.

«Anche Elizabeth, cioè miss Tower, era preoccupatissima. Tu ancora non la conosci bene, ma ti assicuro che non è il drago che sembra. È solo molto protettiva con le persone che ama, come il capitano Lions. E a proposito... lui è quello che si è preoccupato più di tutti.»

«Grazie» sussurra Annabelle con un sorriso. Ted le strizza l'occhio e si allontana, porgendo la mano ad Angélique.

«Vieni con me, fatina. Adesso siamo tranquilli che la nostra amica sta bene. Vogliamo andare a controllare come se la passano il Signor Pettirosso e Mister Scoiattolo?»

La ragazzina acconsente gioiosa e Annabelle si alza da tavola.

«Sarà meglio che vada anch'io. La biblioteca mi aspetta.»

La governante scuote decisa la testa.

«Assolutamente no! Il signor Lions è stato molto chiaro al riguardo: lei non deve stancarsi oggi. Sono questi i suoi ordini»

Annabelle scrolla le spalle.

Che sciocchezza! Non sono malata e non ho nessuna intenzione di essere trattata come tale.

«Non mi affaticherò. Voglio solo mettere in ordine i miei appunti di ieri» promette, le dita incrociate dietro la schiena. Prima che miss Tower possa contraddirla, Annabelle esce svelta dalla cucina, diretta verso la biblioteca.

***

I vetri del flûte sono stati raccolti e il pavimento è asciutto.

«Spero che la rosa non sia stata buttata via» si augura Annabelle. Solleva lo sguardo e osserva i libri in quella parte sempre in penombra della biblioteca. La luce mattutina riesce a illuminare un po' anche quella nicchia dimenticata, dove le librerie corrono in parallelo come le pareti di un labirinto.

Annabelle avanza tra le scansie, facendo scorrere un dito sulle coste dei volumi. E all'improvviso sente una presenza dietro di sé. Nell'aria aleggia un profumo di ginepro nero. Declan Lions.

«Non voltarti» ordina lui. «Pensavo di aver detto che oggi non avresti lavorato.»

Annabelle ha un brivido al suono della sua voce. Le sembra velluto sulla pelle. Come in un sogno ricorda le sue mani su di sé. La sensazione del suo corpo stretto al proprio.

«Sì» sussurra.

«Mi hai disobbedito. Di nuovo. Continui a sfidarmi.»

La voce è calda e morbida. Il tono basso e roco. È uno strano gioco, e Annabelle si sente avvolgere da una sconosciuta seduzione. Lui è vicinissimo, ma non la sfiora. La rimprovera, eppure non sembra arrabbiato. Le è permesso ascoltarlo, sentire il suo profumo, ma non può guardarlo. Qualcosa si risveglia in lei. Il cuore le batte forte, il respiro accelera, i capezzoli si inturgidiscono.

«Questo lavoro non è una fatica per me. È un piacere.»

«Piacere? Cosa sai del piacere, Belle?»

Annabelle è scossa da un brivido. «Belle?»

«Belle» ripete lui. «Oppure preferisci Annie?»

Lei si irrigidisce.

«No, non mi piace Annie.»

Lui sembra percepire il suo disagio. E vuole saperne di più.

«Chi ti chiamava così?»

«La mia matrigna e la mia sorellastra. Ma quella vita è alle spalle, adesso. Superata e dimenticata. Io non voglio mai più essere Annie» afferma con decisione, perché adesso lei è forte. Vuole che lui sappia che lei è senza paura. Una donna adulta, non una ragazzina.

Non sono una ragazzina, Declan.

Lui non risponde e Annabelle abbassa lo sguardo. La sfiora il timore di aver detto qualcosa di sbagliato. Declan le prende una ciocca di capelli tra le dita. Si avvicina per sussurrarle all'orecchio: «Tu per me sarai Belle. Sempre Belle. Ti si addice.»

Annabelle arrossisce. Qualcosa si scioglie tra le sue gambe. Stringe le cosce, senza sapere cosa fare. Si sente pulsare.

«Io non l'ho ancora ringraziata, signor Lions. Mi ha salvata.»

«Mhm... faresti una cosa per me, bellissima Belle?»

Annabelle pensa che farebbe qualsiasi cosa per lui. Si limita ad annuire.

«Chiudi gli occhi. Non guardare. Mai.»

«Perché?»

«Mio il castello, mie le regole. Chiudi gli occhi.»

Annabelle abbassa le palpebre e lui, lentamente, la fa girare verso di sé. La sfiora appena, ma lei percepisce il calore del suo corpo, il soffio del suo respiro sul viso. Ha un fremito e schiude le labbra.

«Stai tremando, Belle.»

«Non riesco a farne a meno.»

«Dì il mio nome»

«Declan» obbedisce lei.

«Belle... hai paura di me?»

«Declan» ripete con un sorriso. «Non so perché, ma io credo che tu... tu voglia farmi paura. Ma mi hai salvata. Ricordo il calore del tuo corpo che mi richiamava alla vita. Lo sentivo entrarmi dentro...»

Fa per aprire gli occhi, ma lui glieli copre con la mano. La spinge contro la libreria. Lei sussulta. Vorrebbe abbracciarlo. Spera che la baci.

Declan... baciami, Declan. Stringimi forte.

Lui sfrega il naso contro il suo collo, lo affonda nei suoi capelli. La respira con l'istinto di un animale. Improvvisamente la lascia andare. Eccitata e stordita, Annabelle si accascia contro le scansie. Batte le palpebre per schiarirsi la vista. Si guarda intorno, cercandolo disperatamente. Ma non c'è nessuno. Lui è sparito.

***

Declan

Mi allontano, prima di fare qualcosa di cui ci pentiremmo entrambi. Sorrido spietatamente di me stesso.

Bastardo bugiardo, tu davvero non ti pentiresti di niente.

Non di questo. E mai di lei. Prendo un respiro profondo nello sforzo di controllarmi. Il cuore mi galoppa nel petto e i calzoni mi stringono all'inguine neanche fossi un adolescente arrapato alle sue prime erezioni. Sono incazzato. Sono ammaliato. Da lei. La voglia che ho di lei continua a sorprendermi.

L'avrei presa lì, in biblioteca, spingendola contro la libreria. L'avrei fatta voltare di nuovo, ordinandole di tenere le mani aggrappate allo scaffale. Senza mai toccarmi. Senza mai guardarmi. E poi avrei slacciato i bottoni dei suoi jeans, uno dopo l'altro, sfiorando appena le sue innocenti mutandine bianche. Il denim sarebbe scivolato giù, lungo le stupende gambe di Annabelle. Mi sarei inginocchiato di fronte a quel suo culetto così irresistibile. Tenendola per i fianchi, avrei afferrato tra i denti l'elastico delle mutandine. Le avrei abbassate e lasciate cadere. Avrei respirato la fragranza della sua eccitazione e le avrei ordinato di aprire le cosce. E lei lo avrebbe fatto. Dio, è già in mio potere. Bagnata, rosea e gonfia si sarebbe lasciata ammirare, accogliendomi dentro di sé in un'unica spinta. Annabelle avrebbe gridato, sì: il mio nome. Voglio possederla in maniera selvaggia, tenere stretti nel pugno i suoi lunghi capelli e allontanarli dalla nuca indifesa. Morderla nel momento dell'orgasmo e poi restare immobile, dentro di lei. Sentirla venire in fremiti disperati, senza controllo. Vedere attraverso di lei è facile, sembra di leggere un libro aperto.

Ogni reazione del suo corpo rivela quello che prova. Il rossore sulle guance, il battito dell'arteria nell'incavo del collo, le cosce contratte d'istinto, i brividi che le increspano la pelle.

È pura, trasparente come cristallo. E quando l'ho chiamata Annie, ha irrigidito le spalle e abbassato il capo. Ha sofferto in passato. Vorrei ammazzare chi l'ha fatta soffrire. Vorrei abbracciarla, prendere tra le mie mani il suo bellissimo viso e giurarle che nessuno la ferirà mai più. Le mie mani... Guardo la mia mano sinistra e so bene com'è rovinata, orribilmente, sotto il mezzoguanto. Penso alla stupenda pelle di Annabelle. Voglio toccarla. Voglio essere toccato da lei. Darei tutto per questo. Fino all'ultimo degli inutili anni che mi restano da vivere. Solo per lei. Dio, sono impazzito davvero.

Sei in mio potere, Belle. E io lo sono in tuo, solo che ancora non lo sai. E non dovrai saperlo mai, mia bellissima Belle.

Capitolo 10

Annabelle non ha più visto Declan. Passano tre giorni senza nessuna notizia da parte sua. Lions Manor è circondato dalla neve, che ovattata sembra esiliare ogni suono, ogni prova del tempo che scorre. Lei lavora in biblioteca, dalla mattina al tramonto. Saluta gli altri membri dello staff, quelli che abitano al castello come Ted, miss Tower, Angélique e madame Dubois, e quelli che vanno e vengono dal paese per contribuire a mantenere il maniero nel suo solitario splendore. Eppure è come se un vetro tenesse Annabelle lontana anche da loro. Sono tutti molto gentili, ma non servono parole perché lei sappia che non la considerano davvero una di loro.

«Non capisco neppure io quale sia il mio ruolo qui» ammette tra sé, mentre sistema alcuni libri su uno scaffale. È grata che ci sia il lavoro a tenerla occupata e desidera dimostrarsi capace di svolgerlo. «Ma a lui importa qualcosa?»

Non ha dimenticato le parole dure di Declan al loro primo incontro. Annabelle non ha dimenticato neppure il calore del suo corpo, stretto al proprio. Il suo respiro tra i capelli, quando le ha coperto gli occhi spingendola contro la libreria. A volte Annabelle lo sente vicino a sé. Ha la sensazione che lui la guardi, la osservi e lei comincia a tremare. Non per paura, ma per un desiderio che non ha mai conosciuto prima. Unito a una frustrazione sfibrante.

È calato il sole e le ombre avvolgono la biblioteca, quando Annabelle mette fine al lavoro per quel giorno. Spegne il computer, dove sta diligentemente realizzando il database.

«Miss Tower non mi ha più fatto avere le credenziali per il Wi-Fi» riflette con un sospiro. Quel distacco dal resto del mondo accresce la sensazione di trovarsi in una sorta di bolla. Ogni giorno uguale all'altro. E ogni sera che lei si ritira nella sua stanza, si sente più confusa. Più sola.

Chissà lui cosa prova?

La notte prima ha sentito di nuovo la musica. Declan suonava il suo pianoforte come un mago che getta un incantesimo. Lei si è alzata dal letto, ma non ha oltrepassato la porta della sua stanza. Lui non vuole vederla, non l'ha più fatta chiamare. Ha detto di tollerarla, lì al castello, solo come favore al maggiore MacTrevor. Ha detto anche... di trovarla bellissima.

"Mia bellissima Belle", così l'ha chiamata con la sua voce roca e sensuale, oscura ed elegante. Annabelle si chiede se non sia stato solo frutto della sua immaginazione.

Mi considera una ragazzina. Una patetica ragazzina. Com'è possibile che mi trovi bella? Infatti non vuole parlarmi. Non gli interessa incontrarmi.

Annabelle entra in camera e rimane a bocca aperta. Batte incredula le palpebre alla vista del meraviglioso vestito da sera disteso sul suo letto. Si avvicina, un passo dopo l'altro. Seta e organza si sovrappongono in veli dai colori dell'aurora. Dal corpetto senza maniche, le spalle lasciate nude, la gonna si apre come la corolla di un fiore, sfumandosi d'oro nel raggiungere l'orlo. Ad accompagnare l'abito ci sono eleganti scarpe con il tacco... e una maschera. Annabelle la prende tra le mani, avvicinandola al viso. Le copre gli occhi e la fronte e lei potrebbe fantasticare di trovarsi a Venezia.

«Signorina Mayfair, se ha bisogno di una mano per prepararsi posso aiutarla io» si offre miss Tower. Annabelle si volta verso la governante, in piedi sulla soglia.

«Signora, non capisco. Cosa significa… questo?»

La donna entra e chiude la porta.

«Sono gli ordini del signor Lions. Desidera cenare con lei. E vuole che indossi questo vestito.»

Oh lui ordina… lui desidera… lui vuole…

Annabelle prova una vampata di rabbia e ha una gran voglia di mandarlo al diavolo. *Per cosa mi ha preso? Per la sua bambola? Mi mette da parte, ignorandomi per giorni, e adesso si aspetta che io scatti sull'attenti a capriccio?*

È in quel momento che la governante le porge una rosa. Turgida e rossa, con un biglietto legato al gambo. Annabelle accetta il fiore e apre il foglietto.

Il piacere della tua compagnia, Belle.
Concedimelo.
Questa sera soltanto.
Declan

Declan… Annabelle accarezza il suo nome con la punta dell'indice. Si porta la rosa al viso e chiude gli occhi, respirandone il profumo.

«D'accordo.»

Miss Tower sembra sul punto di svenire per il sollievo. Annabelle le rivolge un sorriso incerto. «Sì, grazie. Il suo aiuto sarebbe prezioso.»

***

L'orologio sta battendo l'ora quando Annabelle, accompagnata da miss Tower, scende la scalinata del castello. Segue la governante attraverso i corridoi tirati a lucido, fino a un salone dove un grande tavolo è coperto da una candida tovaglia di lino. È apparecchiato per due. Ci sono luci di candele e le fiamme bruciano nel caminetto acceso. C'è il chiaro di luna, al di là del lucernario che sovrasta il giardino d'inverno. Il profumo dei fiori si accompagna alla visione della neve in un risultato che incanta Annabelle.

«È impossibile» mormora, avvicinandosi alle rose sbocciate nella serra, sullo sfondo di un bosco innevato.

«L'impossibile è solo qualcosa che nessuno ancora ha fatto» risponde dietro di lei una voce suadente. Annabelle si volta, il cuore che le batte forte. Finalmente Declan è con lei. Le permette di guardarlo. Di ammirarlo. È elegante come un principe nero. Calzoni e giacca scura, spezzati da una camicia immacolata. I capelli raccolti con un laccio alla base della nuca. Una maschera sul viso, a celare le cicatrici del lato sinistro. Annabelle si sente mancare il respiro. Arrossisce. Lei, innamorata delle parole, non riesce a proferirne nessuna.

Declan si avvicina, le prende una mano e se la porta alle labbra. Ne sfiora le nocche con impeccabile galanteria e Annabelle si sente pericolosamente immersa in una favola.

«Grazie per essere qui» dice lui, lasciandola andare.

«Grazie per l'invito» risponde lei.

Declan le offre il braccio, scortandola al tavolo. Le scosta la sedia per farla accomodare.

È troppo. pensa Annabelle stordita. *Troppo bello, troppo perfetto. Ho paura di svegliarmi e scoprire che è tutto un sogno.*

Eppure tutto è anche reale. Annabelle sente il profumo della colonia di Declan, seduto accanto a lei. La pregiata morbidezza della tovaglia sotto le mani. L'argento freddo e lucente delle posate tra le dita. Il vino brilla come seta scarlatta nel bicchiere, accanto a un flûte dove bollicine di champagne corrono in tante catenelle verso la superficie.

«Madame Dubois è una vera artista» sorride Annabelle, alla vista delle prelibatezze disposte in tavola. «Non ho mai assaggiato la cucina francese, prima d'ora.»

Declan sembra riscuotersi al suono della sua voce, spezzando il silenzio durante il quale non ha fatto altro che fissarla.

«Parlami del tuo passato, Belle» le domanda, mentre cominciano a cenare.

Lei si porta la forchetta dalle labbra e lo sguardo di Declan segue il suo gesto. Guarda la sua bocca e poi la gola che si muove, mentre deglutisce il boccone. Il tovagliolo le sfiora le labbra, prima che lei prenda un sorso di vino.

«Nel mio passato non c'è niente di interessante» lo avverte. Niente che possa interessare un uomo con le sue esperienze di vita.

«Questo lascia che sia io a giudicarlo.»

Annabelle respira profondamente. Il suo seno si muove nella gabbia del corsetto. Solo il ciondolo d'oro a forma di rosa orna la scollatura vertiginosa dell'abito.

«Sono nata nel Montana. Mio padre era un insegnante di scuola superiore. La mia mamma, una maestra d'asilo. È morta in un incidente quando avevo sei anni.»

Declan non dice nulla e Annabelle apprezza che non le porga condoglianze tardive, come fanno sempre tutti quando lei ne parla per la prima volta.

«Così siete rimasti soli tu e tuo padre?»

«Per un po' sì. Poi lui si è risposato. A Mildred, la mia matrigna, non piaceva il Montana, così ci siamo trasferiti. Papà aveva trovato un posto come professore di scienze in un liceo di Seattle e siamo andati ad abitare tutti a Menton.»

«Tutti?»

«Papà, io, Mildred e Drusilla, la figlia di Mildred.»

Declan tamburella le dita della mano destra sul tavolo. L'altra, la sinistra, è completamente guantata di nero. Annabelle pensa che le piacerebbe vederlo suonare il pianoforte.

«Tu e Drusilla avete la stessa età?»

Annabelle scuote il capo.

«No, lei è più grande. Quando papà e Mildred si sono sposati, io avevo nove anni e lei tredici.»

Declan rimane in silenzio, e Annabelle teme che voglia sapere altro sulla sua matrigna e sulla sua sorellastra. È sollevata quando lui cambia argomento.

«Ti piaceva vivere a Menton?»

Annabelle scoppia a ridere.

«Dio, no! Non c'è niente a Menton! Solo la biblioteca, e alla fine hanno chiuso anche quella.»

Declan è d'accordo con lei. «Non fece una grande impressione neppure a me.»

«Sei stato a Menton?» domanda Annabelle sorpresa. Poi capisce. «Insieme a Scott, vero? In visita al maggiore MacTrevor.»

Declan distoglie lo sguardo, perso in ricordi che lei intuisce molto dolorosi. Vorrebbe prendergli la mano. Ascoltarlo, se lui volesse parlarne. Oppure restare semplicemente in silenzio, l'uno accanto all'altra. Alla fine prova a distrarlo.

«Il maggiore MacTrevor mi aveva dato un lavoro part-time in biblioteca. Mi ha insegnato tantissimo. Chissà... magari ci siamo quasi incontrati nel corso della tua visita.»

Declan la guarda intensamente.

«È meglio che non sia accaduto.»

Annabelle è sorpresa da una simile affermazione.

«Lo so, non ti saresti mai accorto di me!» riconosce con leggerezza.

Anche Declan sorride e lei non riesce a distogliere lo sguardo dalla sua bocca. Solo l'angolo destro delle labbra si solleva, in un disegno storto e molto sensuale.

«Puoi giurarci che mi sarei accorto di te, Belle.»

Annabelle ride, senza prenderlo sul serio.

«Oh sì! Sono sicura che avresti perso tempo con una ragazzina di provincia.»

Declan scuote lentamente il capo. Gli occhi che non lasciano andare quelli di lei.

«Non avrei perso tempo.»

Lei sente battere sempre più forte il cuore. Prova ancora una volta a scherzare. Anche un po' a provocarlo. A sfidarlo.

«Davvero? E mi avresti rapita e portata nel tuo castello?»

Lo sguardo di Declan si incupisce. Ad Annabelle ricorda un cielo in tempesta. Altrettanto imprevedibile. Pericoloso. Affascinante.

«È questo che sognavi? Uno sconosciuto che ti portasse via dalla tua vita?»

Lei posa la forchetta vicino al piattino del dolce. Il dessert è squisito, eppure sente una profonda amarezza.

«Quand'ero all'ultimo anno di liceo, mio papà si è ammalato. Alzheimer. Io mi prendevo cura di lui. All'inizio doveva essere una soluzione temporanea, ma poi...» Annabelle scrolla le spalle. «È una malattia davvero crudele. Sì, mi sarebbe piaciuto andare via. Lontano. Non pensarci più. Però non potevo farlo. Non lo avrei mai fatto.»

Declan solleva il flûte di champagne. La invita a un brindisi senza parole, facendo solo tintinnare cristallo contro cristallo. Lei gli sorride e lascia che la tristezza di quei ricordi scorra via.

«Non importa come sono andate le cose» conclude lui, prendendole la mano. Le accarezza le dita con il pollice. Annabelle sente tante scintille irradiarsi a quel lieve contatto. «Perché alla fine tu sei qui. Nel mio castello.»

Lei non è sicura di aver capito davvero quello che intende dire. Ma quando Declan si alza, evita di porgli domande e lo segue, camminando al suo fianco attraverso il giardino d'inverno.

«Oh, un carillon!» esclama Annabelle, alla vista di un cofanetto su una panchina, tra due rigogliosi cespugli di rose. Dà la carica e solleva il coperchio. La ballerina gira lentamente su se stessa, sulle note di un valzer. Declan le porge una mano, invitandola a ballare. Annabelle arrossisce e scuote il capo.

«Non sono molto brava. Ho ballato solo alle feste di fine anno.»

La sua debole protesta si spegne quando lui la attira contro di sé. Il suo braccio la cinge alla vita, mentre con la mano destra stringe la sua.

«Qui non ci guarda nessuno. Non ci giudica nessuno» le ricorda, e Annabelle rimane in silenzio. Prova a concentrarsi, seguire il ritmo, ricordare i passi... e poi, semplicemente, tutto scivola via. Sono insieme e il profumo di Declan la avvolge come la dolce melodia del carillon, come la luce della luna che si riflette sulla neve caduta e la fa splendere.

Annabelle chiude gli occhi. Posa la guancia sul suo petto, il lino pregiato della sua camicia le accarezza la pelle.

È un sogno. Un bellissimo sogno. Non c'è niente di male a sognare. Per tanto tempo non ho potuto fare altro. Solo sognare.

Declan scioglie i nastri della maschera di Annabelle. La lascia cadere a terra e le solleva il viso con due dita. Lei apre gli occhi e lo guarda incantata. È misterioso e bellissimo. Ha un'espressione severa e una luce feroce nello sguardo che dovrebbe spaventarla. Non è così. Se ne sente attratta.

«Dio, sei così giovane e pura» afferma lui con amarezza. La allontana da sé e Annabelle lo guarda senza capire. Declan le volta le spalle, fermo di fronte a una lussureggiante composizione di rose. La schiena rigida. Sembra furioso. «Non sai niente della vita! Assolutamente niente!»

A una simile accusa, Annabelle indietreggia di un passo. Un nodo le si forma in gola e lei deglutisce. Si abbraccia scossa da un brivido. Di dolore. Di rabbia.

«Io... io so di non aver fatto molte cose finora, ma non mi considero un'ingenua che guarda il mondo attraverso delle lenti tutte rosa. Ho conosciuto la sofferenza, la perdita, l'abbandono, la frustrazione. Ho provato il desiderio di scappare, ma ho preso la decisione di restare comunque. Fino all'ultimo. Anche se non potevo fare niente, mentre mio padre perdeva se stesso. Tutti i nostri ricordi. Guardava la fotografia di mia mamma e non riconosceva più neanche lei. E poi neanche me. Quando è morto, io sapevo di averlo già perso tanto tempo prima... Ecco, io ho conosciuto questo della vita. E sai una cosa, Declan? Questo mi spinge a vivere. Io voglio vivere! Ho attraversato l'America fino al tuo castello. Tu, invece? Quello che hai conosciuto della vita ti ha spinto a nasconderti? Sei circondato da tesori meravigliosi, ma sei solo.»

Lui strappa via una rosa. La stringe nel pugno, distruggendone i petali. Ancora non si volta a guardarla.

«Attenta, Belle. Sei una gattina senza artigli. Non provare ad attaccare un leone.»

«Un leone ferito, Declan. In una gabbia magnifica, ma pur sempre una gabbia» risponde Annabelle con dignità. «Grazie per la serata, signor Lions. La cena era squisita. Madame Dubois merita i nostri complimenti. I miei glieli farò domani mattina. Buonanotte.»

Amareggiata e delusa, gli volta le spalle per andare via Ha fatto appena pochi passi che Declan l'afferra alla vita. La attira contro di sé e la bacia con rabbia. Annabelle sussulta sorpresa, schiudendo le labbra per lui. La lingua di Declan reclama la sua bocca. Sfrontato. Dolcissimo. Annabelle posa le mani sulle sue spalle, gemendo piano. Lui la stringe, libera i suoi capelli dall'acconciatura elegante e un morbido mare di boccoli cade sulle sue spalle nude. Declan ci affonda le dita, le accarezza la nuca, la bacia come se la possedesse. La bacia come se volesse punirla.

Annabelle solleva una mano e gli strappa via la maschera. Lui si ritrae di scatto, incredulo che abbia osato tanto. Lei gli prende il viso tra le mani.

«No, ti prego! Lasciati guardare da me.»

Poi si mette in punta di piedi e posa le labbra sull'angolo sinistro della sua bocca. Declan chiude gli occhi, assapora quel bacio così tenero. Il carillon suona le ultime note del valzer. La ballerina fa uno scatto metallico e si ferma. C'è solo silenzio. La luce della luna e il soffice chiarore della neve. Il profumo delle rose e i battiti furiosi dei loro cuori.

«Declan» sussurra Annabelle, il capo piegato all'indietro mentre lo guarda con una preghiera silenziosa. *Lasciami avvicinare. Non ti farò male. Non avere paura di me.*

Lui le posa un dito sulle labbra. Le accarezza dolcemente e Annabelle chiude gli occhi. Quando quel tocco delicato scompare, lei li riapre. Ed è sola.

Capitolo 11

Una volta sveglia, la mattina dopo, Annabelle si chiede se la cena, il ballo e il bacio, non siano stati solo un sogno. Con un sospiro, si gira tra le coperte e la avvolge un profumo di rose. Apre gli occhi e trova sul cuscino una rosa rossa, accanto al carillon della sera prima.

Declan è entrato nella mia camera mentre stavo dormendo, comprende, portandosi al viso il fiore che lui le ha lasciato. Accarezza lo scrigno della ballerina. *Poteva farmi qualunque cosa e nel sonno sarei stata completamente indifesa. Alla sua mercé. È sbagliato, lui non doveva farlo, eppure...*

Annabelle ammette di non essere arrabbiata o impaurita. Arrossisce. È eccitata al pensiero che lui avrebbe potuto baciarla, accarezzarla...

Vorrei lo avesse fatto. Spero almeno che abbia desiderato farlo.

Con un sospiro si alza dal letto e va in bagno. Si spoglia di fronte allo specchio. Nuda e con i capelli sciolti, resta a osservare il proprio riflesso. Pensa a Declan. Il principe tenebroso della sera prima... l'eroe che l'ha salvata e scaldata con il suo stesso corpo.

Declan che la bacia... Declan che le parla con la sua voce roca e vellutata... Annabelle sfrega piano le cosce, una contro l'altra. I suoi capezzoli diventano turgidi e scuri. Ha le guance rosse e una luce nello sguardo che non ha mai visto prima.

Se di notte lui viene davvero nella mia stanza, vorrei avere il coraggio di dormire nuda. Provocarlo e torturarlo come si diverte a fare con me. Sedurlo.

Con un gemito frustrato entra nella vasca e lascia che l'acqua le scorra addosso. Sebbene freddissima, non basta a spegnere il fuoco che la sta bruciando sottopelle. Finito di lavarsi si veste come ogni mattina e si prepara a un'altra giornata uguale alle precedenti. Senza notizie da parte di Declan.

I giorni seguenti Annabelle continua il suo lavoro in biblioteca, con la compagnia silenziosa dei libri e la presenza confortante di Moonlight. Mentre è seduta a gambe incrociate sul pavimento, circondata da pile di volumi, l'husky le va vicino. Lei lo abbraccia, affonda il viso nella sua magnifica pelliccia argentata e si lascia consolare.

«Il tuo padrone è un gran bastardo» gli dice, con voce soffocata dalle lacrime. Il cane abbaia e Annabelle ride piano al pensiero che sia il suo modo di dirle che è d'accordo con lei.

Un altro che continua a dimostrarsi suo amico è Ted. Nonostante i mille lavori che lo impegnano al castello, trova sempre tempo per passare a salutarla.

«Io davvero non riesco a capire che cosa voglia Declan da me» gli confida Annabelle affranta. Lui scuote la testa con l'aria di chi la sa lunga, ma non per questo è sicuro di capirci qualcosa.

«Il capitano è un uomo complicato. Lo era già prima, lo è sempre stato, ma dopo la tragedia lo è diventato ancora di più. In tutta la sua vita ha sempre sfidato le regole e perché abbia voluto arruolarsi, io davvero non lo capirò mai. Adesso, comunque, ha deciso di infischiarsene completamente delle regole e di vivere solo secondo le proprie.»

«Il suo viso... la mano sinistra... possibile che i medici non abbiano potuto fare di più?»

Ted rimane in silenzio così a lungo che Annabelle si rassegna a non avere risposta. Si morde il labbro. Teme di aver sbagliato a chiedere. Alla fine, però, il giovane emette un doloroso sospiro.

«Non hai idea di com'erano gravi le condizioni del capitano, quando sono arrivati i soccorsi. Sono riusciti a salvargli la mano e credimi: già quella è stata una vittoria inaspettata. Il dolore, comunque, era lancinante. Insopportabile. E per insopportabile intendo da alleviare con la morfina. Dosi e dosi di morfina.»

Annabelle si sente stringere il cuore.

«Ha sviluppato una dipendenza?»

Ted scuote la testa.

«L'ha sfiorata. Ci è andato vicinissimo. Era a pezzi nel corpo e nello spirito, e come abbia fatto a resistere non lo so. Ho conosciuto compagni che sono diventati eroinomani per molto meno. Lo sai cosa significa questo, Annabelle? Provo a spiegartelo così: perfino gli analgesici per il mal di denti possono spingerti dentro il baratro. Figurarsi l'anestesia e gli antidolorifici per la lunga serie di operazioni che dovrebbe affrontare il capitano. I medici, poi, neanche si sono mai dichiarati ottimisti sui risultati. Comunque il capitano Lions ha deciso di mandare il mondo intero all'inferno e tenersi lucidità e dolore. Credo sia il suo modo di punirsi per la morte di Scott.»

«Scott MacTrevor?»

Ted abbassa lo sguardo.

«Le cicatrici che il capitano Lions si porta dentro sono peggiori di quelle sul suo corpo, e la più dolorosa ha quel nome: Scott MacTrevor. Il capitano non si perdonerà mai di non essere riuscito a salvarlo.»

Annabelle ascolta attentamente ogni parola di Ted, il cuore che le sanguina al pensiero di quanto Declan abbia sofferto. E stia soffrendo ancora.

«Posso chiederti cosa è successo?»

Il giovane sospira, lo sguardo fermo di fronte a sé, su un'immacolata bellezza di neve che nella sua memoria si trasforma in cemento, sole rovente e rovine polverose. Esplosioni, bombardamenti e morte.

«Non c'eravamo solo noi, ma anche dei civili. Eravamo vicino all'ultima scuola ancora esistente del posto. Se non c'è stata una strage, è stato solo per la freddezza con cui il capitano ha preso le decisioni. Mentre i bambini venivano portati in salvo, noi siamo rimasti indietro. E non so neanche come, ci siamo ritrovati in un buco d'inferno. È stato il capitano a portarci fuori. Mi ha preso sulle spalle, sai Annabelle? Avevo una maledetta gamba rotta. Ci ha salvato tutti. Quando ci siamo accorti che mancava Scott, il capitano è tornato indietro, tra le esplosioni, per cercarlo in quell'edificio che stava cadendo a pezzi come carta velina. L'ha trovato, ma era tardi. Eravamo convinti che fosse tardi anche per lui, quando finalmente sono arrivati i soccorsi. Per fortuna no, ma... non era più lo stesso. E non mi riferisco solo alle sue ferite. Odiava tutti. Ma credo che più di tutti odiasse se stesso. Adesso è molto più calmo. Anch'io sono più calmo, da quando vivo al castello. Però, stai attenta. Non tirare la corda con lui, perché non so neanch'io come potrebbe reagire. Quello che so è che non ha limiti.»

Annabelle sente una fitta al cuore.

«Mi stai dicendo di stare lontana da lui?» gli domanda con rammarico.

Ted sospira, grattandosi la testa.

«Credo che sia il capitano ad aver deciso di tenersi lontano da te.»

***

Annabelle è in camera sua quando sente raspare alla porta.

«Moonlight!» esclama sorpresa alla vista del cane. È tardi e il castello sembra più silenzioso del solito. Fuori cade la neve e una luce fioca rischiara i lunghi corridoi del maniero. Annabelle affonda il viso nella pelliccia del cane. Cinque giorni e non ha più visto Declan. Ha provato ad aspettarlo sveglia ogni notte. Per parlargli. Per provare a capire. Per dargli la prova che lei c'è, se lui vuole. Non è mai venuto. Al mattino Annabelle non ha più trovato segni della sua presenza.

«Dov'è il tuo padrone?» domanda al cane. L'husky abbaia, scodinzola, le fa capire di seguirlo. La conduce fino a uno studio privato, più nascosto e più intimo di quello dove Declan l'ha ricevuta la prima volta. Lei esita tra le ombre. Ha un sussulto nel vederlo seduto su una poltrona, vicino al caminetto accesso. Il cane va ad accucciarsi ai suoi piedi. Anche Annabelle decide di mostrare coraggio. Chiude la porta e, un passo dopo l'altro, lo raggiunge pian piano. Declan avverte la sua presenza e si volta.

«Sei tu» mormora, ma non sembra arrabbiato. Solo stanco. Logorato dalla sua solitudine. È in jeans e maglione, e appare ancora diverso dall'uomo in maschera che le ha regalato una serata da sogno. È reale, vivo e così vicino che Annabelle vorrebbe correre tra le sue braccia e stringerlo. Quando il suo sguardo le scivola addosso, lei si rende conto di come gli si è presentata. In vestaglia, scalza, con indosso la sua solita camicia di flanella e un paio di vecchi leggings al ginocchio. Ha con sé la sua copia di *Grandi speranze*. Prende un respiro profondo e si avvicina a lui.

Sii forte, Annabelle!

«Declan, c'è una cosa che vorrei mostrarti. Però mi prometti che non la distruggerai? È molto preziosa per me.»

Lui sorride amaramente.

«Una cosa per te molto preziosa... e temi che io voglia distruggerla. È questo che pensi di me, Belle? Forse hai ragione. Distruggere è ciò che so fare meglio.»

Lei gli porge la fotografia, quella di lui insieme a Scott. Per alcuni terribili attimi, Annabelle non ha idea di come potrebbe reagire. Declan appare sorpreso e toccato nel profondo. Prende la foto tra due dita e la osserva. È calmo, malinconico. Addolorato.

«Non avevo mai visto questo scatto.»

«Lui ti manca, non è vero?»

«Scott MacTrevor era il mio migliore amico. E io l'ho tradito. Io l'ho ucciso» la sua voce si spezza, mentre abbassa la testa, lacerato nel profondo. Senso di colpa, capisce Annabelle, stando male per lui. La sua sofferenza è come se attraversasse anche lei.

«Io non l'ho protetto. Non l'ho salvato. E avevo giurato di farlo. Avevo giurato che sarebbe stato al sicuro, che lo avrei riportato da suo padre. Scott aveva ancora un padre, una sorella... Si era arruolato solo per rispetto verso la sua famiglia. Io, invece, per disprezzo della mia. Scott si sarebbe congedato dopo quella missione. Sai che voleva fare il medico? Il pediatra. Sarebbe stato fantastico, perché era un angelo con i bambini. Un vero angelo. Non doveva morire proprio Scott: lui stava facendo il suo dovere, si è sempre comportato bene. Ero io il bastardo tra noi due, lo sono sempre stato. Quello che godeva l'attimo senza mai pensare a niente, tanto meno agli altri. Lui era il migliore. Perché Scott è morto, mentre io sono sopravvissuto? Perché? Per quale dannata ragione?!»

Annabelle piange per lui. Le lacrime le scendono silenziose lungo le guance e non resiste più a stargli lontana. Si siede sul suo grembo e lo abbraccia. Gli accarezza i capelli e lo conforta. Non vuole più vedere quel dolore in lui. Non vuole più provare tutta quella sofferenza. Le spezza il cuore sapere che è così che lui si sente sempre.

«Non è colpa tua, non è colpa tua. Perdonati, Declan. Ti prego, perdonati. Torna a vivere! Per te stesso, per Scott... per me.»

Le braccia di lui la circondando, stringendola forte.

«Per te, Belle?»

«Per me, sì.»

Declan la bacia sul collo. «Dimmelo ancora, Belle. Dimmi di sì.»

Annabelle chiude gli occhi. Si abbandona alla sensazione della sua bocca sulla pelle. «Sì» ansima. «Sì, Declan.»

Lui si alza, portandola con sé. La fa sedere sulla scrivania e la spinge a sdraiarsi. Resta in piedi, in mezzo alle sue gambe, mentre le apre la vestaglia e solleva la casacca. Le scopre il ventre e le accarezza l'ombelico. La sfiora dolcemente, affondando l'indice nella fossetta e poi disegnando intorno piccoli cerchi. Annabelle singhiozza. Lui si china e posa un bacio sul suo ventre. Poi comincia a sbottonarle la casacca del pigiama fino ad aprirla completamente. Le accarezza il seno, seguendo delicatamente l'areola dei capezzoli. Li stuzzica, li tormenta. Diventano duri e turgidi. Annabelle si contorce e vorrebbe chiuderle le gambe. Declan non glielo permette. Si china sul suo seno e comincia a succhiare un capezzolo tra le labbra. Lentamente, senza fretta. Poi passa all'altro. Lo lambisce piano e lo morde delicato. Lei si sente persa. Quando la induce a piegare le gambe, facendole posare i talloni sulla scrivania, Annabelle arrossisce. Si sente aperta. Vulnerabile. Mentre continua a succhiare i suoi seni, Declan muove i fianchi contro i suoi in una frizione deliziosa. Annabelle chiude gli occhi. Il cuore le batte sempre più forte. Il sangue è fuoco liquido nelle sue vene. Ansima, senza controllo. Comincia a sentire... *qualcosa*. Che cresce. Prende forza. La travolge. Si inarca, grida, le sembra di rompersi. Lui la abbraccia.

«Cos'è successo?» domanda Annabelle, tremante.

«Solo un piccolo orgasmo, mia bellissima Belle.»

«Pi-piccolo?!»

Declan sorride e la prende in braccio. Lei nasconde il viso contro il suo petto. Sa dove la sta portando.

Nella sua camera da letto, e io... mio Dio, io non vorrei mai essere da nessun'altra parte.

Il caminetto è acceso e la porta si chiude, confinando fuori qualunque dubbio, esitazione o scrupolo. Quelli di lei. Quelli di lui. La vestaglia e la casacca di Annabelle cadono sul pavimento. Declan la adagia sul letto e si sdraia al suo fianco. Quando sfiora l'elastico dei suoi leggings, lei lo ferma, rossa in viso. Scuote la testa imbarazzata. «No, no! Sono... Mi sento...»

«Come?» la provoca, giocando con il dito sulla pelle del suo ventre. Avvicina la bocca al suo orecchio per sussurrarle: «Sei bagnata, mia splendida Belle?»

Lei chiude gli occhi. La sua voce roca, le sue parole senza vergogna la stordiscono. Declan inizia ad accarezzarla tra le gambe attraverso la stoffa sottile e aderente dei calzoni.

«Voglio sentirtelo dire.»

«Non posso!»

«Sì, che puoi. Dimmelo. Ti ascolto solo io. Dillo. Solo per me.»

«Solo per te, Declan. Sono bagnata» gli confessa. La mano di lui scivola dentro i leggings di Annabelle, sotto le sue mutandine. Le accarezza il sesso con il palmo, la schiude e la esplora con un dito. Si insinua tra le pieghe calde e gonfie, mentre a lei sfuggono singulti sconcertati. Si agita, senza sapere come controllare il piacere che la attraversa a ondate potenti. Declan si sposta sopra di lei. La sovrasta, le fa allargare le gambe. Continua a toccarla, sfiora un piccolo, tumido rigonfiamento che fa sussultare il corpo di Annabelle. Comincia a tormentarlo senza fermarsi, lo strofina con il polpastrello del pollice e intanto, delicatamente, fa scivolare un dito dentro di lei.

«Declan» singhiozza Annabelle, aggrappandosi alle sue spalle. Senza accorgersene, piega le ginocchia, puntellando i piedi contro il materasso. Ondeggia contro la sua mano, accompagnando quel qualcosa che di nuovo sta crescendo sempre più forte. Esplode dentro di lei, strappandole un grido e Annabelle si accascia sul letto come una bambola di pezza. Lui si porta le dita alla bocca e lecca la sua essenza. Ansimante, il corpo scintillante di sudore, Annabelle lo guarda in silenzio con occhi spalancati.

«Mhm... sai di miele» le rivela «Puro miele, Belle.»

Per Annabelle è come se il sangue le esplodesse nelle vene. Lui finisce di spogliarla e poi posa un bacio sulla pelle interna di una sua coscia. Lei sa di essere totalmente esposta ai suoi occhi. Li sente su di sé. Si sente bagnare ancora.

Cosa mi succede? Mi sento stregata. Può farmi tutto. Tutto quello che vuole. Sono sua.

«Ne voglio ancora, Belle. Voglio assaggiarti tutta. Sarebbe troppo per te?»

Troppo... non è già troppo tutto questo? Cos'altro può esserci di più?, si domanda Annabelle, priva di forze. Declan posa la bocca su di lei. La accarezza con la lingua, insinua la punta tra le pieghe del suo sesso, leccandone le labbra come in un bacio d'amore. Lento e sensuale. Annabelle singhiozza di piacere, le sfuggono gemiti incoerenti. Non può fare nulla per sfuggirgli, ribellarsi a lui, controllare se stessa. Può solo sentire il suo respiro caldissimo sulla parte più intima di sé, la sua lingua esplorarla come se stesse dipingendo. Lei muove le mani sulla trapunta di seta, le sue dita si contraggono ritmicamente. Trattiene il respiro quando la lingua di Declan sfiora la piccola perla di carne: ne traccia i contorni, ci danza sopra, scrive lettere misteriose che Annabelle non saprebbe mai ripetere. La fruga, come un nocciolo nascosto tra la polpa sugosa di un frutto. Un nuovo orgasmo scuote Annabelle, facendola gridare rauca e affannata.

È ancora il mio corpo questo? Oppure è suo? Solo suo? Come il mio cuore. Il mio cuore non ha mai battuto così. Io non mi sono mai sentita così. Presa. Completamente presa.

«Declan» sussurra Annabelle, mentre lui la osserva con la guancia sfigurata posata contro la sua coscia. Si sfrega contro la sua pelle dolcemente, quasi assonnato. Non lascia mai andare il suo sguardo e posa un ultimo, dolce bacio sulle labbra del suo sesso. Soffia sulla carne bagnata e lei sussulta. Lui ride soddisfatto. Compiaciuto.

«Declan?»

Annabelle chiama il suo nome quasi spaventata. Dalle reazioni del suo corpo. Dalle intenzioni di lui, che non riesce a prevedere. Declan si solleva, in ginocchio tra le sue gambe aperte. Sempre guardandola negli occhi, afferra l'orlo del maglione e se lo toglie. Si slaccia la cintura e si mostra al suo sguardo. Lei lo fissa con aria sgomenta.

«Ah Belle!» ride lui, ed è una risata sincera. Divertita e sensualissima. Prende un preservativo dal cassetto del comodino e strappa la carta tra i denti. Lo indossa e poi si distende lentamente su di lei. Annabelle singhiozza al contatto dei loro corpi nudi. Un contatto che diventa sempre più intimo. Lo sente premere contro di sé, spingersi nella sua carne. È tutto strano, sconosciuto. Eppure incredibilmente giusto. Stranamente perfetto. Si irrigidisce al dolore che prova, e respira a fondo. Non importa, si dice. *Non importa. Lo voglio. Anche a questo prezzo. A qualunque prezzo.*

Gli cinge la vita con le braccia e chiude gli occhi quando le labbra di Declan si posano sulle sue. Apre la bocca per lui, intreccia la lingua alla sua, mentre lo sente penetrare sempre più profondamente dentro di sé. Lui la prende, la possiede e a lei fa ancora male. Geme piano. Declan rallenta, si ferma. La osserva, innocente e stupenda, confusa eppure così pronta a donarsi. Le ciglia imperlate di lacrime e i capelli bruni sparsi tutti intorno.

«Dio, Annabelle. Brucerò all'inferno per questo.»

Lei distende le mani sulla sua schiena, in una carezza le posa sui suoi glutei, trattenendolo dentro di sé.

«Non lasciarmi. Ti prego, non lasciarmi adesso. Ti sento. Sei qui con me.»

Declan la bacia e ricomincia a muoversi. Annabelle sorride contro le sue labbra. Solleva le palpebre e lo guarda negli occhi. Lo sente sempre di più. Completamente in lei. Ma nel profondo più profondo, lui è già nel suo cuore. Gli accarezza la schiena, chiude gli occhi e sospira. Prova a rilassarsi, ammorbidirsi, cullarlo dentro di sé. Farsi docile e cedevole, dove lui è duro e così esigente da riempirla totalmente. Annabelle getta indietro la testa e gli offre la gola, che Declan percorre con la punta della lingua, fino a sfiorarle il mento. La scuote un brivido che va a morire tra le sue gambe, stringendolo di più e cospargendola di scintille infinitamente deliziose.

«Annabelle... mio Dio, Annabelle!»

Lo sente tremare, perdere il controllo, sussultare e poi abbandonarsi. La pervade un senso di orgoglio al pensiero di essere riuscita a fargli provare quello che lui ha fatto ripetutamente con il suo corpo. Lo abbraccia, le dita affondate nei suoi capelli.

«Sei mia, Annabelle» mormora Declan, le labbra contro la sua gola. La voce rauca e affannata. «Mia per sempre.»

«Anche tu sei mio» sussurra lei, prima di addormentarsi. *Sei il mio principe.*

Capitolo 12

La mattina seguente Annabelle si sveglia nel suo letto. Fuori albeggia e lei si sente indolenzita e appagata. C'è una rosa sul suo cuscino. Bellissima e rossa. Ne respira il profumo, incapace di mettere ordine nei suoi pensieri e nelle sue emozioni.

Per la prima volta nella mia vita sono innamorata. E ho fatto l'amore con lui.

Lui... Declan Lions. Un uomo complesso e seducente. Irresistibile e tormentato. Fragile e pericoloso come una distesa di vetri rotti. Lui l'ha stregata, incantata e conquistata. E lei è sua.

Sono sua. Completamente sua. Ma Declan... lui è mio?

È delusa del fatto che non sia con lei, adesso. Mentre era addormentata, l'ha riportata nella sua stanza.

Chissà cosa avrei provato a svegliarmi tra le sue braccia? Lo scoprirò mai?

Cosa c'è stato tra loro? Un'avventura? La passione di una notte?

Annabelle abbassa le ciglia. «Non ha mai detto di amarmi. Neanche una volta.»

Prova un'improvvisa tristezza. Non si aspetta che Declan sia innamorato di lei. A pensarci adesso, sola nella sua stanza, nella luce fredda e reale del mattino, le sembra impossibile che possa innamorarsi di lei. «Non mi ha chiesto niente. Sono io che mi sono gettata tra le sue braccia.»

Sconsolata, si alza e va in bagno. Si lava, sciacquando via le lacrime. Si veste come ogni giorno, raccoglie i capelli e scende a fare colazione.

Madame Dubois la percorre uno sguardo ammirato.

«Tesoro, ma cosa hai fatto? Questa mattina sei perfino più bella del solito! Hai gli occhi che brillano e tu... tu splendi, mia cara!»

Annabelle arrossisce, nella mente i ricordi della notte precedente. Evita di rispondere alla chef, mentre si rivolge a miss Tower, indagando i programmi di Declan per quella giornata.

La governante la fissa sorpresa.

«Il signor Lions non mi ha fatto sapere nulla di particolare, quando l'ho incontrato questa mattina.»

Annabelle annuisce con simulata indifferenza, mentre abbandona la sua colazione per rifugiarsi in biblioteca.

Non pranzerà con me... Non cenerà con me, comprende ferita. È tutto come sempre. Lei muore dalla voglia di rivederlo, ma al tempo stesso ha paura. *Chi mi troverò davanti? L'eroe che mi ha salvata dal lago? L'amante appassionato di ieri notte? Oppure l'arrogante signore del castello, che è stato così crudele al nostro primo incontro? Mi tiene a distanza perché per lui sono una ragazzina ingenua e inesperta.*

Annabelle sospira avvilita.

E, in effetti, non ho esperienza ed è così ingiusto! Vorrei averne! Essere una donna vissuta, così da riuscire a capire meglio quello che sta succedendo Ma non è colpa mia, se non mi sono mai innamorata, prima d'ora!, pensa arrabbiata

Lavora tutto il giorno, cercando, senza riuscirci, di liberare la mente dall'ossessione di lui. Alla fine, verso sera, frustrata all'inverosimile e bisognosa di un confronto con Declan, decide di affrontare miss Tower.

«La prego, potrebbe riferire al signor Lions che ho bisogno di parlargli? Devo... devo avere delle indicazioni su come procedere con l'archivio.»

La governante annuisce disponibile e Annabelle si ritira per la notte. Dopo essersi fatta un bagno, si lava i denti, indossa i leggings, la solita casacca di flanella e intanto pensa a Declan.

Se domani si sarà rifiutato di vedermi, allora andrò lo stesso da lui! A costo di battere questo castello stanza per stanza, pur di trovarlo. Non può evitarmi! Se non significo proprio niente per lui, almeno pretendo che me lo dica in faccia.

L'eventualità basta a gettarla nella disperazione, ma Annabelle sente di doverlo a se stessa. Esce dal bagno per andare a letto... e sussulta nel ritrovarsi Declan davanti. Il suo sguardo le scivola addosso.

«Volevi vedermi, Belle?»

Annabelle si sforza di spiccicare parola, quando improvvisamente ricorda di avere la crema da notte spalmata in faccia.

«Ma... ma... insomma, Declan!» balbetta imbarazzata, sfregandosi il viso. «Sono... sono... oh sono un disastro!» ammette con le guance rosse.

Lui la fissa incredulo e poi scoppia a ridere.

Annabelle distoglie lo sguardo, imbronciata. Si sente terribilmente vulnerabile.

«Lo trovi tanto divertente?»

Lui scuote la testa.

«Tu sei divertente!»

Fantastico, pensa avvilita. *Adesso sono la buffona del castello.*

Fa per oltrepassarlo di corsa. Pur di sottrarsi a quella situazione umiliante, è pronta a uscire in corridoio in pigiama, ma Declan la ferma. La afferra per un braccio e la attira a sé. Le sistema una ciocca di capelli dietro l'orecchio e lei si sente fremere a quel tocco. Ricorda la sensazione di averlo dentro di sé e la carne tra le sue gambe sussulta.

«Tu, mia bellissima Belle, che ti preoccupi del tuo aspetto… con me» aggiunge lui, guardandola in un modo che le fa dimenticare tutto. O quasi. Annabelle si scioglie dal suo abbraccio e fa un passo indietro.

«Questa mattina mi sono svegliata nel mio letto e… » *E tu non c'eri* «… ero da sola.»

Declan sorride. Il suo sorriso a metà. Beffardo e sensuale. E anche triste, nota lei.

«O sola o con me, Belle. Alla luce del mattino avresti preferito la seconda opzione alla prima?»

Lei lo guarda senza capire.

«Perché?»

«Perché il mattino cambia sempre le cose. Le ombre sono più belle. Possiedono più… gentilezza.»

Gentilezza. Annabelle gli sorride.

«Lo sai, Declan? Gentilezza è una delle mie parole preferite.»

***

Declan

«Avevi voglia di vedermi, Belle? Davvero? Non ti sei pentita? Di ieri notte? Di me?» le domando incalzante. Aggressivo. Gentile? Dio, no: non c'è niente di gentile in… in questo. Accenno al mio viso con la mano sinistra.

Guardo lei, la voglio e mi sento impazzire dalla frustrazione. La notte prima mi ha risvegliato dentro una fame che mi tormenta di desiderio. Per lei. L'ho sedotta, l'ho presa e lei... lei era vergine. Se potessi tornare indietro... rifarei tutto. La farei mia ugualmente. Non cambierei niente di quella notte perfetta, neppure il goffo camicione di flanella che lei continua a indossare. Dio, è più eccitante di un fottuto baby-doll.

Lei era vergine. Sono stato il suo primo uomo. Primo e ultimo, ruggisce il mio istinto, perché il pensiero di lei con un altro mi fa impazzire. Ma ho ancora un barlume di coscienza da concederle la possibilità di fermarsi. Non vederci più. Non toccarla più. Guardarla da lontano, dalle ombre. È l'ultima possibilità che ti concedo, Belle. È l'ultima possibilità che concedo a me stesso. Fermiamoci adesso.

«Pentita?» ripete Annabelle con gli occhioni sgranati. Dio, mi ci potrei specchiare... ed è l'unico mio riflesso che sopporterei di vedere. «Credi davvero che io... oh Declan!»

Poso un dito sulle sue labbra e lei arrossisce.

«Attenta, Belle. Non procedere nelle tenebre, se non sei sicura. Le brave bambine non giocano al buio. Tu non sai quello che stai facendo. Resta nella luce, mia bellissima. Posso ancora accettarlo, adesso.»

Adesso posso ancora accontentarmi di un'unica, indimenticabile notte tra noi. Posso ancora lasciarla stare. Posso ancora lasciarla andare. Può bastarmi guardarla splendere da lontano.

Annabelle prende la mia mano sinistra tra le sue. Sfila via il mezzoguanto e osserva le cicatrici indelebili che rovinano la mia pelle. Rivoltante. Eppure lei l'accarezza con la punta delle dita. Le lacrime le riempiono gli occhi. Mi libero dalla sua dolce presa.

«È orribile, lo so» ammetto con voce ferma. Non ho problemi a riconoscerlo. So bene che fottuto mostro sono. Mi volto e raggiungo la finestra. L'inverno del Vermont è lì, ma io neanche lo vedo. C'è solo Annabelle. Lei è dietro di me, ma è come se la sentissi dentro la mia pelle. Mi scorre nel sangue. Un disperato bisogno di lei mi strazia dentro e mi fa incazzare. Mi fa sentire... 'fanculo: vulnerabile. Spaventato. Sì, mi spaventa quello che arriverei a fare per lei.

Tu dovresti avere paura, Belle. Stammi lontana. Va' via. Resta nella luce, perché se entri nelle mie ombre... Dio, non ti lascerò più andare. Mai più.

Lei si avvicina e posa la fronte contro la mia schiena.

«No. Non è orribile» sussurra, mentre con gentilezza prende di nuovo la mia mano. «Niente di te è orribile.»

Anche questa volta è riuscita a sorprendermi. Mi volto verso di lei e Annabelle, la mia orribile mano sinistra, se la posa sul viso. Ne bacia il palmo. Poi, con le guance tutte rosse e lo sguardo basso, comincia a sbottonare la sua casacca. Asola dopo asola. Infine la mia mano rovinata, se la porta sul cuore.

«Senti come batte forte per te?» bisbiglia. Si alza in punta di piedi e posa un bacio sulla mia guancia devastata. Improvvisamente sembra preoccupata.

«Non ti sto facendo male, vero?»

La bacio. La attiro contro di me, catturo le sue labbra e reclamo con la lingua la sua bocca. Solo un bacio, mi dico. Solo un piccolo, semplice bacio. Ci possiamo fermare, dopo un bacio. Intanto muovo la mano sul suo seno. Lo soppeso nel palmo, e con il pollice strofino il capezzolo delicatamente. Annabelle singhiozza. Apre gli occhi e incontra il mio sguardo. Siamo ancora labbra contro labbra.

«No, dolce Belle» le rispondo, sfiorandole la guancia con la bocca. Le sussurro all'orecchio: «E io, ieri notte, ti ho fatto male?»

Annabelle comincia a tremare. «Soltanto... soltanto un po'.»

Prenderla di nuovo. Farla bagnare. Farla venire. Sentirla implorare. E sprofondare in lei. Ancora e ancora. Poi tutto da capo. Tutta la notte. Tutto il giorno. Finché avermi dentro di lei non lo troverà naturale come respirare.

«Declan?»

Le prendo il viso tra le mani e la bacio di nuovo. Accarezzo con i pollici la tenera porzione di carne tra il mento e la gola. Annabelle ha un ansito, e io approfondisco il bacio. È così che si vincono le battaglie: approfittando senza esitare di ogni debolezza. Continuo a baciarla, lento e sensuale, il mio corpo cerca il suo, e lei a sua volta mi risponde, istintiva e sincera. Lo ammetto: mi eccita il divario di esperienza tra noi. Mi permette di esercitare un potere meraviglioso su di lei. Mi ritraggo e la osservo. Annabelle ha le labbra gonfie e le guance rosse. Apre gli occhi. Scintillano. Sento una contrazione dolorosa al cuore. E una fitta pazzesca all'inguine. È stupenda. È qui con me. E lei non può volere davvero me.

Sono danneggiato, Belle. Dentro e fuori.

La lascio andare. Indietreggio di un passo e la guardo.

«Cosa vuoi, Belle?»

«Te» sussurra. «Io voglio solo te.»

Mi fa male il cuore. E sono così eccitato che ogni respiro rischia di farmi perdere il controllo. Ogni respiro mi porta il profumo di lei.

Annabelle sorride timidamente.

«E tu... tu mi vuoi, Declan?»

Se la voglio? Cazzo... lei non ha idea di quanto la voglio. Di come la voglio.

«Ti voglio nuda, Belle» rispondo, diretto e brutale. Ad Annabelle si ferma il respiro.

Ti ho spaventata, piccola? Bene. Allora fuggi da me, perché io non riesco ad allontanarmi da te. Sei ancora in tempo. Sarà come morire per me, ma tu sarai libera.

In silenzio, abbassando lo sguardo, lei si spoglia. Lascia cadere a terra la camicia di flanella e poi, con dita tremanti, con gesti semplici e innocenti, afferra l'elastico dei suoi leggings e li spinge giù lungo le sue gambe. Insieme alle mutandine. Si ammonticchiano intorno ai suoi piedi e lei li scavalca. Deglutisce nervosa. Eccitata, comprendo, mentre con lo sguardo accarezzo il suo corpo stupendo. Nel silenzio ci sono soltanto i nostri respiri. Spezzati entrambi.

«Sdraiati sul letto.»

Lei obbedisce. Si siede sul materasso, scivolando indietro fino al centro. Le mani ai lati del capo, tra i capelli che le fanno da cuscino, mi rivolge uno sguardo di una seduzione irresistibile.

«Non... non vieni?»

Mi avvicino, attratto come dal richiamo di una sirena. Impossibile distogliere lo sguardo da lei.

«Ti sognavo così, quando ti guardavo addormentata in questo letto» le rivelo, camminando lentamente per poi fermarmi ai piedi del materasso. «Sognavo anche di bendarti.»

Annabelle rabbrividisce.

«No, per favore. Niente bende.»

Interessante. Ho raggiunto il tuo limite, bellissima Belle? E se adesso insisto? Scapperai? Mi odierai?

«Voglio guardarti negli occhi, Declan» aggiunge in un soffio. Mi ha letteralmente strappato via il cuore.

«Allarga le gambe.»

Lei abbassa le palpebre, il capo reclinato un po' di lato. Sta per piangere. Sono il peggiore dei bastardi.

Poi le ginocchia di Annabelle si piegano lentamente verso l'alto, i suoi piedini deliziosi scivolano sulla trapunta di seta. Il seno asseconda il ritmo del respiro sempre più sollecitato, mentre schiude pian piano le cosce.

«Di più, Belle. Apriti per me.»

Lei ha un singhiozzo. Si porta una mano alle labbra, mordendosi l'indice. Ma fa quello che le chiedo. Si mostra a me, eccitata e scintillante di desiderio. Bagnata, rosa e perfetta. Pronta. Così pronta che potrei prenderla anche subito. Tra quelle labbra sensibilissime, intrise del nettare più buono del mondo, il clitoride è gonfio e sovraeccitato. Il sesso mi pulsa dolorosamente. Muovo la lingua contro i denti, pregustando il momento quando la leccherò.

«Declan» mi chiama Annabelle, rauca e disorientata. Io prendo un preservativo dalla tasca dei jeans. Volevo lasciarla in pace. Farle sapere che sarebbe stata al sicuro qui, per il tempo che avrebbe deciso di rimanere. Che non doveva temermi. Non l'avrei più toccata. Solo guardata, ma da lontano e lei non se ne sarebbe mai neppure accorta. Quando Lilibeth mi ha detto che voleva vedermi, sono venuto nella sua stanza animato delle più nobili intenzioni. 'Fanculo, a chi cazzo sto mentendo? Ho pregato che mi volesse. Mi scegliesse. Questa bustina di plastica, fredda e reale tra le mie dita bollenti, è la prova delle mie più dissennate speranze. Praticamente, mi strappo i vestiti di dosso.

«Sono qui, Belle.» Il tuo demone è qui, dolcissimo angelo. Mi distendo su di lei, senza toccarla. Prolungando l'attesa. Lei mi sorride. Posa una mano sul mio volto. Sulla parte sinistra. Le sue dita accarezzano dolcemente le mie cicatrici.

«Sì, sei qui» mormora, attirandomi a sé. Per baciarmi. Lo fa con totale trasporto, con ingenua e sincera passione. Mi sento morire, e non mi ritrovo all'inferno come ho sempre creduto. Ma in paradiso. Mi cinge intorno al collo, e io le catturo i polsi. Le fermo le braccia contro il materasso. Annabelle mi guarda sorpresa.

«Non essere impaziente» la redarguisco.

Lei ansima e le lacrime luccicano nei suoi occhi profondi.

«Impaziente? Mio Dio, Declan! Mi stai torturando!»

Rido bassamente, piegando la testa per baciarla sul collo. Annabelle si inarca, offrendomi la sua gola. Offrendomi il suo corpo. Supplicandomi di prenderla. La sto torturando? Non è niente in confronto a come lei ha torturato me. Ho aspettato per tutto il maledetto giorno che volesse vedermi. Ho raccolto rose per lei, come un adolescente innamorato. E proprio come un ragazzino non ho trovato il coraggio di portargliele. Patetico e disperato.

Scendo lungo il suo corpo, la vellutata morbidezza della sua pelle sotto la mia lingua. Tra le mie labbra, un capezzolo polposo e turgido. Succhio con ingordo egoismo e i primi fremiti di un orgasmo cominciano a scuotere Annabelle. Mi interrompo, crudele, sentendola singhiozzare. L'altro capezzolo lo sfioro appena con la punta della lingua. Annabelle geme piano, spingendo il seno verso il mio viso. Sente di essere vicina, ha un bisogno disperato di venire. È così sensibile che una di queste notti la passerò tutta a succhiare i suoi bellissimi seni, a torturare questi capezzoli grandi e turgidi. Ma adesso no. Adesso la voglio così, sul limite.

Proseguo la discesa e lambisco l'adorabile fossetta dell'ombelico. Lascio andare finalmente le sue mani, ma solo per stringerla ai fianchi. Quando mi fermo tra le sue cosce, ho il cuore che mi batte come un tamburo e il sesso così duro che potrei esplodere. Ogni muscolo del mio corpo è dolorosamente contratto, attraversato da correnti elettriche. E lei è puro magnetismo.

«Guardami, Belle.»

Lei porta i suoi occhi meravigliosi verso i miei. I nostri sguardi si incatenano, mentre mi abbasso per leccare quelle labbra così indifese. Stuzzico con piccoli cerchi il clitoride sensibilissimo. Annabelle sussulta, quasi sfuggendo dalla sua stessa pelle. I suoi occhi si chiudono, mentre si abbandona sul letto con sospiri profondi.

«Declan... oh Declan...»

È musica come sussurra il mio nome, mentre si sta perdendo nel piacere. Insinuo la punta di un dito dentro di lei. Annabelle spalanca gli occhi e singhiozza. Comincio a muoverlo, mentre continuo a succhiare quel bottoncino così gonfio e tenero, facendola impazzire. Lei si contorce. Si bagna più di quanto mi sarei aspettato dal suo giovane corpo inesperto. Adesso, sul limite lo è davvero. Pronta come la volevo. Bisognosa di me. Mi sollevo e con un unico movimento entro in lei. Guido le sue gambe stupende intorno ai miei fianchi. Annabelle si inarca sul materasso, carnale e sensualissima. Dio, la sento pulsare, bagnata e così calda. Squisitamente stretta, ma senza barriere questa volta.

«Questa volta non fa male, vero?» le domando, penetrandola di più. Fino in fondo. Osservo il suo viso, mentre cerco il ritmo migliore per lei. Lento e dolce. Le sfuggono gemiti di pura estasi. Dio, le piace lento e dolce. Lei sarà la mia morte.

«No... no, è perfetto. È...»

La voce di Annabelle si spezza, mentre sussulta. Mi fermo, godendomi i fremiti del suo orgasmo. È la prima volta che viene mentre sono dentro di lei. Riprendo a muovermi, più velocemente. Profondo, intenso e ingordo, raggiungo il mio piacere e prolungo le sensazioni che la stanno travolgendo, proprio adesso che è più indifesa. Perfezione assoluta. Mi abbandono sopra di lei. Dentro di lei. La sento tremare. Singhiozza il mio nome. La bacio. Affondo la lingua nella sua bocca, mentre mi godo il soffice contatto della sua pelle nuda sotto il mio corpo. Esausta, Annabelle distende le sue bellissime gambe sul letto, liberandomi i fianchi. Già sento la mancanza dei suoi piccoli talloni affondati nella mia schiena, ma capisco che è stanca. Stravolta nel corpo e nella mente. Mi sollevo un poco, per incontrare il suo sguardo, e non mi sfiora nemmeno il pensiero di uscire da lei. Così accogliente. Così perfetta. Mia. I bellissimi occhi di Annabelle mi guardano annebbiati di piacere. Lucidi ed emozionati.

Sono un bastardo senza scrupoli, ma lei è un angelo. E questo è il nostro paradiso.

Capitolo 13

È un risveglio molto dolce che aspetta Annabelle, la mattina seguente. Un risveglio fatto di baci. Sulle sue palpebre abbassate, sui suoi zigomi, sulle sue labbra... Le schiude appena, ancora incosciente, mentre risponde d'istinto a quella carezza delicata. Indugia tra il sonno e la veglia, immersa in sensazioni stupende che pervadono il suo corpo di un'incredibile magia. Traboccano dal suo cuore. Si stiracchia con un sorriso, appagata e soddisfatta come un gatto. Il lenzuolo le sfiora la pelle strappandole un brivido. Di riflesso ne afferra l'orlo per trattenerlo sul seno, mentre pian piano apre gli occhi. E incontra lo sguardo di Declan. L'azzurro dei suoi occhi è un cielo dove le sembra di volare.

«Buongiorno, bellissima Belle» sorride lui, sfregando il naso contro il suo.

«Buon... buongiorno» gli risponde, quasi spaventata dalla profonda felicità che prova nel trovarlo accanto a sé.

Declan la cinge alla vita, attirandola contro il suo petto. Annabelle gli posa la guancia sul cuore, mentre i suoi capelli si aprono come una coperta su di loro. Ascolta il suo battito, calmo e rilassato. Lui sembra calmo e rilassato. E dolce. È davvero dolce con lei, mentre con la punta delle dita percorre la sua schiena, semplicemente godendo del contatto dei loro corpi. Nudi. Annabelle arrossisce e lui le solleva il mento. Accarezza le sue guance.

«Sei adorabile quando arrossisci. Spero che lo farai sempre.»

«Sempre?» ripete lei con un tuffo al cuore. Cosa significa "sempre" per lui?

Declan la bacia sulle labbra.

«Sempre» ripete. Annabelle abbassa di nuovo la testa sul suo torace. Ha tanta voglia di abbracciarlo, ma non sa se può farlo. È tutto nuovo, intenso e disorientante e lei... lei non vuole deluderlo. Non vuole contrariarlo. Però vorrebbe toccarlo. Ci riflette sopra e decide che non c'è niente di male a toccarlo come sta facendo lui. Con spontanea naturalezza, come se tutto di lei adesso gli appartenesse. Ogni centimetro di pelle. Ogni respiro e battito del cuore. Pian piano, Annabelle muove la mano sul suo petto. Segue le ombreggiature seducenti dei suoi muscoli, mentre ammira di sottecchi il suo corpo. È stupendo. Lui è stupendo. Elegante e potente. La prima volta l'ha atterrita. Adesso Annabelle si sente curiosa... e compiaciuta di avere il diritto di toccarlo. Accarezzarlo. Conoscerlo. Sposta la mano sulla sua spalla destra. Scende lungo il bicipite e l'avambraccio. Declan la ferma, intrecciando le dita alle sue. Se la porta alle labbra.

«Stai giocando con il fuoco, Belle. Continua così e bruceremo entrambi.»

Lei lo guarda, emozionata.

«Intendi dire che farai ancora l'amore con me, Declan?»

Lui sorride. È il suo sorriso storto.

«Fare l'amore» ripete, e di colpo lei si sente terribilmente ingenua.

Forse doveva usare un'altra espressione? Meno romantica? Meno... meno tutto? Ma è così che si sente. Quello che c'è stato tra loro non potrebbe definirlo in nessun'altra maniera.

Ma per lui sarà diverso. Per lui è stato solo… sesso?

Deglutisce al pensiero degli altri modi di dire che si usano in questi casi. E non dovrebbe importarle. Non dovrebbe sentirsene ferita. Perché sono solo parole. E le parole… le parole per lei sono sempre state importantissime. Le sfugge un ansito, quando Declan rovescia le loro posizioni. Si ritrova di nuovo sotto di lui, che si allunga con lenta sicurezza sopra di lei. Posa la fronte contro la sua, guardandola negli occhi.

«Sì, Annabelle. Faremo ancora l'amore. E ancora…» le dà un bacio. «E ancora… Farò l'amore con te in modi che ti faranno tremare, mia bellissima Belle. Singhiozzare, gemere…» avvicina le labbra al suo orecchio. «Venire» sussurra, prima di leccarlo piano e farla rabbrividire. «Come non hai mai immaginato, mio angelo. Mai sognato.»

Senza che lei se ne accorga, lui allunga un braccio giù dal letto e raccoglie i suoi jeans, abbandonati sul pavimento. Prende un altro profilattico dalla tasca. Il cuore di Annabelle batte sempre più forte, mentre lo guarda, lo ascolta. «Mi implorerai di fare l'amore con te, bellissima Belle. Ti sembrerà di impazzire… Sarà come morire, ma solo infinitamente più dolce. Più bello. Più caldo. Meraviglioso» aggiunge, baciandola profondamente.

Annabelle apre la bocca per lui, mentre i loro sguardi restano incatenati. Con un ginocchio, Declan la induce ad allargare le cosce. Sospirando, Annabelle lo asseconda. Lo abbraccia, gli affonda le mani nei capelli. Si inarca per accarezzare il suo corpo stupendo con il proprio. Sembra una statua greca, e lei adora percorrere con le mani la sua schiena. Sentire i suoi dorsali contrarsi sensualmente, irresistibili, sotto le dita. Una combinazione di forza e controllo che le fa perdere la testa. Lui le fa perdere la testa. Solo lui.

«Declan» sospira, impaziente. Vuole sentirlo dentro di sé. Essere presa da lui. Di nuovo. E ancora e ancora… Annabelle singhiozza nel riceverlo. Sì, lui l'ha presa. Profondamente.

Completamente. Gli stringe le braccia intorno al collo, nascondendo il viso contro i suoi capelli.

«Declan» ripete morbida, perché è così che si sente diventare per lui: disinibita e sensuale, come non ha mai creduto di essere. Ansima sorpresa, quando lui la solleva. In ginocchio, sul letto, la fa sedere sopra di sé. Lei lo abbraccia, tremante. Si sente riempita da lui. Lui è... immobile dentro di lei. Annabelle si sente andare a fuoco.

«Ti prego!» lo implora, come lui aveva previsto. Declan la bacia, mentre sposta le mani dai suoi fianchi ai suoi glutei. Li accarezza con sensuale possesso, stringendo tra le dita la carne vellutata e soda. Poi, con decisione, comincia a guidarla in una danza dal ritmo dolce. Intenso. Da perderci il senno. Annabelle è scossa da fremiti incontrollabili, il respiro sempre più affannato. Quando Declan allontana le mani da lei, le sembra di naufragare.

Sbarra gli occhi, fissandolo disperata.

«Declan?»

Lui le sorride diabolico.

«Sono qui, angelo. E dipende da te. Muoviti come preferisci.»

Annabelle scuote la testa, allarmata.

«No, io... così... così non posso.»

Lui sfrega il naso contro la sua gola, le mani che risalgono in una lenta carezza sul suo corpo.

«Sì, che puoi, mia bellissima Belle. Lento e dolce, proprio come ti piace.»

Annabelle trattiene il fiato, mentre Declan le prende i seni tra le mani e li accarezza come se ci fosse tutto il tempo del mondo. Come se lei non stesse per impazzire, su un limite che non riesce a oltrepassare con lui fermo, duro e teso, nel profondo di sé. Singhiozza, eccitata e vulnerabile. Declan sfiora un capezzolo con il polpastrello del pollice, lentamente. Sembra affascinato dalle sfumature che assume, mentre si inturgidisce tra le sue dita. Dal rosa al rosso cupo.

«Perfetto come un bocciolo» sussurra ammirato. Poi lo lambisce piano con la lingua. Annabelle si sente fremere. «Possiamo anche restare così, mio angelo. Mhm... sì, è talmente bello stare così» aggiunge, prendendole un seno tra le labbra per succhiarlo teneramente. Lei gli affonda le dita tra i capelli. Lo tiene vicino a sé, mentre pian piano comincia a muoversi. Ondeggia i fianchi, lo sente nella più intima delle carezze. Dipende da lei... solo da lei... Più lento o più veloce, è lei a decidere. E Annabelle comincia a goderne. A sperimentare. A lasciarsi andare. Il suo respiro si spezza e un grido si rompe nella sua gola, quando raggiunge l'apice. Si abbandona senza forze e Declan la stringe a sé. La adagia di nuovo sul letto, mentre continua a muoversi in lei. Brividi deliziosi si rincorrono sulla pelle di Annabelle, mentre anche lui la raggiunge oltre il limite. Abbracciati e scomposti, nel letto completamente disfatto, lei si chiede se sia quello il paradiso.

Declan le prende il mento tra due dita per darle un bacio.

«Dio, Belle, sei... sei stupenda» ansima, come se gli mancassero le parole. Languida e compiaciuta, lei sorride. Stupenda. Lui la trova stupenda. Lei si sente stupenda. Lei è... Con un sussulto balza a sedere, afferrando lo smartphone sul comodino.

«Sono in ritardo! Sono in tremendo ritardo! Oddio, è tardissimo!» si dispera, fissando l'ora sullo schermo. Pigramente disteso accanto a lei, mentre si sostiene il mento sulla mano destra, Declan la guarda incuriosito.

«Sei in ritardo per che cosa?»

Annabelle sta per rispondergli, ma le si azzera la salivazione alla vista spettacolare di lui, sdraiato supino e completamente nudo. Nella concitazione, si è presa tutto il lenzuolo, avvolgendolo intorno a sé. Rimane ad ammirarlo imbambolata.

«Belle?»

Lei si riscuote.

«Miss Tower! Si chiederà dove sono finita! Di solito a quest'ora sto già lavorando in biblioteca. Oh si arrabbierà tantissimo!»

Declan spalanca gli occhi sorpreso.

«Miss Tower si arrabbierà... non ci posso credere! Stai dicendo che hai paura di Lilibeth?»

Annabelle batte le palpebre, prima di lasciarsi sfuggire un'esclamazione intenerita.

«Lilibeth? È così che la chiami? Lilibeth? Oh ma è troppo carino! Da quanto tempo la conosci?»

«Be' da una vita. Prima di diventare la governante di Lions Manor, era la mia tata. Hai paura di lei?»

Annabelle alza il mento.

«Non è che ho paura di lei, ma ci tengo tantissimo alla sua opinione. Ed è evidente che ha degli standard molto elevati. Sì, è severa, ma in maniera giusta e... oh insomma, cosa c'è da ridere?»

Declan scuote la testa.

«Tu che hai soggezione di Lilibeth!»

Annabelle gli mette il broncio.

«Non è così per tutti qui?»

«No» risponde Declan morbidamente. Si allunga verso di lei, guardandola negli occhi. Sussurra a un soffio dalle sue labbra: «Qui tutti hanno paura di me.»

«Posso immaginarlo» concorda Annabelle, specchiandosi nell'azzurro dei suoi occhi come ipnotizzata. «Hai un carattere tremendo.»

Declan inarca un sopracciglio.

«Mhm... tremendo?»

Lei annuisce solenne.

«Sì, e ti piace fare paura. Ti piace quando tutti trattengono il fiato e tremano davanti a te.»

Declan le posa un bacio sul collo.

«Mi piace quando tu tremi davanti a me.»

Annabelle distoglie lo sguardo.

«La prima volta che ci siamo incontrati, mi hai detto delle cose terribilmente cattive.»

Declan ride piano.

«*Terribilmente cattive!*» ripete con dolcezza, prendendola in giro. Fa per abbracciarla, ma lei si ritrae risentita. Questo a lui non piace. Vincendo la sua resistenza, la attira a sé. Le solleva il mento con due dita. L'unica barriera tra i loro corpi, è il lenzuolo che lei trattiene ancora.

«Belle, tu hai cominciato a farmi soffrire nel preciso istante in cui ho posato gli occhi su di te. Quando Ted ti ha aperto la porta e sei entrata in casa mia. Quella volta tu non mi hai visto, ma io ho visto te.»

«Davvero?»

«Davvero.»

Annabelle si morde il labbro. Lui appoggia la fronte contro la sua.

«E poi credevo di essermi già fatto perdonare. Non mi hai perdonato, dolcissima Belle?»

Lei sospira. Gli perdonerebbe qualunque cosa.

«Non mi hai mai chiesto scusa» gli ricorda. Declan si ritrae un poco, studiandola sorpreso.

«È questo che vuoi? Che mi scusi?»

Lei fa segno di sì con la testa.

Declan socchiude gli occhi, un'espressione contrariata e vagamente minacciosa che fa accelerare il cuore di Annabelle.

«Non è qualcosa che faccio spesso.»

«Secondo me, è qualcosa che non fai proprio mai.»

Lui resta in silenzio e proprio quando Annabelle si rassegna che non ha senso proseguire sull'argomento, Declan le prende il viso tra le mani. Le reclina indietro la testa e la guarda intensamente negli occhi.

«Perdonami, Belle.»

***

Declan

«Perdonami, Belle.»

Il mio sguardo scende dai suoi occhi stupendi alla sua tenera bocca socchiusa. «Perdonami» ripeto, prima di baciarla. Le accarezzo piano le labbra con le mie, inducendola a schiuderle. Mordicchio il suo labbro inferiore, sensuale e pieno, e la sento gemere. Lascio scivolare la lingua oltre la doppia linea dei suoi denti perfetti, conquistando la sua bocca con pazienza. Lei mi risponde dolcemente. Si abbandona al mio bacio. Alle mie braccia. A me.

Sì, perdonami, bellissima Belle, perché adesso è tardi. Adesso sei con me. Hai scelto me. Hai scelto le ombre e io non ti lascerò mai andare. Non rinuncerò mai a te. Non mi separerò mai da te. Sei mia, Annabelle. Mia per sempre. Mia soltanto. Mia, come ancora non ti rendi conto di essere. E so che per questo non potrò essere perdonato, ma spero che tu riuscirai a farlo, Belle. Riuscirai ad accettarlo. E se non ci riuscirai... be', posso vivere senza perdono. Ma non senza di te. Mai più senza di te. Mia regina. Mia prigioniera. Mia anima.

Capitolo 14

Annabelle chiude la porta della biblioteca. Anche per quel giorno ha finito. Il sole è tramontato dietro le montagne, dopo aver colorato la neve di rosa, scarlatto e viola. Come ogni sera, il chiarore delle lampade si diffonde con delicatezza per i corridoi del castello. Sembra sfiorare timidamente le ombre. Declan ama le ombre. Gli piace il buio, ma con lei fa sempre l'amore con la luce accesa. O ai raggi del mattino. Ombre e silenzio, riflette Annabelle. E una solitudine che chi vive a Lions Manor sembra considerare come un altro membro della famiglia.

"Qui siamo tutti una famiglia" le ha spiegato Ted, durante uno dei loro pranzi consumati vicino al lago ormai ghiacciato. "Strana e bizzarra certamente" aveva ammesso ridendo. "Anche se tra noi c'è chi ha per davvero lo stesso sangue."

Annabelle lo aveva guardato senza capire e lui aveva sorriso.

"Madame Dubois da ragazza si chiamava Sybil Tower. Lei e miss Elizabeth sono sorelle."

La giovane era rimasta a bocca aperta.

"Ma cosa ne è stato di monsieur Dubois?"

Lo sguardo gentile di Ted si era indurito in un modo che aveva sorpreso Annabelle.

"Sparito nel nulla dopo la nascita di Angélique. Non l'ha accettata. E la nostra madame Dubois si è ritrovata ad affrontare tutto da sola, senza un lavoro, senza un posto dove occuparsi della sua bambina. Quando il capitano Lions lo ha saputo, ha voluto che le fosse offerto il posto di cuoca al castello. Era poco più di un ragazzo all'epoca ma, parole di miss Tower, già capace di essere... persuasivo" Ted le strizza l'occhio. "La riconoscenza che proviamo verso il capitano è il legame che ci unisce tutti."

Un canticchiare allegro annuncia la presenza di Angélique. La fata del castello le viene incontro persa nel suo mondo fantastico, la gonna di tulle rosa che le ondeggia intorno. Quando la vede, sul viso tondo della ragazzina si disegna un grande sorriso.

«La mia migliore amica!» saltella contenta, mangiandosi alcune sillabe per l'entusiasmo. Corre ad abbracciare Annabelle, intrecciando forte le mani dietro la sua schiena. Lei le sorride, ricambiando quella stretta affettuosa. Sfiora il diadema di plastica che la ragazzina ha in testa.

«Mi piace tanto la tua coroncina. Sembri una principessa!»

Angélique gongola vezzosa. Adora farsi coccolare.

«Vuoi vedere i miei tesori? C'è anche... c'è anche il fazzoletto di una vera principessa!»

Presa Annabelle per mano, Angélique la conduce fino a una stanza chiusa. La ragazzina apre la porta, ma si ferma di fronte al buio che si estende al di là della soglia. Si stringe più vicina ad Annabelle.

«La mattina è più bello. Così fa paura» piagnucola piano.

Con un braccio posato intorno alle spalle di Angélique, Annabelle cerca a tentoni l'interruttore sulla parete. Lo preme e ai suoi occhi si rivela un salone in disuso. I tappeti arrotolati e riposti negli angoli, le vetrate nude e i mobili coperti da grandi teli bianchi. Nuovamente tutta baldanzosa, Angélique tira Annabelle con sé.

«Vieni, vieni!»

L'una accanto all'altra si siedono a gambe incrociate sul parquet. La ragazzina solleva un telo da un armadio che ad Annabelle sembra dell'Ottocento. Angélique apre un cassetto, dove sono custoditi oggetti di ogni genere: un rametto di agrifoglio, un cucchiaino di ceramica, alcuni sassolini colorati e un elastico per capelli.

Annabelle sorride a quella variegata collezione.

«Sono bellissimi!»

«Guarda! È questo il fazzoletto della principessa» le confida Angélique tutta felice, e tira fuori un magnifico foulard di seta bordeaux e oro. È di Dior e scivola come acqua tra le mani di Annabelle. Non osa immaginare quanto potrebbe costare.

Lo avrà perso senza accorgersene una delle donne che lavorano qui al castello? Un accessorio simile? No, è impossibile, ragiona tra sé.

«Dove lo hai trovato?»

«Te l'ho detto: lo ha dimenticato la principessa.»

«La principessa?»

La ragazzina annuisce.

«Era bellissima! Con lunghi capelli biondi, anche se non belli come i tuoi... o come i miei» precisa, sfiorandosi la testa con orgoglio. «È stata qui per un po' e poi è andata via. E poi sei arrivata tu.» Angélique le mette il foulard tra le mani. «Tienilo tu! È il mio regalo per te.»

«Questa principessa lavorava qui come la tua mamma o come me?»

Angélique ride, compiaciuta dall'attenzione di Annabelle.

«No, no! Era una osp.... un'ospite!» risponde, incespicando un po' sull'ultima parola. «Un'ospite del signor Lions. Miss Tower diceva che dovevamo trattarla come una principessa. La mia mamma diceva che quella faceva solo finta. Non era una principessa vera. Era una... una sgual... sgualdrina. Allora miss Tower si arrabbiava e diceva alla mia mamma di stare zitta» spiega diligente, ma poi sbadiglia. Quella storia l'ha stancata. Con un sorriso, abbraccia ancora Annabelle. «Ti piace il mio regalo? Noi saremo sempre amiche!»

La giovane stringe a sé la ragazzina e le posa un bacio sui capelli.

«Sì, sempre. Grazie, fata del castello» promette, confortata dall'affetto di quella creatura senza malizia. Angélique è puro amore e innocenza. E Annabelle sente il cuore artigliato da una tremenda sensazione di freddo. Gelosia. Chi è questa donna misteriosa e bellissima? Perché era qui? Perché è andata via? A chi potrebbe chiedere? A qualcuno dello staff? A Ted o a madame Dubois? No, non ha il diritto di coinvolgerli in quella storia.

Lei e Angélique escono dalla stanza e la ragazzina si allontana, dopo averla salutata con la mano. Annabelle cammina per i corridoi, senza una meta precisa. Il suo cuore batte forte, la mente è affollata di pensieri. Deglutisce a fatica e ammette di non sapere niente. È piena di dubbi su se stessa. Che rapporto c'è tra lei e Declan?

Che cosa sono io per lui? Significo qualcosa? Oppure sono soltanto disponibile? Come le donne che ci sono state prima di me e che ci saranno... dopo.

È un pensiero terribile, che le fa male come una lama passata lentamente sul cuore. Annabelle quasi fatica a respirare. Si abbraccia stretta, cercando di calmarsi. Declan è dolce e appassionato quando fanno l'amore. Anche nella sua inesperienza, lei percepisce il senso di possesso delle sue mani, mentre accarezzano il suo corpo. Per Annabelle è tutto meraviglioso e speciale. Unico. Ma per lui?

Posso chiederlo solo a Declan.

In quel momento sente la musica. Echeggia per il castello. È Declan al pianoforte. Questa volta, però, la melodia non è triste e malinconia, ma romantica e passionale. È Chopin.

Annabelle segue le note e raggiunge la stanza dove Declan sta suonando il pianoforte. Rimane sull'uscio, felice di poterlo ammirare, di coglierle ancora un altro aspetto di lui. La mano destra danza sulla tastiera, con dita agili e delicate come farfalle. L'armonia si libera piena di sentimento, tessendo nell'aria una magia invisibile che riempie il cuore. La sinistra, con il mezzoguanto, è più lenta. Accompagna a fatica la linea dominante della sonata, il ricamo delle cicatrici spicca sul candido avorio dei tasti. Ma in quella musica Annabelle non coglie difetti né imperfezioni. Sente soltanto il cuore di Declan. Perché è con quello che lui suona. Quando le ultime note si affievoliscono, Annabelle batte le mani. Un passo dopo l'altro, si avvicina.

«È bellissimo.»

«No, non lo è. È solo il meglio che riesco a fare» le risponde, contraendo le dita. Posa lo sguardo su di lei e i suoi occhi la percorrono lentamente. Annabelle si irrigidisce, d'un tratto a disagio con indosso i suoi soliti jeans e un semplice cardigan azzurro. Pensa al foulard di Dior, ripiegato con cura e messo in tasca. Si sente scialba. La piccola Annie di Menton, che non sa come vestirsi, come presentarsi, del tutto priva di fascino. Il mellifluo compatimento di Mildred e il disprezzo di Drusilla le riempiono di nuovo la testa come negli anni della sua adolescenza, con graffi crudeli alla sua fragile autostima in sboccio. Cerca di allontanare quelle voci, ma non è facile. Non è facile perché al loro posto appare adesso un fantasma misterioso: quello della bellissima donna che è stata ospite di Declan. Una donna elegante e sofisticata. Il genere di donna che un uomo come lui, sicuramente, ha sempre frequentato. Lei non è raffinata e di classe. Lei è solo Annabelle.

Declan le passa un braccio intorno alla vita e la tira a sedere sulla panchetta accanto a sé. Le ferma un ricciolo dietro l'orecchio, prolungando quella carezza sul suo collo. Lei ha un brivido.

«Sei qui, Belle. Lo sai che non ti lascerò più andare, adesso.»

«Adesso?» ripete perplessa.

Lui sorride, diabolico e sensuale.

«È calato il buio. E la notte mi appartiene. Tu mi appartieni.»

Annabelle lo guarda e si sente quasi ipnotizzata. Non capisce se stia parlando sul serio o no.

«Credevo che tutto in questo castello le appartenesse, signor Lions.»

«Declan» la corregge lui.

«Declan» ripete lei. «Lo sai che ho un'ora di pausa pranzo? Tutti i giorni.»

«Mhm... so che tutti i giorni, quell'ora, la passi con Ted» risponde con calma. Insolitamente tranquillo. Rilassato. Padrone di se stesso come sempre. Mentre parlano, continua ad accarezzarla. Lo fa con naturalezza, una mano le massaggia la nuca, mentre l'altra si posa intimamente su un ginocchio. Brividi di piacere percorrono Annabelle e lei sente il cuore accelerare.

«Mi piace la compagnia di Ted. Come amico!» si affretta a precisare. Non vuole che ci siano equivoci. Declan le prende il mento tra le dita, accarezzando il labbro inferiore con il pollice.

«Lo so.»

«Davvero? Non sembrava al nostro primo incontro. Sei stato...»

«Terribilmente cattivo» dice lui divertito, citando le parole usate da Annabelle. «Ti svelerò un segreto, Belle: io sono terribilmente cattivo. Sono un bastardo egoista e possessivo.»

«Questo non è un segreto» risponde seria lei. Lui scoppia a ridere e la bacia. Annabelle si sente sfarfallare il cuore. Adora la sua risata. Adora i suoi baci. E anche lei è gelosa e possessiva. Non sapeva di esserlo, prima di incontrare lui. Il pensiero della donna misteriosa continua a tormentarla. Lui si accorge che qualcosa non va.

«Cosa c'è, Annabelle?»

«Vorrei parlarti di una cosa...» Gli mostra il foulard. «L'ha trovato Angélique. L'ha dimenticato la tua ospite.»

Declan si passa il fazzoletto di seta tra le mani. Di fronte al suo silenzio, Annabelle distoglie lo sguardo. Preme un tasto del pianoforte. Si sforza di continuare il discorso.

«Hai avuto compagnia, prima che io arrivassi.»

Non è una domanda, ma una fragile constatazione. Lui respira profondamente.

«Savannah è una vecchia amica. Aveva bisogno di un posto dove stare.»

Annabelle gli rivolge uno sguardo trasparente.

«Un'amica?» ripete e quando Declan non risponde, lei capisce. «Oh... certo.» Guarda di nuovo la tastiera del pianoforte. «Sembra che tu e io attribuiamo un significato diverso alla parola amico.»

«Annabelle...»

Lei scuote la testa prima che lui aggiunga altro.

«Non sei tenuto a dirmi niente, non sono una bambina. Lo so che hai un passato» si costringe a dirgli, perché vuole comportarsi da adulta. Da donna matura e consapevole, in grado di gestire una relazione con lui. Ma in realtà non si sente così. Dentro di lei c'è ancora la piccola Annie, che si nasconde tremante e insicura. Annabelle abbassa le ciglia ed evita lo sguardo di Declan. «E immagino... *so* di essere diversa dalle donne che sei abituato a frequentare. So bene come sono» afferma, perché essere consapevole dei propri difetti e limiti è stato il suo unico scudo alle critiche della sua matrigna e della sorellastra. «So di non essere sofisticata. So di essere semplicemente... qui» conclude, e la sua voce si spegne piano. Neanche ricorda più bene che cosa voleva chiedergli. Che cosa voleva fargli sapere.

Forse è a me stessa che dovevo ricordare qualcosa. Non sono Cenerentola e questa non è una favola.

Declan le solleva il mento, ma lei continua a tenere lo sguardo basso.

«Guardami» le dice lui. «Guardami!» ripete con decisione. Annabelle ha un sussulto. Il tono di Declan è freddo, ma sotto la freddezza si agita qualcosa di oscuro. Rabbia profonda e dolore controllati a stento. Annabelle solleva gli occhi per incontrare i suoi. Non le sfugge il suo sorriso storto. Sempre così ironico verso gli altri, ma soprattutto verso se stesso. Sempre pericoloso. Declan solleva la mano sinistra e la fa scorrere in una carezza sulla guancia di Annabelle. Lei avverte la durezza delle cicatrici.

«Le altre donne?» ripete lui con cinismo. «Guardami e dimmi cosa vedi, Belle. Come ti sembro?»

Lei lo fissa con quel suo sguardo puro come cristallo. Dagli occhi al cuore rivela tutto quello che prova. «Io vedo te, Declan. E tu sei bellissimo.»

Lui resta immobile, come se gli avesse sottratto fino all'ultimo respiro.

«Dio, Belle» mormora infine, rauco e affannato, attirandola a sé. Le sue braccia la circondano. Affonda il viso tra i suoi capelli e intanto le bacia la gola. Morde delicatamente il lobo del suo orecchio, per poi percorrerne la forma delicata con la lingua. Ad Annabelle sfugge un gemito. L'alito di Declan è caldo quando le sussurra: «Tu lo sai che questa notte non ti lascerò dormire? Mai. Neanche per un minuto. Neanche per un secondo. Non ci sarà un solo centimetro del tuo corpo che non avrò accarezzato, leccato e baciato. Ancora e ancora. Quando arriverà l'alba, tutto ciò che riuscirai a sentire e respirare sarò io. Forse, allora, ti lascerò dormire. Perché so che continueremo a fare l'amore nei tuoi sogni.»

Annabelle trema a quelle promesse appassionate, così sensuali. Si sente stordita. Lui si ritrae appena, per guardarla negli occhi.

«Sì, Belle. Certo che sei diversa da tutte le altre. Tu sei unica.»

Le prende le mani e se le porta alle labbra. Bacia entrambi i suoi polsi, la pelle interna e sensibile sopra le vene azzurrine, dove il sangue sta correndo follemente. Solleva le palpebre, gli occhi incupiti come un cielo sul limitare della notte. Annabelle deglutisce, incapace di liberare lo sguardo.

«Angélique si è sbagliata, Belle. Non so come sia finito in giro per il castello, ma questo» solleva il foulard «non appartiene a Savannah.»

Poi le avvicina le mani e avvolge il fazzoletto intorno ai suoi polsi. Passa un dito tra la seta e la pelle di Annabelle e si assicura che non sia troppo stretto. Fa un nodo e alla fine osserva il risultato con un sorriso pericolosamente soddisfatto. Annabelle è troppo sorpresa anche solo per protestare. Dà un piccolo strattone ai polsi, legati insieme.

«Cosa... cosa significa, Declan?»

Lui le solleva le mani, facendosele passare dietro la testa. Poi si alza in piedi. Annabelle non ha altra scelta che imitarlo. Sulle punte, è stretta a Declan, completamente appoggiata al suo corpo. A ogni respiro il suo seno spinge contro il suo torace e lei è avvolta dal suo profumo. Le mani di lui la accarezzano liberamente. Quasi pigramente. Massaggiano i suoi seni, scendono intorno alla sua vita e poi si posano con sfrontato possesso sul suo sedere. La preme di più contro di sé e Annabelle può solo assecondarlo. È indifesa. Non può sciogliere l'abbraccio intorno al suo collo, ma neanche lo vorrebbe. Si sente girare la testa.

«Significa, mia preziosa Belle, che non potrai scappare da me» risponde Declan, con un dolce bacio sulle sue labbra. Poi la prende in braccio, portandola via con sé. Annabelle appoggia la testa sulla sua spalla.

«Io non voglio scappare da te.» Solleva il viso, sfregando il naso contro il suo collo. «Però prometti di liberarmi le mani?»

«Mhm... proprio non ti piace, Belle? Dimmi la verità.»

Lei rabbrividisce. È confusa. È eccitata. Si stringe di più a lui.

«È solo che... voglio toccarti. Voglio toccarti e così non posso.»

Lui prende un altro respiro profondo. Gira la testa per posare un bacio sui suoi capelli.

«Tutta la notte e tutto il giorno, Belle. Non ti lascerò più andare via dal mio letto.»

Insieme oltrepassano l'uscio di una stanza immersa nella più totale penombra. Annabelle percepisce il sentore raffinato di un profumo di donna. Declan la mette in piedi e tira un'estremità del nastro che avvolge i suoi polsi. Il foulard si scioglie come un fiocco regalo, cadendo a terra fluttuante.

«Hai imparato nell'esercito a fare nodi simili?» prova a scherzare lei, nel tentativo di alleviare quella strana tensione, così profondamente sessuale. Ha i seni pesanti e tra le gambe si sente pulsare. Declan avvicina la bocca al suo orecchio. Di nuovo ne lambisce la pelle sensibile, proprio nel punto di congiuntura con la gola.

«No» le risponde. Poi accende la luce.

Annabelle batte le palpebre, mentre le sue labbra si socchiudono in un "oh" di stupore. Non è una stanza... ma un guardaroba. Una gigantesca cabina armadio, dal pavimento al soffitto piena di intere collezioni di abiti femminili. Ci sono vestiti per qualunque occasione, completi con scarpe, borse e accessori. Tutti firmati da grandi stilisti. C'è un divanetto al centro della camera e sul fondo uno specchio a figura intera in una raffinata cornice d'argento. È il secondo specchio che Annabelle vede al castello, ed è chiuso in una stanza dove lei ha il sospetto non entri mai nessuno.

«Di chi sono questi vestiti?» domanda infine. Declan, appoggiato con indolenza allo stipite della porta, si gode la sua meraviglia. Lei è l'unica cosa che gli interessa guardare.

«Li ha scelti tutti mia madre. Anche il foulard che ha trovato Angélique era suo. E non lo ha mai usato nessun'altra. Mia madre odiava Lions Manor. Ogni anno ordinava un nuovo guardaroba perché le rendesse sopportabile il soggiorno al castello, ma poi, con una scusa, evitava sempre di venire. Ogni volta era la stessa storia, fosse estate o Natale. E questi abiti lei non li ha mai indossati. Sono rimasti qui, ad aspettarla come facevo anch'io, durante le vacanze scolastiche.»

A quelle parole Annabelle sente una fitta al cuore. Gli va vicino, e in punta di piedi gli sfiora le labbra con un bacio. Gli sorride.

«Grazie. Adesso va meglio» gli rivela, sentendosi un po' arrossire. Si vergogna di essere così vulnerabile, ma la rende pazzamente felice il pensiero che forse un po' speciale per lui lo è. La conforta sapersi un po' più speciale delle donne del suo passato. Intreccia le mani alle sue. «È tardi... vogliamo andare? Speravo che avresti cenato con me questa sera.»

«Certo che ceneremo insieme, Belle. Ma non ti ho portato qui solo per mostrarti questi vestiti. Lilibeth dice che hai la stessa taglia di mia madre. Provali. Indossa quello che vuoi. Se ti vanno bene, sono tutti tuoi.»

Lei spalanca gli occhi, sopraffatta da un simile regalo. Scuote subito la testa.

«Non posso accettare! È troppo!»

«Troppo?» Declan sorride, ed è il suo sorriso storto. «Non esiste troppo. Niente è troppo. Questi vestiti voglio che li abbia tu. Indossali per me. Voglio vederteli addosso.»

Annabelle si morde il labbro, ancora incerta.

«Non credo che sia giusto. Sono gli abiti di una principessa, Declan.»

Lui le prende la mano e se la porta alle labbra. Non distoglie gli occhi dai suoi.

«Allora sono perfetti per te, Belle. Perché in questo castello tu sei la mia regina.»

***

Di fronte al grande specchio, Annabelle osserva meravigliata il suo riflesso. Ha annodato i capelli con il foulard di Dior. Alcune ciocche sono sfuggite e adesso le sfiorano il collo in piccoli boccoli. Il vestito che indossa è di velluto rosso cupo, sobriamente accollato e con le maniche lunghe. La gonna a tubino arriva alle ginocchia. Tra tanti abiti sofisticati ed eleganti, ha scelto quello che le sembrava più semplice, adatto a farla sentire a suo agio. Non immaginava che il morbido tessuto avrebbe abbracciato ogni curva del suo corpo, dipingendolo con la sensuale vividezza di una tela a olio. Risaltano il candore del suo corpo e le gambe velate dalle impalpabili calze di seta. Le graziose decolté ai suoi piedi sono dello stesso colore dell'abito, con un nastrino di seta che si avvolge in un fiocco intorno alle caviglie sottili di Annabelle.

«La signora Lions aveva anche il mio stesso numero di scarpe» riflette, facendo qualche passo. Si avvicina a una cassettiera, che ha rivelato contenere un sensuale assortimento di biancheria intima. Reggiseni di pizzo con mutandine abbinate, camiciole e sottovesti di seta. Un négligé in particolare ha colpito Annabelle, color indaco con inserti preziosi di merletto bianco. Lei lo ripiega con dita tremanti, mentre la fantasia di mostrarsi a Declan con solo quell'indumento addosso non vuole più abbandonarla.

Un raspare familiare alla porta le suggerisce che è ora di andare. Va ad aprire e subito si abbassa per abbracciare al collo Moonlight. L'husky le regala una leccatina affettuosa sulla guancia.

«Sei venuto per portarmi dal tuo padrone?»

Il cane abbaia festoso e Annabelle capisce di doverlo seguire. Arrivano insieme a un salottino vicino alla stanza padronale, preparato con essenziale eleganza: un piccolo tavolo rotondo con tovagliato bianco, due sedie, e i piatti di portata già disposti. Il caminetto è acceso e fuori, nella notte, scende la neve. È un quadro stupendo, semplice e intimo, capace di relegare in un angolo tutti i dubbi e insicurezze di Annabelle. All'improvviso due mani grandi e calde, la sinistra vestita del mezzoguanto di cuoio, si posano sulle sue spalle. Lei socchiude gli occhi al bacio che Declan depone sul suo collo. Senza lasciare la sua pelle, risale con le labbra fino al suo orecchio.

«Sei qui, mia bellissima Belle.»

«Sì, sono qui. E anche tu.»

Si volta verso di lui e il suo cuore fa un balzo. Anche Declan si è cambiato per la cena. Al posto dei jeans, indossa pantaloni neri di taglio sartoriale. La camicia è bianchissima, con i primi bottoni lasciati aperti. Così come i polsini delle maniche. Annabelle lo ammira incantata: è una classe innata, la sua. Un'eleganza rivisitata a suo modo, ribelle e noncurante. Qualcosa che sprigiona come un profumo. Si sente arrossire, mentre lo sguardo di Declan la percorre lentamente. Le dice sempre che è bellissima. La fa sentire bellissima. E Annabelle desidera essere bellissima. Per lui.

«Vogliamo sederci?»

Declan le scosta la sedia e Annabelle apprezza quelle attenzioni così galanti. Le piace, soprattutto, che lui lo faccia con naturalezza. Come un istinto. Cenano insieme, senza interruzioni. Annabelle potrebbe quasi pensare che al castello, in tutto il Vermont, nel mondo intero, ci siano solo loro due.

«Madame Dubois si è di nuovo confermata all'altezza di se stessa» commenta lei, posando il tovagliolo accanto al piatto ormai vuoto. Declan si alza da tavola.

«C'è una cosa che voglio darti.»

Annabelle lo guarda sospettosa, con un'aria di cauto avvertimento.

«Non sarà un altro regalo, vero? Perché potrei arrabbiarmi.»

Lui ride sommessamente.

«Sai? Mi piacerebbe vederti arrabbiata, Belle. Le guance tutte rosse e gli occhi scintillanti, mentre tremi scossa dalla furia» si interrompe per un momento. Il suo sguardo la accarezza. Poi si piega sopra di lei, il braccio posato sullo schienale della sedia e gli occhi nei suoi. «Credo che saresti irresistibile. Come quando facciamo l'amore» le sussurra, a un alito dalle sue labbra. Si ritrae e Annabelle rimpiange che non le abbia dato un bacio.

Quando Declan ritorna, lei sorride piena di gioia alla vista di cos'ha tra le mani.

«L'album! Oh, temevo che alla fine lo avessi veramente distrutto.»

Lui le accarezza il viso con il dorso delle dita. «Non avrei potuto, dopo il modo in cui tu lo hai protetto.»

Le consegna il raccoglitore con le foto e Annabelle se lo stringe felice al petto. Si libera delle scarpe per camminare scalza sul tappeto. Si siede per terra, di fronte al caminetto e con Moonlight accucciato dietro di sé.

«Vieni?» lo invita con un sorriso, mentre scioglie il fiocco che tiene chiuso l'album e lo apre sul pavimento. «Vorrei tanto che le guardassimo insieme.»

Declan si siede accanto a lei, un ginocchio piegato a sostegno del braccio, mentre cominciano a scorrere le fotografie. Annabelle sfiora con un dito il ritratto dei suoi genitori. Gli ultimi signori Lions.

«Com'erano belli... Assomigli molto a tuo padre, ma hai gli occhi di tua madre. Sembrano così felici insieme.»

«Già... sembrano. Ho sempre detestato le fotografie in posa, perché non rivelano mai la verità. Più uno scatto è inatteso, più cattura quello che davvero siamo.»

Annabelle lo ascolta affascinata.

«Uno scatto rubato?»

Declan le sorride.

«Sono i migliori. Proprio come i baci rubati» aggiunge, catturandole le labbra con le proprie. Le lecca dolcemente, inducendola a schiuderle. Annabelle apre la bocca per lui con un gemito, lasciandosi esplorare. Quando Declan si ritrae, entrambi hanno il fiato corto.

«Vedi che ho ragione?»

Non ha ancora finito di parlare che è lei a baciarlo. Di sorpresa. Gli accarezza una guancia con la mano, mentre succhia piano il suo labbro inferiore.

«Sì» ansima Annabelle. «Sono d'accordo.»

Poi riporta l'attenzione sulla fotografia.

«Vuoi dire che il loro non è stato un matrimonio felice?»

«È stato un matrimonio voluto dalle circostanze. Mio padre era l'erede della fortuna dei Lions. Le cose che amava di più al mondo erano le belle donne, il whisky invecchiato e volare con i suoi aerei. Mia madre era una nobile inglese senza un soldo, ma imparentata con gli Spencer. Forse all'inizio un po' felici lo sono anche stati, ma poi...» Declan scrolla le spalle. «Conducevano vite separate. Litigavano, si ferivano, ma le apparenze erano sempre mantenute. Dove sono cresciuto io, non esiste nulla più importante delle apparenze, Belle. Anche se poi dietro c'è il vuoto siderale.»

«Come sono morti?»

«Un incidente aereo. Il due posti che stava guidando mio padre si è schiantato sulle Montagne Rocciose. Mia madre era con lui. Ironia del destino: non hanno mai vissuto insieme, eppure sono morti insieme. L'ho saputo mentre ero in Afghanistan.»

Annabelle intreccia le dita alle sue.

«Perché ti sei arruolato?»

Declan posa lo sguardo sulle fiamme del caminetto. Osserva la danza del fuoco, ma lei capisce che non la sta davvero vedendo.

«Da ragazzo ero il più insopportabile, piccolo bastardo che tu possa immaginare. Qualunque autorità, qualunque regola, io la sfidavo. Sono stato buttato fuori da un numero impressionante di scuole private. Eppure, allo stesso tempo, se incontravo una volontà forte come la mia in una posizione di superiorità, per ruolo o per anzianità, allora la rispettavo. È stato così con il mio insegnante di pianoforte e con il preside dell'ultimo collegio dove i miei mi avevano spedito. Era una scuola militare sotto la guida di un comandante della *Royal Navy* in congedo. Tornato a casa, dopo un anno sabbatico in giro per il mondo, mi sono arruolato nei Marines. E ho conosciuto Scott.»

C'è dolore nella sua voce, quando pronuncia il nome del suo migliore amico. Annabelle stringe un po' più forte la sua mano.

«Così sei un ribelle, ma ti piacciono gli ordini» riflette, affascinata da quel controsenso. «Io credo che a te piaccia soprattutto dare ordini.»

Lui ride piano. Posa una mano tra le sue ginocchia e lentamente comincia ad accarezzarla, salendo fino al confine della balza autoreggente con la sua pelle. Si trattiene a pochi centimetri dalle sue mutandine, mentre con il pollice disegna sensuali arabeschi. Annabelle schiude un po' di più le gambe per lui, senza mai distogliere gli occhi dai suoi.

«Mi piace dare ordini» ammette Declan, sfiorandole le labbra con le proprie. «Soprattutto mi piace darli a te, quando mi obbedisci così spontaneamente.»

Annabelle prende un respiro profondo e si costringe a fermarlo. Vuole ancora parlare. Sapere altro di lui. Allontana la sua mano e si sistema compostamente la gonna.

«Sei stato in giro per il mondo? Davvero? Chissà quante cose hai visto! Cosa facevi?»

Declan si arrotola una ciocca dei suoi capelli intorno al dito.

«Vuoi saperlo davvero?»

Annabelle fa segno di sì con la testa e lui si alza. Si allontana, lasciandola con Moonlight. Torna poco dopo, e ha con sé un altro album. Uno che Annabelle non ha mai visto. Lei muore di curiosità.

«Oh Declan! Sono magnifiche!» esclama con ammirazione, di fronte a decine di scatti presi in ogni angolo del globo. Dai lucidi rettangoli, fanno la loro comparsa animali selvatici, immersi nei loro habitat naturali. Il salto impressionante di un'orca marina tra iceberg galleggianti, al largo della Groenlandia. Il musetto curioso di un fennec, sullo sfondo il deserto del Nord Africa. Gli immensi occhi di un lemuri del Madagascar. Una mamma koala con il suo piccolo, teneramente abbracciati a un ramo di Eucalipto. La maestosa eleganza di una tigre, mentre si abbevera a uno specchio d'acqua.

«Declan, ma questa… potrei averla vista sulla copertina di *National Geographic*? Come sei diventato un soldato?»

Lui ride bassamente.

«Un fotografo naturalista non è diverso da un cecchino. Deve prepararsi il nido, aspettare per un tempo infinito che la sua preda decida di mostrarsi.»

Annabelle gli sorride.

«Sei un cacciatore di immagini.»

La definizione sembra piacergli.

«Questi scatti sono i miei trofei di caccia. Gli unici che prenderei mai.»

Nuova Zelanda, Alpi Svizzere, la fioritura dei ciliegi giapponesi e gli spettacolari fiumi del Vietnam… Annabelle è affascinata dai suoi viaggi, da tutto quello che ha visto.

«Le hai scattate con la tua Leica? Hai una vera passione per quella macchina.»

Declan scuote la testa.

«La Leica non è una macchina. È un modo di guardare. È l'occasione di rubare un istante per consegnarlo all'eternità.»

Quando lei sta per sfogliare l'ultima parte delle foto, lui decide di chiudere l'album.

«Perché?» domanda Annabelle, un po' delusa.

«Queste le ho scattate in Afghanistan» risponde lui in tono asciutto, e lei capisce che sono fotografie di guerra. Ricorda a se stessa che ci sono molte ombre nell'uomo accanto a lei, tenebre profonde e dolorose che Declan non è ancora disposto a condividere. Ma Annabelle è disposta ad aspettare. Lo bacia.

«Grazie per questo tempo insieme.»

«Il nostro tempo insieme è appena cominciato, Belle» risponde lui, attirandola a sé. La fa sdraiare davanti al fuoco, mentre con la punta delle dita percorre la sua gola e si muove tra la pelle e il vestito. Annabelle comincia a sentirsi persa. Declan le tende una mano, la aiuta ad alzarsi. La conduce nella sua camera da letto. Lei lo segue docile, le dita intrecciate alle sue. C'è silenzio. Un silenzio avvolgente come un incantesimo. Si fermano di fronte al grande letto e Declan le abbassa la lampo sottile, quasi invisibile nel vestito di velluto. L'abito scivola giù, raccogliendosi ai piedi di Annabelle. Lui trattiene il respiro, mentre lentamente le gira intorno, ammirandola. Ha indossato uno dei completini intimi trovati nel cassettone, camiciola rosa antico con reggiseno di pizzo e minuscoli slip abbinati. Le calze sono autoreggenti con la balza elegantemente ricamata. Annabelle lo guarda con il cuore che batte sempre più forte. Declan tira via il foulard e i suoi capelli si sciolgono in una massa disordinata di boccoli. Lei comincia a tremare. Sente il suo sguardo, il suo respiro, ma lui non la tocca. Si siede sul materasso. La guarda soltanto, in silenzio.

Fuori, il vento soffia cristalli di neve contro la vetrata a strapiombo sulle montagne. Il fuoco crepita nel caminetto, fonte di luce insieme alle abat-jour che dolcemente illuminano i lati del grande letto.

Improvvisamente Annabelle si chiede quante altre donne Declan abbia portato in quella stanza. La gelosia le artiglia il cuore. Anche lei è una donna ed è determinata a dimostrarsi all'altezza della misteriosa bellezza bionda che è stata al castello prima di lei. Gli prende il viso tra le mani e si china a baciarlo. Con passione. Con possesso. Gli accarezza il petto, stingendo la sua camicia tra le dita. Poi lo spinge indietro, facendolo cadere di schiena sul letto. Declan è sorpreso da quel suo modo di fare, così inaspettatamente deciso. Le sorride divertito. Intrigato. Inarcando un sopracciglio, le rivolge un'occhiata carica di aspettativa. Di sfida. Il respiro di Annabelle accelera. Vuole essere seducente, ma non sa come fare.

"Ti voglio nuda" le ha detto lui, la loro seconda notte insieme. Annabelle passa le mani sul suo corto négligé rosa e un po' le dispiace l'idea di sfilarlo via. Quell'indumento, come il completino intimo di seta e pizzo sulla pelle, la fanno sentire sensuale. Eccitante. Quando le sue dita si fermano sull'orlo che le sfiora le cosce, si accorge dello sguardo di Declan. Ipnotizzato da lei. È sdraiato al centro del grande letto, apparentemente rilassato e immobile, ma i suoi occhi bruciano mentre la guarda. E Annabelle prende coraggio. Abbassa le spalline della sottoveste, che cade lungo il suo corpo come un sospiro. Poi solleva una gamba e la appoggia ai piedi del letto. Infila le dita nella balza dell'autoreggente e comincia ad arrotolarla giù, lungo la coscia, oltre il ginocchio, fino alla caviglia. La calza di velo cade sul pavimento e lei ripete gli stessi gesti con l'altra. Ha paura di essere goffa, di mostrarsi maldestra e così procede molto lentamente. Poi sale su letto. Gattonando si avvicina a Declan. Una bretellina del reggiseno scivola giù, ma lei non si preoccupa di rimetterla a posto. Si tira indietro i capelli, mentre si china su di lui per baciarlo dolcemente. Intensamente. Apre le labbra e insinua la lingua nella sua bocca. Posa le mani sul suo petto e si prende tutto il tempo per mescolare i loro respiri, gustare il suo sapore. Vuole che lui non pensi mai più a nessun'altra. Vuole esserci solo lei per lui.

Ti voglio per me, Declan.

Lentamente comincia a sbottonargli la camicia.

***

Declan

Dio santo, Annabelle ha deciso di cominciare a giocare. È uno spettacolo vederla prendere l'iniziativa. Comportarsi con audace intraprendenza... ma sempre a suo modo. È sempre lei. Belle. La pelle stupenda increspata di brividi, le dita tremanti e le guance baciate dal fuoco. È timida, ma sta combattendo la sua timidezza. La sta vincendo. Le sue labbra soffici lasciano le mie, quando si solleva un poco, lo sguardo nascosto dall'ombra vellutata delle ciglia lunghissime. Resto immobile, mentre aspetto la sua prossima mossa. Non voglio spaventarla, anche se mi richiede uno sforzo di volontà incredibile tenere le mani posate su questo dannatissimo letto, invece di accarezzare il suo corpo meraviglioso. Ma è per lei. Qualsiasi cosa per lei. Un lieve sorriso si disegna sul suo viso incantevole, e basta a farle comparire sulle guance delle adorabili fossette. Ho voglia di baciarle. Rimango sdraiato e lei si mette seduta accanto a me. Mi osserva, attenta e curiosa. Sembra la Sirenetta, intenta a contemplare il povero naufrago che ha salvato dagli abissi. Poi appoggia la mano sul mio sterno e comincia delicatamente ad accarezzare la pelle che ha scoperto, dopo avermi aperto la camicia. Si china, e questa volta le sue labbra si posano sul mio collo. Piccoli baci. Traccia tutta una scia di leggeri, piccoli baci, mentre scende lungo la mia gola. Questa maledetta trapunta finirò per ridurla a brandelli, da come la sto stringendo tra le mani. Dio, la bocca di Annabelle sulla mia pelle, il suo respiro, il suo alito caldo, e le sue mani che continuano ad accarezzarmi il petto...

Si ferma, quando posa il palmo sul mio cuore. Sta battendo all'impazzata. Lei solleva la testa e sorride, soddisfatta e felice.

Con un respiro profondo, mi trattengo dal prendere la sua tenera manina e guidarla più giù, sotto la cintura e dentro i miei calzoni, per farle scoprire la più istintiva risposta del mio corpo a lei. Il mio battito accelerato sembra infonderle sicurezza, e Belle si siede a cavalcioni sul mio addome. La guardo e, Dio, sembra un angelo. La luce del fuoco nel caminetto alle sue spalle fa risplendere i suoi capelli di un alone luminoso. Innocente. Eccitata. Sotto il pizzo del reggiseno i suoi capezzoli sono già duri. Lo slip che indossa è uno scampolo di tessuto così velato da lasciarmi intravedere le sue labbra più dolci e nascoste. La afferro per i fianchi e Annabelle sussulta. Mi guarda con occhi spalancati, i capelli sciolti sulle spalle. Le sorrido, mentre lentamente la sollevo e la porto sulla mia bocca. È leggera come una farfalla. Singhiozza, quando bacio la pelle interna, morbidissima, tra le sue cosce. Chiudo gli occhi e respiro la fragranza della sua eccitazione. Afferro tra due dita il piccolo slip, ma senza toglierlo. No... prima la faccio impazzire, sfregando il pizzo sul suo tenero clitoride. Annabelle si afferra alla testiera del letto senza sapere cosa fare. È combattuta tra due istinti, quello di scappare... e quello di abbandonarsi a qualcosa di sconosciuto che la sua mente le dice di temere. E il suo corpo di godersi. Poso la mano sul suo adorabile fondoschiena. Mi riempio il palmo con la carne soda e liscia di una natica, mentre con sicurezza la guido verso la mia bocca. Sposto lo slip e inizio a baciarla. A succhiarla. Annabelle ha cominciato a ondeggiare dolcemente i fianchi. Non se ne accorge neppure, ma sta cercando di guidare la mia lingua sulla sua eccitata, sensibilissima perla di carne. Rido piano tra me, mentre acconsento a torturarla un po', a stuzzicarla con lievi lappate. Lei si irrigidisce, il respiro a pezzi. Sta per venire... Più tardi, decido sollevandola di nuovo per riportarla a cavalcioni del mio ventre. Batte le palpebre, confusa da quello che è appena successo. Non capisce perché le è stato portato via quel piacere che a ondate la stava attraversando tutta. Le tolgo il reggiseno e lo getto da parte. Per quanto sexy, è molto meglio così, mentre pizzico piano tra le mie dita i suoi capezzoli rossi e turgidi. Annabelle chiude di nuovo gli occhi e sospira. Io allontano le mani dal suo corpo. Una linea di incomprensione le increspa la fronte. Solleva le palpebre. I nostri sguardi si incontrano. Le sorrido, senza bisogno di parole. Di nuovo timida, dolce Belle? Non vuoi finire quello che hai iniziato?

Abbassa le ciglia, in quell'espressione languida e imprevedibile che giuro ha il potere di farmi perdere la testa. Lentamente ricomincia ad accarezzarmi il torace. Io mi inarco sotto il tocco delle sue mani. Le dita di Annabelle mi sfiorano i capezzoli e poi si china, per lambirli dolcemente con la punta della lingua. Sussulto e mi sfugge un gemito rauco che potrebbe essere una preghiera o una bestemmia. Cazzo, non lo so neanch'io. Lei ride sommessamente e diventa più audace. A occhi chiusi, sempre in punta di lingua, continua a esplorare ogni centimetro del mio petto. Un bacio dopo l'altro scende lungo lo sterno. Ciocche dispettose dei suoi capelli sciolti mi sfiorano l'addome. È una tortura. È una delizia. È l'angelo della seduzione e mi farà completamente uscire di senno.

«Dio, Annabelle!» mi strappa dalla gola, quando affonda la lingua nel mio ombelico. Ride di nuovo. Deliziata. Deliziosa. Si mette a sedere e i nostri sguardi si incontrano. Le sue dita si sono fermate sulla fibbia della mia cintura. Il mio sesso pulsa maledettamente contro la cerniera dei pantaloni e vuole solo essere liberato per sprofondare in lei. Io incrocio le mani dietro la testa e non allontano i miei occhi dai suoi. Questa volta a sorridere sono io.

«E adesso, Belle? Hai giocato fino a questo punto... sei pronta ad arrivare al livello successivo? Io sono qui. Solo per te. Non devi fare niente che non vuoi, mia bellissima.»

La voce mi esce talmente roca che la riconosco a stento perfino io. Lei prende un respiro. Non parla. Non ha mai parlato da quando siamo entrati in camera. Eppure non potrebbe essere più eloquente, con i suoi sguardi colmi di mille emozioni. Sta tremando. Sta esitando. Sto per abbracciarla per prendermi cura di lei, quando Annabelle comincia ad aprire i miei calzoni. Me li abbassa, liberando la mia erezione e io mi abbandono di nuovo sul letto, pronto a venire solo per come lei mi sta guardando. Assorta. Affascinata.

Rido piano tra me, ricordando la sua espressione sgomenta, quando mi ha visto la prima volta. È diventata intraprendente, la mia innocente Belle. Comincia ad accarezzarmi e questo, Dio, non me lo aspettavo. Le sue dita sono delicate e lente, piene di attenzione. Un po' timorose. Ma anche incuriosite. Sincere. Com'è lei. Com'è sempre lei. Il controllo, questa volta, sto per perderlo completamente e capisco che è il momento di riacquistarlo del tutto. La afferro per i fianchi e la stringo a me. Annabelle mi cade addosso. Il suo seno soffice contro il mio torace, i suoi capelli che si aprono su di noi come un mare morbidissimo. La bacio. Affondo la lingua nella sua bocca e lei mi risponde. Si rilassa, si sfrega su di me come una gattina che fa le fusa. Le mie mani si muovono sulle sue natiche. Scivolano dentro il suo perizoma. La accarezzo e lei singhiozza. Le nostre labbra si separano per l'istante che le permette di prendere fiato. Io continuo a toccarla, a frugarla, e lei è squisitamente bagnata. Eccitata dalla sua stessa seduzione. Dai suoi teneri tentativi di fare l'amore. È impellente il mio bisogno di prenderla.

Annabelle ansima quando la faccio sollevare. Il suo slip si strappa come carta velina tra le mie mani. Prendo un preservativo da sotto il cuscino e ho appena il tempo di metterlo, prima di farla di nuovo sedere sopra di me. Le sue labbra più intime, tumide e rosa, si aprono per accogliermi. Sta gocciolando di desiderio. Non distolgo lo sguardo dallo spettacolo della mia carne che piano piano viene inghiottita nella sua. Lento e dolce, mi ricordo, mentre Annabelle geme il mio nome, accompagnandolo con teneri singulti. È priva di controllo. È perfezione pura. Getto indietro la testa e spingo in alto i fianchi. La penetro completamente in un'unica, stupenda spinta. Il respiro mi si spezza in gola. Lei pulsa, bagnata e calda intorno a me. Mi sfugge un lungo, rauco sospiro. Questo è il paradiso. Ma all'improvviso il mio cervello annebbiato registra che Annabelle sta singhiozzando. Si contorce nella stretta delle mie mani, che la tengono ferma mentre sono meravigliosamente sprofondato in lei. Il mio cuore si arresta. Quando i nostri occhi si incontrano, vedo che i suoi sono pieni di lacrime. Un gelo terrificante mi si allarga nel petto. Cazzo, no. Potrei morire, se le ho fatto male.

Le accarezzo una guancia. «Annabelle... Cosa c'è, mia luce?»

Lei nasconde il viso contro il mio palmo, e all'improvviso realizzo che è la mia mano sinistra. Le mie dita piene di cicatrici, il mezzoguanto di cuoio nero, mi sembrano un insulto sulla pelle setosa, bianca come il latte, di Annabelle. Faccio per ritrarre la mano, ma lei la copre con la sua, trattenendomi.

«Ti prego, oh ti prego, Declan! Non ce la faccio» mi confessa con voce spezzata, sensuale e fragile. Dio mi perdoni, il mio membro sussulta dentro di lei. E Annabelle singhiozza di nuovo. Di piacere. Assoluto piacere. All'improvviso capisco. Il gelo nel mio sangue si trasforma in fuoco. Poso di nuovo le mie mani sui suoi fianchi e comincio a muoverla sopra di me. La faccio scivolare sempre più veloce e lei asseconda il ritmo con abbandono selvaggio. Ci baciamo, ci bagnamo, ci spingiamo l'uno contro l'altra. Veniamo nello stesso magico, miracoloso attimo. Sdraiata su di me, Annabelle è una tenera bambola di pezza. La pelle umida di sudore. I capelli scarmigliati e il respiro in frantumi come il mio. Sento il suo cuore rimbombare contro il mio petto. Mentre la stringo forte, so che anche lei può sentire il mio battito. Le allontano alcune ciocche dal viso e la bacio sulla fronte. La bacio sulle labbra. Lei sospira e posa di nuovo la testa sul mio torace.

«Ti amo» sussurra, dolce e spossata. «Io ti amo, Declan.»

Nel silenzio quelle parole risuonano come un'esplosione. Sentire il mio nome e quel *ti amo*, quel fottuto, meraviglioso *ti amo*, sulle sue labbra è come morire e rinascere. Sei mia, Annabelle. Mia, mia, mia. E io sono tuo. Completamente tuo.

Capitolo 15

Annabelle annota diligentemente sul computer la collocazione assegnata ai romanzi delle sorelle Brontë. Accarezza la costa delle due edizioni di *Cime tempestose*. La prima del 1847, e poi quella successiva di tre anni più tardi, curata da Charlotte e che svela l'identità della sorella dietro lo pseudonimo di Ellis Bell.
«Credo che la signora Lions abbia voluto entrambe le versioni non solo per collezionismo, ma perché ci teneva a vedere stampato sul romanzo il nome di Emily. Che ne pensi, Moonlight?»
L'husky abbaia il suo assenso e lei ride divertita.
«Tu sei tanto più gentile del tuo padrone, sai? E mi fai sempre compagnia» lo loda con affetto, con una grattatina tra le orecchie morbidissime.
Sul grande tavolo, dove Annabelle ha allestito la sua postazione di lavoro, vicino al computer e tra pile di libri, c'è un vassoio con una tazza di tè ancora fumante e dei biscotti fatti in casa. Ne prende uno, mentre porta lo sguardo al di là della finestra, oltre il vetro ricamato di ghiaccio. La cima innevata delle montagne si innalza fino a sfiorare il cielo, quel giorno di un

azzurro inondato di sole. Il mento appoggiato tra le mani, lei si lascia sfuggire un sospiro sognante.

«Che meraviglia! Sembra il regno delle fate!»

«Allora tu, mia bellissima, sei la regina delle fate» mormora alle sue spalle la voce vellutata di Declan. Con un sussulto, Annabelle si volta verso di lui. Arrossendo, si mette le mani davanti alle labbra e si sbriga a inghiottire il biscotto. Infine gli rivolge un sorriso smagliante.

«Che bella sorpresa! Non vieni mai a trovarmi qui.»

Declan le accarezza l'angolo della bocca, dove sono rimaste alcune briciole di frolla. Lei si sente elettrizzata dal suo tocco.

«Non voglio disturbarti quando sei con i tuoi amati libri» le dice dolcemente. «Ma adesso stavi facendo merenda.»

Annabelle alza il mento. «È l'ora del tè! La tua metà inglese dovrebbe ricordarlo. Non stavo facendo merenda. Non sono una ragazzina.»

«No» concorda lui, il tono di voce più basso. Sensuale. Si piega per guardarla negli occhi. «Non lo sei.»

La bacia e Annabelle, con un gemito, schiude la bocca per lui. Gli passa le braccia intorno al collo, sorridendo felice quando Declan la stringe a sé. Le sue mani accarezzano il morbido vestito di cashmere bianco che lei ha indosso. Semplice, come la treccia con cui ha raccolto i capelli su un lato. Lui si ritrae un poco, percorrendola tutta con lo sguardo.

«Sembri davvero la regina delle fate» ripete, e la sua ammirazione riscalda il cuore di Annabelle.

«Là fuori è un vero spettacolo! Ma dal paese riusciranno a raggiungerci con la neve che è caduta? Lions Manor non rischia di rimanere isolato fino a primavera?»

Lui intreccia le mani dietro la sua schiena, tenendola chiusa nel cerchio delle sue braccia.

«Qui c'è tutto quello che serve per aspettare il disgelo. E abbiamo sempre i mezzi necessari per scendere e risalire da fondo valle. Però sì, è abitudine che chi non abita stabilmente al castello sospenda il suo lavoro, se il tempo peggiora. In ogni caso Ted farà saltuariamente delle visite giù in paese. Se ti occorre qualcosa, prepara una lista e ci penserà lui.»

«O magari potrei accompagnarlo» propone Annabelle, colta da un'ispirazione improvvisa. «Non ho visto molto dei dintorni, mentre venivo qui.»

La stretta di Declan si fa più intensa intorno a lei. Abbassa la fronte per posarla contro la sua.

«Stai già pensando di abbandonarmi, Belle?» domanda suadente, con una luce negli occhi che le fa accelerare il cuore.

«Oppure potresti farmi tu da guida. Scommetto che nessuno conosce questi luoghi meglio di te.»

«Mhm... ne riparleremo quando si sarà sciolta la neve.»

«Chissà per allora a che punto sarò con il lavoro! Mi impegnerò per averlo terminato.»

Declan socchiude gli occhi, osservandola attentamente.

«Credevo amassi questa biblioteca. Come mai tanta impazienza?»

Lei scoppia a ridere, spensierata.

«Certo che amo la tua biblioteca! Anzi la adoro! Tua nonna era una donna eccezionale e ha creato qualcosa di straordinario. A proposito! Ci sono dei database che devo consultare per datare correttamente alcuni volumi. Miss Tower si dimentica sempre di farmi avere le credenziali per il Wi-Fi.»

Declan scrolla le spalle. «Puoi lasciare da parte le datazioni, per quello che mi importa.»

Annabelle si acciglia e lo guarda severamente.

«Ma importa a me! Non voglio fare un lavoro incompleto, signor Lions! L'appassionato collezionismo di tua nonna davvero non lo merita» afferma con sussiego. Poi gli sorride. «Allora posso avere le password?»

Declan prende un respiro profondo. E resta in silenzio.

Annabelle batte le palpebre, confusa.

«Qualcosa non va?»

«Ci tieni davvero, Belle? Perché io detesto i contatti con l'esterno.»

Lei deglutisce, improvvisamente incerta. Si accorge che qualcosa è cambiato in Declan da quando ha affrontato quell'argomento. Si è irrigidito. Si è chiuso in se stesso. Annabelle si domanda se sia il caso di insistere o meno.

«Sì» risponde infine. «Per favore, è importante per me perché... perché ho promesso al maggiore MacTrevor che gli avrei scritto, capisci? Anche lui è andato via da Menton. Si è trasferito in California, vicino a sua figlia. Ci siamo scambiati gli indirizzi email e io non ho più controllato la posta, da quando sono arrivata.»

Declan le prende il viso tra le mani e Annabelle reclina indietro la testa per incontrare i suoi occhi. Si sente sciogliere alla tenerezza che vede nel suo sguardo. Lui la bacia dolcemente sulle labbra.

«D'accordo, Belle. Parlerò con Lilibeth e avrai le tue password.»

Annabelle sorride raggiante. Si sente felice. Inspiegabilmente, di nuovo rilassata. Si alza sulle punte per essere lei a baciarlo, questa volta. Poi sfrega il naso contro il suo mento.

«Lo sai che mi hai fatto un po' preoccupare, Declan? Cominciavo a sentirmi tua prigioniera.»

Le mani di lui si allargano sulla sua schiena, attirandola contro di sé. Poi, sensualmente, scendono a sollevare la gonna per accarezzarle la pelle velata dalle mutandine di pizzo. Annabelle si morde il labbro, cercando di controllarsi. Quando il dito di lui scivola sotto l'elastico dello slip per sfiorarle intimamente il sesso, non resiste e le sfugge un gemito di resa. Chiude gli occhi, quando la voce calda, tenebrosa di Declan sussurra al suo orecchio.

«Mia bellissima Belle, tu *sei* mia prigioniera.»

***

Un'ora più tardi Annabelle è ancora stordita dall'oscuro, passionale comportamento che Declan ha avuto con lei. L'ha eccitata, e poi se n'è andato, lasciandola così. Tremante. Insoddisfatta.

"A stasera" è stato tutto quello che le ha detto, dopo averle rimesso a posto le mutandine e la gonna, sfiorando la sua bocca con un bacio leggero.

«Te lo ripeto, Moonlight. Il tuo padrone sa essere un vero bastardo!» si lamenta con il cane, che accucciato sotto la scrivania abbaia solidale.

L'aprirsi della porta della biblioteca fa sussultare Annabelle. Si volta verso l'uscio, ma deve soffocare un senso di delusione alla vista di Elizabeth Tower.

«Buon pomeriggio, signora» la saluta con rispetto.

La governante si avvicina in silenzio. Posa un foglietto sul tavolo, accanto al computer.

Annabelle si illumina di gioia.

«Le password! Oh grazie, miss Tower!»

La donna, però, non sembra condividere il suo entusiasmo. Ha le labbra tese in una linea sottile, ma soprattutto il suo sguardo è pieno di ombre. Indugia vicino alla scrivania, mentre si tormenta angustiata le mani. Annabelle si alza, preoccupata da un simile stato d'animo.

«Miss Tower, cosa c'è? È accaduto qualcosa di brutto? Sta male qualcuno? Cosa posso fare? La prego, mi dica.»

Improvvisamente succede una cosa che Annabelle davvero non si sarebbe mai aspettata: gli occhi di Elizabeth Tower brillano di lacrime.

«Lei è una ragazza gentile, signorina Mayfair. Angélique ci racconta com'è sempre dolce con lei. Quando l'ho vista, appena è arrivata, ho pensato che lei fosse davvero molto bella. Però, poi, ho capito che è altrettanto bella dentro. Lo abbiamo capito tutti, qui al castello. Ha dimostrato sempre grande coraggio con il signor Lions. Lo conosco da quando era un bambino. Lui è… è il figlio che non ho mai avuto, se mi è permesso esprimermi in questo modo. Voglio dire che io so com'è fatto. Era un bimbo molto sensibile e adorabile, poi è diventato un ragazzo inquieto e ribelle, e poi… È un uomo complicato. È un uomo che è stato tremendamente ferito dalla vita. Non si fida del mondo e, prima che lei arrivasse, signorina, temevo che non avrebbe mai aperto di nuovo il suo cuore.»

Annabelle tira su con il naso, mentre le lacrime le scendono lungo le guance. Abbraccia d'istinto miss Tower.

«Signora, oh signora!» è tutto quello che riesce a ripetere.

La governante la stringe a sé, le sue mani che le accarezzano i capelli. Poi si ritrae, asciugandosi gli occhi e imponendosi di riacquistare il controllo.

«Non è il caso di fare tante smancerie» taglia corto, il labbro superiore britannicamente rigido. «Quello che voglio dirle, signorina Mayfair, è di fare attenzione. Non sottovaluti mai il potere che lei ha di ferirlo. E non sottovaluti il signor Lions. Perché neanch'io so prevedere come reagirebbe.»

Annabelle incontra lo sguardo di Elizabeth Tower.

«Signora, io non voglio ferirlo. Io…»

La governante le rivolge un sorriso incantevole, che sembra fragile come cristallo. Ma in realtà è un diamante.

«Lei lo ama, signorina. È evidente a tutti quanto profondamente si è innamorata del signor Lions. Ma a volte l'amore non basta. A volte, ancora più difficile di amare, è permettere a qualcuno di amarci. Perché significa tornare ad amare la vita.»

Annabelle rimane in silenzio, le mani posate sul cuore quasi a volervi trattenere le preziose parole di Elizabeth.

Quando la governante esce dalla biblioteca, lei si lascia cadere sulla sedia con un respiro profondo. Si asciuga gli occhi e si sprona a farsi coraggio.

Sii forte, Annabelle. È questo che miss Tower si aspetta da te. Sii forte!

Poi prende il suo smartphone e il biglietto che le ha portato la governante. Configura le impostazioni con le credenziali del Wi-Fi e si connette alla rete del castello. Passano solo pochi secondi e il suo telefono diventa tutto un susseguirsi di toni d'avviso. Annabelle osserva incredula lo schermo, dove una serie di messaggi la informa di decine di chiamate perse da parte della sua matrigna e della sua sorellastra. Le sembra impossibile.

Mildred e Drusilla mi hanno cercata? Ma veramente?

Fa un balzo sulla sedia quando lo smartphone comincia a suonare. Senza fermarsi a riflettere, risponde alla chiamata.

«Santo cielo, Annie!!! Finalmente ti sei degnata di rispondere! Grazie! Grazie per il tuo egoismo e irresponsabilità! Lo sai la mamma quanto si è preoccupata per te? Povera donna! Come hai potuto farle questo? Sparire nel nulla senza dirci niente! Neanche una parola per settimane! *Settimane*! E io che ti ho sempre ritenuta una ragazza assennata e giudiziosa. Grazie, Annie! Grazie per avermi dimostrato che mi sono completamente sbagliata su di te!»

Annabelle si sforza di deglutire. Il cuore le rimbomba in fondo al petto. Socchiude le labbra per cercare di articolare parola. Le esce solo una breve sillaba, strozzata ed esitante.

«Dru?»

Capitolo 16

La voce di Drusilla ha l'effetto di una secchiata gelida su Annabelle, un brusco ritorno alla realtà confinata fuori da Lions Manor. Paralizzata dallo stupore, non riesce neppure a fiatare mentre la sorellastra la investe con un fiume di parole. Dentro Annabelle incredulità si aggiunge a incredulità: davvero Drusilla e Mildred si sono preoccupate per lei? Una vecchia ferita, mai del tutto cicatrizzata, si riapre in fondo al suo cuore: la speranza di essere parte di una vera famiglia. L'avverarsi tardivo della promessa fatta da suo padre, il giorno in cui sposò Mildred.

«Dove sei, Annie?» chiede Drusilla.

«Nel Vermont» risponde lei, meccanicamente. Cerca di ignorare come la sua mano stia tremando nel tenere lo smartphone accostato all'orecchio. «Ho un lavoro e va tutto bene.»

L'esclamazione di Drusilla è una sintesi di sconcerto e raccapriccio.

«Nel *Vermont*? Annie, ma cosa hai fatto? Hai attraversato l'America da sola? Con quel rottame della Ford rossa? Lo dicevo a mamma che doveva sbarazzarsene! E cosa significa che hai un lavoro? Cosa potresti mai fare tu? Mio Dio! Non starai servendo birra in una lurida bettola per montanari? Mamma morirà di vergogna!»

Annabelle sente le guance scottare per l'umiliazione. La fa fremere di rabbia che Drusilla non possa immaginarla all'altezza di nessun altro impiego.

«Non faccio la cameriera, ma anche se fosse non ci sarebbe niente di male. Sarebbe assolutamente rispettabile» ribatte gelida. Tuttavia non è un silenzio sollevato che echeggia dall'altro capo della linea. Poi Drusilla parla di nuovo.

«Annie, ti conosco da quand'eri una bambina. Lo so che sei un'ingenua con la testa sempre tra le nuvole. Tu e i tuoi libri! Come se la vita fosse un romanzo! Ma se guardiamo la situazione con il giusto distacco, ammettiamolo: non è neppure colpa tua. Non hai studiato, né hai mai voluto ampliare i tuoi limitati orizzonti. Mamma ti ha sempre protetta e tu non sei mai cresciuta. Adesso, per la prima volta, ti trovi da sola e lontana da casa. Un colpo di testa, Annie, lo capisco: è facile commettere sbagli. È facile finire nei guai. Sei nei guai, Annie? Pretendo la verità. Dimmela e sono sicura che riuscirò a trovare un modo per aiutarti.»

Annabelle è così raggelata che teme di battere i denti, se prova a rispondere. La voce della sorellastra è dolcemente terrificante. Ha il medesimo tono che gli Inquisitori spagnoli dovevano usare con le loro sventurate vittime. Chiude gli occhi e prova a calmarsi. Sussulta quando la testa morbida di Moonlight le dà un colpetto contro le gambe. Con la sua sensibilità canina ha capito che qualcosa non va e sta cercando di confortarla. Annabelle si inginocchia e passa un braccio intorno al collo dell'husky.

«Non sono nei guai, Drusilla. Puoi dire a Mildred di stare tranquilla. E non sono più una bambina, quindi per favore evita di parlarmi come se lo fossi. Sono la curatrice di una biblioteca privata.»

La risata di Drusilla è un graffio sulle sue emozioni scoperte.

«*Una biblioteca privata*? Nel Vermont? Annie, ma davvero mi consideri così stupida da credermi?»

È strano che una semplice, quasi scontata, dimostrazione di sfiducia riesca a ferire fin nel profondo. Annabelle inghiotte il nodo che le chiude la gola, mentre si chiede perché Drusilla non voglia crederle. La conosce da anni. Sa che non mente mai.

E perché mi fa così male?

«È la biblioteca di Lions Manor. Il maggiore MacTrevor mi ha procurato un impiego come archivista» risponde rigida. Dovrebbe sentirsi compiaciuta di dimostrare a Drusilla che c'è chi ha sempre avuto fiducia nelle sue capacità. Tuttavia ciò che prova è solo amarezza. «Mi dispiace se vi siete preoccupate, perché davvero non c'è motivo. Io sto benissimo e il mio datore di lavoro...» Annabelle si interrompe, mentre il rossore sulle sue guance diventa più caldo al pensiero di Declan. Non ha nessuna intenzione di parlare a Drusilla di lui.

«Annie? Cosa stavi dicendo?»

«Il signor Lions è meraviglioso» taglia corto. «Te lo ripeto, Dru: va tutto bene e non ho bisogno di niente. Adesso devo andare. Saluta Mildred da parte mia. Ciao.»

«Annie? Annie, aspetta...»

Annabelle chiude la comunicazione. Seduta per terra, le gambe di lato, fissa lo smartphone angosciata che ricominci a suonare. Ma il telefono resta muto. Non uno squillo. Nessun messaggio. Alla fine, sospira di sollievo. Accarezza la folta pelliccia di Moonlight, rincuorata dalla sua affettuosa presenza.

«Ho bisogno di prendere un po' d'aria. Mi sento esausta neanche avessi corso la maratona. Sono una sciocca, vero? Meno male che c'eri solo tu qui con me.» Si rialza, passandosi le mani sull'abito e con un'occhiata dubbiosa alle graziose scarpette di vernice ai suoi piedi.

Per passeggiare nel parco i miei vecchi vestiti sono più pratici, riflette tra sé, prima di uscire dalla biblioteca. Aperta la porta della sua camera, Annabelle rimane impietrita. I suoi occhi corrono da una parte all'altra della stanza vuota. Smantellata. Sul letto c'è solo il materasso nudo, coperto da un telo. Spalancate le ante dell'armadio, lo scopre vuoto. Dal bagno sono state portate via tutte le sue cose. Ancora scossa per la telefonata con Drusilla, Annabelle sente il cuore galopparle nel petto. Cosa è successo? La attraversa un primo, terribile pensiero.

Miss Tower mi ha fatto i bagagli per mandarmi via.

Comincia a tremare spaventata. Atterrita. E poi ricorda le parole di Declan. Il suo bacio e l'appuntamento concordato in biblioteca. "A stasera."

«Signorina Mayfair, non l'aspettavo così presto... tutto bene?»

La voce della governante fa sussultare Annabelle. Si volta verso Elizabeth, che non manca di notare il suo smarrimento. Imbarazzata, la giovane cerca di ricomporsi.

Farsi prendere così dal panico, che vergogna. Mi sto comportando come una vera sciocca.

«Non capisco, miss Tower. Cos'è successo qui?» domanda, tentando di apparire il più possibile disinvolta.

«Il signor Lions ha dato ordine di spostare le sue cose nella camera comunicante con la sua» risponde Elizabeth. «La camera della signora del castello» precisa, invitandola a seguirla.

Le labbra di Annabelle disegnano un "oh" di stupore e il suo primo sentimento è il sollievo. Il secondo, l'irritazione.

Perché Declan non me ne ha parlato? Perché ha deciso tutto senza consultarmi?

Pensierosa e in silenzio, segue la governante fino alla sua nuova stanza. E quando Elizabeth apre la porta, per Annabelle si rivela molto difficile restare arrabbiata di fronte allo splendore che la accoglie. I colori sono luminosi e femminili, su tutti dominano il rosa antico e un caldo crema dorato. I mobili possiedono le linee raffinate di pezzi artigianali creati su misura. Il letto *queen size* ha un'elegante testiera scolpita nel palissandro, con un soffice piumino d'oca che cade a sfiorare il pavimento di parquet. Una porta a scrigno conduce a una stanza da bagno con mosaici arabeggianti in madreperla e rubino, una vasca che sembra una piscina termale e una doccia protetta da vetri satinati. Infine la vista sulle montagne può rivaleggiare solo con quella della stanza di Declan. Nell'arco di una finestra a bovindo c'è una morbida nicchia di cuscini, confortevole e intima, dove Annabelle già si immagina sdraiata a leggere, mentre al di là del vetro cade la neve e il fuoco crepita nel grande caminetto acceso. Le sembra di trovarsi negli appartamenti di una principessa. Infine miss Tower attira la sua attenzione con un colpetto di tosse.

«Da qui si accede alla cabina armadio» le mostra, tutta fiera del suo incantato stupore. «Ci vorrà ancora un po' di tempo per sistemarla completamente» aggiunge, quasi in tono di scusa. Annabelle nota che gran parte dei bellissimi vestiti, regalo di Declan, sono già stati disposti e organizzati. Tuttavia non vede da nessuna parte i suoi vecchi jeans, il parka, i maglioni e gli scarponcini.

«Signora, che fine hanno fatto i miei vestiti? Mi riferisco a quelli che ho portato con me da Menton.»

Il disagio di Elizabeth è evidente, e Annabelle non vuole metterla in difficoltà.

«Lasci stare. Chiederò direttamente a Declan. Dov'è adesso?»

«Come ogni giorno il signor Lions si sta allenando giù in palestra con Ted... signorina Mayfair!»

La governante prova a richiamarla, ma lei non si volta, continuando a camminare con passo deciso.

Palestra! Neanche sapevo che ci fosse una palestra in questo castello. Mi ci vorranno settimane prima di esplorarlo tutto.

Annabelle scende le scale e si imbatte in Angélique. La ragazzina fa una piroetta per mostrarle la sua nuova gonna di tulle bianco.

«Sei un amore, fata del castello» applaude Annabelle con un sorriso sincero. Angélique ha il potere di farla sentire sempre bene. «Mi puoi accompagnare in palestra?»

La ragazza annuisce e la prende per mano. La conduce fino a una grande sala con pavimento in linoleum, attrezzata delle più moderne apparecchiature sportive, oltre a barre per le trazioni, bilancieri con i pesi, panche, un ring e sacchi da box. Le pareti di vetro si affacciano sul parco e fuori la luce si attenua rapidamente all'avvicinarsi della sera. Seduto su una panchetta, in tuta da ginnastica, Ted sta finendo di allacciarsi le sneakers. Angélique gli rivolge uno sguardo adorante. «È fantastico! E mi ha promesso che sarà il mio fidanzato per tutto il tempo che resterà con noi!»

Ted solleva la testa e le saluta con un sorriso.

«La fata del castello insieme alla principessa! Che bella sorpresa! Stai cercando il capitano, lady Mayfair?»

«Sai dirmi dov'è?»

Ted indica con un gesto del pollice il fondo del salone. Oltre la parete proviene un rumore scosciante di acqua corrente.

«Abbiamo finito da poco e sta facendo la doccia. Puoi aspettarlo, se vuoi. Intanto io accompagnerò a cena la mia fidanzata. Andiamo, Angélique?»

Con un grido di gioia la ragazzina si avvinghia al suo braccio.

Rimasta sola, Annabelle si guarda intorno, affascinata da quell'ambiente dove le capacità del fisico sono tenute in costante allenamento. Gli attrezzi appaiono molto più avveniristici di quelli nella palestra del liceo di Menton. Annabelle non è mai stata una grande sportiva, ma faceva sempre il tifo per la squadra di basket della sua scuola a ogni partita. Jake Russell giocava come playmaker e dopo una gloriosa vittoria di metà stagione l'aveva invitata al cinema. Grazie ai suoi ottimi risultati sportivi, a Jake era stata assegnata una borsa di studio. Era partito per l'università e Annabelle non aveva più avuto sue notizie.

Ma alla fine sono andata anch'io via da Menton, pensa con orgoglio. All'improvviso la sua attenzione è attratta da uno strano oggetto, posato su un ripiano in un angolo. Annabelle si avvicina incuriosita. Sembra un guanto, formato da cinque serie di anelli, legati tra loro con sottili fasce elastiche. Con una fitta al cuore capisce di cosa si tratta.

Declan lo usa per la riabilitazione della mano.
Se lo stringe al seno, prima di rimetterlo a posto.
Lo scrosciare dell'acqua tace e dopo pochi istanti lui attraversa la soglia delle docce. È a piedi nudi, con solo i pantaloni neri di una tuta indosso. La pelle ancora umida e i capelli lucenti d'acqua. Annabelle si sente mancare il respiro. Lo accarezza con lo sguardo, soffermandosi sui suoi muscoli perfettamente scolpiti. Dopo l'ospedale, è evidente che Declan si è preso cura del suo corpo. Il suo fisico è magnifico, ma sulla sua pelle sono visibilmente impresse numerose cicatrici, sebbene non paragonabili a quelle del viso e della mano sinistra. Annabelle ricorda di averle sentite sotto le dita. Alcune, come i cordoli frastagliati tra il torace e l'addome, li ha anche baciati quando hanno fatto l'amore. Vorrebbe baciare di nuovo le sue cicatrici. Tutte quante. Soprattutto quelle che lui nasconde nel cuore. Le tornano in mente le parole di Ted e si chiede quanto Declan abbia sofferto dopo quella tragica missione. Quanto è stata dura la sua riabilitazione fisica? Quanto lo è ancora di più quella dell'anima?

Annabelle lo guarda, lo ama e lo desidera, ma è anche un po' arrabbiata che lui abbia deciso ogni cosa senza consultarla. E la telefonata con la sua sorellastra l'ha turbata più di quanto vorrebbe ammettere. Incrocia le braccia sotto il seno e aspetta in silenzio mentre gli occhi di Declan le scorrono addosso.

«Cosa c'è, Belle? Sembri contrariata.»
Annabelle sbuffa.
Contrariata! Che definizione elegante!
«Miss Tower mi ha mostrato la mia nuova camera.»

Declan inarca un sopracciglio.

«Non ti piace?»

Lei scuote la testa.

«Come potrebbe non piacermi? È magnifica» ammette, mentre lui si avvicina abbastanza da avvolgerla nel profumo pulito del suo bagnoschiuma. Annabelle comincia a rilassarsi. Si accorge che la presenza di Declan allontana da lei tutte le emozioni brutte lasciate dalla conversazione con Drusilla. Vorrebbe appoggiare la guancia contro il suo petto e sentirsi stringere forte. Solo quello, senza dire niente. Sarebbe bellissimo. Sarebbe così facile…

Con un dito sotto il suo mento, Declan le fa alzare la testa. I loro sguardi si incontrano.

«Allora sei qui per ringraziarmi?» le domanda con un sorriso compiaciuto. Talmente arrogante e sicuro di se stesso da farla infuriare di nuovo. Indietreggia, sfuggendo al suo tocco.

«Non mi piace si prendano decisioni che mi riguardano senza consultarmi. Dove sono i miei vestiti?»

Declan affonda le mani nelle tasche dalla tuta. I suoi pantaloni scendono un poco sui fianchi e Annabelle non può evitare di ammirarlo con una fitta di desiderio. Cosa, questa, che la fa ancora di più arrabbiare.

«Lilibeth non li ha spostati dal secondo piano alla tua stanza?»

«Mi riferisco ai miei vecchi vestiti.»

Declan è sorpreso.

«I nuovi non sono sufficienti?»

«Sono fin troppi! Mi ci vorrà una vita prima di indossarli tutti» risponde Annabelle, perché è innegabile. Prende un respiro profondo. La sua risoluzione comincia a vacillare.

Ma cosa sto facendo? Perché sto rischiando una discussione con lui? Ne vale davvero la pena?

Declan è stato gentile. Molto generoso. Annabelle intuisce che è il suo modo di dimostrarle che per lui è speciale. Si ammorbidisce e gli sorride. Prova a spiegarsi meglio. «Preferirei avere anche i miei vecchi vestiti. Ti sembrerà un po' sciocco, ma ci sono affezionata. E poi, per il momento, mi sento più a mio agio a indossare quelli per uscire.»

Declan la fissa attentamente.

«Uscire?»

«Fare una passeggiata nel parco... oppure scendere giù in paese» gli propone con entusiasmo. «Volevo tornarci, prima che il tempo peggiori. Ne abbiamo già parlato, ricordi? Perché non lo facciamo domani?»

«No» risponde lui, senza aggiungere altro.

«Oh!» Annabelle batte le palpebre, un po' delusa. «Hai già altro da fare, capisco.»

«No, Belle. Non credo che tu capisca. Io non ho nessuna intenzione di lasciare Lions Manor.»

Lei adesso è davvero confusa.

«Intendi dire che non ti piace scendere giù in paese?»

«Intendo dire che io non andrò mai da nessuna parte, fuori da qui.»

«Mai?»

Lui scrolla le spalle, come se stessero parlando di un'inezia.

Annabelle è sbalordita. «Ma, Declan, tu sei un artista! Io ho visto le tue fotografie e sono magnifiche. Sono il tuo modo di guardare il mondo. Come potresti mai rinunciarci?»

«Il mondo fa schifo, Belle, e la gente là fuori è anche peggio. Se lo avessi conosciuto come me... se avessi visto quello che ho visto io...» si interrompe. Annabelle si accorge che è teso, i suoi muscoli sono contratti, l'azzurro dei suoi occhi è un anello sottile intorno alla pupilla dilata dall'incubo. Improvvisamente capisce che sta ricordando l'Afghanistan. La morte di Scott. E tutto quello che è venuto dopo. Il ritorno a casa di un uomo profondamente diverso dal ragazzo con la Leica che si era arruolato insieme al suo migliore amico. Quel ragazzo è ancora là, dove ci sono soltanto dolore e morte. Annabelle piangerebbe per lui. Vorrebbe abbracciarlo, stringerlo forte e dirgli che lei c'è.

Non sei più solo. Non sei più in quell'inferno.

Ma Declan si allontana da lei. Raggiunge la finestra e guarda fuori, chiuso in un silenzio che la esclude dai suoi pensieri e dalle sue emozioni. Proprio quando lei pensa che non aggiungerà altro, Declan decide di parlare. La sua voce è bassa e sommessa, un sussurro lontano. Lei gli va vicino, per non perdersi neppure una parola. «Il mio bisnonno partecipò allo sbarco in Normandia. Decise di costruire questo castello, tornato dalla guerra. Mio padre, quando parlava di lui, diceva sempre che era pazzo. Proprio com'era uscito di testa suo padre, mio nonno, dopo il Vietnam. Io, invece, riesco a capirli entrambi, adesso. Cosa c'è là fuori, nel mondo? Morte, falsità, crudeltà e dolore. Gente vuota e meschina. Gente che non sa nulla di cosa succede davvero, al di là delle loro patetiche vite. Ma qui c'è pace. Solo qui può essere diverso. Possiamo essere noi stessi. Al sicuro» Declan esala un sospiro e si volta verso di lei. «Se loro erano pazzi, allora sono pazzo anch'io.»

Annabelle è profondamente commossa. Lo abbraccia forte, intreccia le mani dietro la sua schiena in una stretta che niente al mondo potrebbe sciogliere mai. Vuole raggiungerlo e dissolvere l'oscurità che lo imprigiona come una maledizione.

Lui le prende il viso tra le mani. La guarda negli occhi.

«Sei felice insieme a me?»

«Sì, oh sì. Non sono mai stata così felice in vita mia» gli risponde, sincera e appassionata.

Declan si abbassa per sfiorarle la bocca con un bacio.

«È perfetto, angelo mio. Perché io non ti lascerò mai andare. Mai.»

Annabelle sente una vampata di rossore bruciarle le guance a quella promessa così sensuale e possessiva.

Lo amo. Sono follemente innamorata di lui.

Sorride e cerca in sé abbastanza coraggio da confessargli quello che prova.

«Declan, io… insomma, lo so che è presto, però… io penso a un futuro con te» si azzarda a dire, sperando che non sia troppo. Lui la bacia in un modo che la fa sciogliere. Con dolcezza. Con passione. Quando solleva un poco il capo, Annabelle ha il respiro affannato. Il sorriso che lui le rivolge è così fragile che lei teme possa spezzarsi da un momento all'altro. Bellissimo e disperato.

«Il futuro? Belle, il futuro non esiste. Il futuro ti tradisce e va in frantumi quando ti fa più male. C'è solo il presente. L'eternità di un momento. Lions Manor è il nostro presente. E niente di male potrà mai accadere, perché io non lo permetterò» le giura con una determinazione così romantica da affascinarla. Ma un po' anche la atterrisce. La spaventa. Non lui, ma le sue intenzioni, che ancora lei non riesce a capire. Perché Declan non può voler dire quello che sembra. Sarebbe impossibile. Eppure suona anche terribilmente reale. Il cuore di Annabelle comincia a correre veloce.

«Declan, se tu non vuoi andare mai via da Lions Manor, allora come faremo?»

Lui le accarezza teneramente una guancia.

«Come faremo?»

«Io non posso restare qui per sempre!»

Declan le sorride di nuovo, ma questa volta il suo sorriso è diverso. Paziente e beffardo. Annabelle capisce che la sta giudicando una vera ingenua.

«No, mia adorabile Belle? Ne sei sicura?»

Una linea corrucciata si disegna tra le sopracciglia di Annabelle

«Non puoi tenermi qui, se io non voglio» afferma decisa.

La mano di lui le circonda la gola. Comincia ad accarezzarle la pelle con un lento movimento del pollice. Infine si ferma sul battito impazzito dell'arteria. «E non vuoi? Davvero non lo vuoi, Belle?»

A lei sfugge un singhiozzo. Si morde le labbra, determinata a non tradirsi, ma sta tremando contro di lui. L'istintiva risposta del suo corpo è più eloquente di mille parole. La mano di Declan scende ad accarezzarle il seno, oltrepassa la linea sottile della vita, indugia sulla curva dolce dei suoi fianchi e infine raggiunge l'orlo del vestito. Scivola con sicurezza sotto la gonna, senza bisogno di un permesso che Annabelle non riuscirebbe a negargli. Si arrabbia per questo, furiosa con se stessa. Le dita di lui accarezzano una balza dell'autoreggente, poi si fermano tra le sue cosce. Disegnano pigri cerchi sulla pelle sensibilissima, ancora troppo lontane da dove Annabelle vorrebbe sentirle davvero. Non sfiorano nemmeno le sue mutandine. Lei chiude gli occhi. Si sente perduta. Si sente bagnare.

«Declan, ci sono tante cose che voglio fare come... come frequentare l'università, andare a New York, visitare la Public Library...»

Si impegna a elencare tutte le cose importanti per lei. Gli rivela i sogni che si è tenuta nel cuore, perché non ha mai avuto qualcuno a cui confidarli. Adesso, in quei sogni, lui è sempre insieme a lei. «Ti prego, non dirmi che devo scegliere!»

Declan le posa un dito sulle labbra. Annabelle solleva lo sguardo e i loro occhi si incontrano.

«Belle, tu hai già fatto la tua scelta. Ti avevo avvertita di stare lontana da me, di non addentrarti nelle mie ombre, ma non hai voluto ascoltarmi. Tu mi hai cercato. Sei venuta da me. Hai detto di volermi. Hai dimostrato di volermi. Ti sei offerta a me. Ogni volta. Adesso sei mia.»

«Ma... e i miei sogni? I miei progetti per il futuro, quello che vorrei realizzare per me? Non hanno nessuna importanza per te, è così?» Gli occhi di Annabelle si riempiono di lacrime. «Io cosa sono per te, Declan? Un giocattolo?»

Lei coglie l'istante esatto in cui lui perde la testa. Le sue parole, colme di incredulità e dolore, hanno lo stesso effetto di un drappo rosso sventolato in un'arena. Declan ruggisce di rabbia, la afferra per le spalle, schiacciandola contro il suo corpo. Annabelle reclina indietro la testa per guardarlo in viso.

«Un giocattolo? Dio, Belle! Tu per me sei tutto. Tutto! Sei nel sangue che mi scorre nelle vene come nell'aria che respiro. Sei il pensiero che mi accompagna per l'intero, fottutissimo giorno! Ha inizio quando ti svegli tra le mie braccia e i tuoi bellissimi occhi si aprono su di me. E tu mi sorridi, Belle. Ti resto lontano mentre lavori tra i libri che tanto adori. La biblioteca è il tuo regno. Mi costringo a guardarti e non fare altro, finché sei lì dentro. Ho un motivo in più per amare le ombre: tu, Belle. Perché quando scende la notte, torni da me. Sei la luce nelle mie tenebre.»

Annabelle scuote il capo.

«No, Declan. Sono tua prigioniera.»

L'azzurro degli occhi di lui diventa ghiaccio.

«Mia prigioniera? È così che ti senti? È questo che vuoi? E sia, Belle. Interpretiamo i nostri ruoli fino in fondo.»

Ad Annabelle sfugge un grido, quando lui la solleva e se la getta di traverso sulle spalle.

«No! Cosa fai? Mettimi giù!»

Il vestito le è risalito fin quasi in vita, scoprendole le cosce. Annabelle si sente morire di vergogna al pensiero che miss Tower o qualcun'altro li veda, mentre lui attraversa i corridoi del castello.

«Sta' ferma, Belle» le ordina, contrariato dai suoi movimenti agitati. Le accarezza una gamba, piegando di lato la testa per posare un bacio sulla pelle velata dall'autoreggente. «Oppure, parola mia, ti sculaccio.»

Annabelle si paralizza a quelle parole. Dovrebbe essere una minaccia, ma qualcosa nel tono di lui l'ha trasformata in un'oscura e sensuale promessa. Si sente sciogliere tra le cosce. Le sue mutandine si bagnano. Aggrappata alla sua schiena, è sconvolta dalla risposta del suo corpo. *Cosa mi sta succedendo?*

Declan apre la porta della sua camera, che chiude con un calcio. Raggiunto il letto, ci fa cadere sopra Annabelle. Lei si mette seduta, le ginocchia raccolte al petto in un'istintiva reazione di difesa. Gli rivolge uno sguardo confuso e vulnerabile, il respiro le sfugge spezzato dalle labbra socchiuse. Declan la osserva. I suoi occhi la accarezzano con inesorabile possesso, senza perdersi nessun dettaglio di lei, a partire dalla treccia in parte disfatta fino alla punta delle lucide scarpette nere.

«Dio, Belle, tu sei davvero una principessa. Una principessa prigioniera di un mostro.»

Annabelle scuote la testa.

«No! Non è vero! Tu non sei un mostro e io... io sono una ragazza come tante altre.»

«Nessun'altra è come te» sussurra Declan. Piega un ginocchio e sale sul letto. Chiude le dita intorno a una delle sottili caviglie di Annabelle. Le fa distendere una gamba, mentre le sfila via la scarpa. Se la getta dietro le spalle e fa lo stesso anche con l'altra. Con una lenta carezza le toglie una calza di velo e a seguire la sua compagna. Poi tira via il nastrino che lega la treccia di Annabelle. Le scioglie i capelli e affonda una mano tra le ciocche finalmente libere. Quando le afferra l'orlo del vestito per sfilarglielo dalla testa, lei alza d'istinto le braccia, semplificandogli il compito. Anche l'abito di cashmere finisce sul pavimento, come un trascurabile mucchietto di neve soffice. Declan si allunga su di lei e Annabelle non ha altra scelta che sdraiarsi sul materasso. Batte le palpebre, aspettando ogni sua mossa. Lo guarda negli occhi, mentre la sovrasta. Lui le prende le braccia, fermandole sopra la sua testa.

«La voglia che ho di legarti, Belle, non la immagini neanche. Dio! Il mio giocattolo, hai osato dire. Dovrei sculacciarti davvero per questo. E poi legarti i polsi alla testiera del letto, come la prigioniera che dici di essere. Ti piacerebbe, Belle? Ti farebbe sentire meglio, non è così? Non sarebbe più una tua scelta e non avresti colpa. Potresti goderti tutto quello che farò al tuo corpo stupendo e non staresti tradendo te stessa.»

Annabelle è sconvolta. La voce di Declan è un miele che le dilaga nella mente, rendendo incoerenti i suoi pensieri. Si sente davvero in lotta contro se stessa, perché le sue parole dovrebbero atterrirla, non eccitarla alla follia come riescono a fare. Dovrebbero suscitarle paura, non il desiderio di arrendersi. Eppure è così che si sente. Languida. Bollente. Il cuore in mille pezzi e il corpo in fiamme.

«Io non lo so» ammette sconsolata, le lacrime scendono sul suo viso. «Non lo so.»

Declan la bacia teneramente sulle labbra. Bacia anche le sue lacrime e ogni centimetro del suo volto.

Perché è così dolce?, si domanda Annabelle con una fitta di disperazione, mentre apre la bocca per lui, accogliendo con un gemito la sua lingua. Perché è così delicato e attento nel ricoprire la sua pelle di baci?

«Non muoverti, Belle. Resta ferma» le ordina severo, sollevandosi un poco. Tuttavia ogni carezza, ogni gesto che segue è pieno di premura. La camiciola di seta finisce sollevata sulla sua testa, impigliata tra le mani che lui le ha ingiunto di tenere immobili. Intanto la sua bocca ricomincia a scendere, la sua lingua a lambirle la pelle. Ride soddisfatto nello scoprire che il reggiseno da lei indossato è un modello con l'apertura sul davanti. Declan afferra con un dito la chiusura tra le coppe di pizzo e la sgancia con un solo gesto. I sensibili seni di Annabelle si offrono a lui, che comincia ad accarezzarli tra le mani. Abbassa il viso, sfiorando l'areola dei capezzoli con la punta della lingua. Con un gemito di desiderio, lei si inarca. «Declan» sussurra, volendo di più.

«Sta' ferma» le ripete impietoso, e Annabelle si abbandona sul letto con un sospiro tormentato. «Una prigioniera non gode in questo modo insieme al suo carceriere» le ricorda, mentre lascia scorrere le dita, leggere come un soffio di brezza, lungo il suo sterno fino al ventre. La pelle di Annabelle palpita, increspata di brividi a quel tocco così suggestivo. «O forse sì, Belle?» le domanda con un sorriso perverso, prima di riportare la bocca sul suo seno. Annabelle singhiozza quando comincia a succhiarle un capezzolo. Sussulta al morso giocoso che lui imprime d'improvviso alla tenera, turgida punta. Una mano si chiude intorno al suo ginocchio e non servono parole perché lei allarghi le gambe per circondargli i fianchi. Le è concesso di abbracciarlo solo così, finché lui non le dirà che può muovere le mani. E vorrebbe così tanto toccarlo, percorrere la sua schiena stupenda, baciarlo sul petto e togliergli i calzoni della tuta che ancora indossa. Liberare l'erezione che sente premere contro una coscia. Accarezzarla e poi guidarla dentro di sé. Sentirlo fino in fondo. Sentire che le appartiene. Ansima eccitata, ma sa che non può farlo. Deve restare ferma come lui ha ordinato, mentre ogni sensazione si amplifica fino al parossismo. Comincia a tremare quando le dita di Declan scivolano sotto l'elastico delle mutandine. Ogni goccia del suo istinto le dice di muoversi, andare incontro a quelle carezze che la stanno esplorando, schiudendo, si insinuano tra le pieghe più nascoste del suo sesso. Annabelle ha il respiro in frantumi, è attraversata da fremiti continui, ma resta ferma.

«Apri gli occhi, Belle.»

La stupenda voce di lui ha l'effetto di un incantesimo. Annabelle solleva le palpebre e lo guarda attraverso la nebbia del piacere che la avvolge tutta.

«Adesso... adesso posso muovermi?» gli domanda e riesce ancora a stupirsi. *Davvero gli sto chiedendo il permesso?*

È il suo ultimo pensiero coerente, prima del rauco, profondo singhiozzo che la sfugge, quando Declan fa scivolare due dita fermamente dentro di lei. Si morde le labbra, travolta da quella sensazione di pienezza stimolante, ma non del tutto appagante. La sua carne più intima sussulta. Si contrae intorno a quella dolce invasione.

«Sei così bagnata, mio angelo» mormora lui, quasi sorpreso. «Così pronta a venire. Squisita e arrendevole. Se giocassimo un po' a *Schiava e Padrone* forse ti sconvolgerebbe, ma Dio... saresti incandescente, Belle.»

Annabelle arrossisce alle sue parole e chiude gli occhi. Protesta piano quando sfila via le dita. Poi le toglie le mutandine e lei resta completamente nuda davanti a lui. Declan scende ancora sul suo corpo e guida le sue gambe sulle sue spalle. Annabelle si irrigidisce, tesa da quella novità.

«Declan?» mormora esitante.

Lui le spalanca le cosce con le mani, prima di abbassare la bocca verso il suo sesso. Si ferma per soffiare su quella parte così tenera e indifesa, esposta ai suoi occhi. E al tocco della sua lingua. Annabelle singhiozza, vulnerabile e sensibile a ogni sospiro, ogni carezza, ogni lento e tortuoso movimento della sua lingua. La attraversa come fuoco. La scioglie e brucia il suo cuore.

«Declan... Oh mio Dio, Declan, ti prego...»

«"Ti prego" cosa? Cosa vuoi, Belle?»

Annabelle si contorce, gemendo disperata quando lui comincia a succhiare quel bottoncino nascosto che si diverte, ogni volta, a torturare.

«Te! Io voglio te, Declan, e lo sai. Ti prego, prendimi!»

Lui si inginocchia sul letto, con le lunghe gambe di Annabelle ancora sulle spalle. Lei lo guarda disorientata, senza sapere cosa aspettarsi, il fondoschiena sollevato dal materasso. Non vede cosa sta facendo, può solo sentire il fruscio dei suoi pantaloni, mentre li abbassa, e poi lo strappo della bustina di un condom. Le mani di Declan si posano sui suoi fianchi, prima di scivolare con una carezza ad afferrarle i glutei. Infine, con un'unica spinta è dentro di lei. Annabelle si inarca, la testa gettata all'indietro, mentre Declan sceglie un ritmo lento. Indugia, si ritrae e poi la prende di nuovo.

Più intenso e sempre più profondo. Ancora e ancora, senza mai permetterle di muoversi, di venirgli incontro. È solo lui a decidere. A prendere e concedere, e la sta facendo annegare in un piacere che la travolge a ondate sempre più potenti. Annabelle raggiunge l'orgasmo e grida, più nuda nelle emozioni di quanto siano i loro corpi. Finiscono stretti in un abbraccio sudato e ansimante, membra intrecciate e bocche che non vogliono separarsi. È come se per l'uno non esistesse altro ossigeno di quello che aleggia sulle labbra dell'altra.

***

Declan

Doveva succedere, prima o poi. E, cazzo, se è stato incredibile! Esausta e turbata, Annabelle è ancora immobile, abbandonata tra le mie braccia come una bambola di pezza. Gli occhi nascosti dai lunghi capelli, il seno stupendo che asseconda il rapido ritmo del nostro respiro. Perché sono ansante anch'io. Il sesso tra noi è sempre pazzesco e mi meraviglia ogni volta. Ma questa volta... Sarà stata la rabbia, quel suo parlare di andarsene che mi ha mandato completamente fuori di testa. Quasi scoppierei a ridere, se solo il ricordo delle sue lacrime non mi facesse di nuovo venir voglia di spaccare il mondo. E baciare lei. Fare l'amore con lei. Dimostrarle di nuovo a chi è che appartiene davvero. Belle geme piano e io reagisco d'istinto. Dopo un sesso come quello che abbiamo appena condiviso, lei non sa di cosa ha bisogno il suo corpo, ma io sì. E intendo darglielo. Prendermi cura di lei. Darei tutto per lei. Ma non voglio più sentire un accenno da parte sua di lasciare Lions Manor. Di andar via da me.

Mi sciolgo con cautela dal suo abbraccio e stringo i denti per la stupenda agonia di uscire dal suo meraviglioso corpo. Mi alzo e vado in bagno. Getto il presentivo usato nel cestino, mentre apro l'acqua nella vasca. L'ora di cena è passata da un pezzo, ma mi basta una parola all'interfono con Lilibeth per disporre di farci trovare un vassoio nella nuova camera di Annabelle.

Quando torno nella mia stanza, lei è ancora a letto. Non si è mossa da come l'ho lasciata, ma il suo respiro adesso è più calmo. Quasi inerte e la cosa non mi piace. Le vado accanto e la sollevo tra le braccia. Annabelle non protesta. Mi appoggia la testa sulla spalla, gli occhi abbassati e lo sguardo nascosto da quelle ciglia lunghissime che sembrano di seta. Le sfugge un sospiro di piacere quando ci immergiamo nell'acqua. Le raccolgo i capelli perché non si bagnino e poi inizio a passare una morbida pezzuola sulla sua pelle. Una schiuma soffice e profumata comincia a coprirla tutta. Annabelle si rilassa, appoggiandosi al mio torace. Poso un bacio dietro il suo orecchio.

«Tutto bene?» le chiedo, trattenendo il respiro finché lei non risponde con un piccolo cenno di assenso. Sollevato, continuo a lavarla e lei è così silenziosa e tranquilla, così squisitamente passiva, che non resisto dal provocarla un po'. Le sfioro con la punta della lingua il lobo dell'orecchio, mentre la mia mano scende sotto il pelo dell'acqua. Annabelle si tende contro di me, quando con la pezzuola comincio a sfregarla, delicatamente, tra le gambe. Faccio molta attenzione, perché so quanto è sensibile in questo momento e il confine tra piacere e dolore non è qualcosa che voglio sperimentare con lei. Quando un sospiro di resa le sfugge dalle labbra, allora mi fermo. Sciacquo entrambi e la faccio uscire dalla vasca. Indosso l'accappatoio, mentre Annabelle resta in piedi, immobile e nuda, scintillante d'acqua. Mi regalo alcuni secondi per osservarla. Dio, è uno spettacolo mozzafiato. Non voglio rischiare che prenda freddo e l'avvolgo subito in un accappatoio. È troppo grande per lei e sembra quasi sparire in un morbido mare di spugna bianca. Di nuovo la sollevo tra le braccia e questa volta la porto nella sua stanza, adiacente alla mia. Le luci sono spente, ma dal caminetto accesso si irradia un tenue lucore vellutato. Vicino alla vetrata a bovindo, Lilibeth ha lasciato il carrello con la cena. Depongo Annabelle sul divano incastonato nell'arco della finestra e mi sdraio accanto a lei. Prendo un pezzetto di *quiche lorraine* dal vassoio. Gli occhi di Annabelle mi rivolgono uno sguardo indecifrabile, prima di schiudere le labbra e permettermi di imboccarla. Dopo un po', anche lei comincia a fare lo stesso con me. Lecco dalle sue dita la salsa di una tartina, succhiandole finché non sono tornate perfettamente pulite. Poi restiamo abbracciati tra i cuscini, a guardare la neve che fiocca dal cielo. Annabelle si volta verso di me. I suoi bellissimi occhi cercano i miei.

«Che cosa è successo?» sussurra con voce soffice e assonnata. So bene che è stanca, spossata nelle emozioni e nel fisico. Le poso un bacio sulla fronte.

"Io ti possiedo, Belle, e tu resterai con me. Perché è quello che vuoi, dolce angelo. E questa si chiama sottomissione sessuale."

Annabelle abbassa lo sguardo, silenziosa. Non protesta come mi aspettavo. Gira il viso verso il vetro, assorta dal paesaggio notturno e imbiancato. Infine parla di nuovo, pochi sussurri sempre soffici e assonnati. E così tristi da trapassarmi il cuore.

«Io credevo che fosse perché sono innamorata di te, Declan. Comunque va bene. Usiamo le parole che preferisci tu.»

Capitolo 17

Annabelle non ha mai immaginato che si potesse essere, allo stesso tempo, follemente felici e profondamente disperati. Eppure è così che si sente. Le sembra di vivere in una bolla dove i giorni e le notti si susseguono, e i suoi sentimenti attraversano un doppio giro sulle montagne russe.

«Sono sempre io. Annabelle. E devo essere forte» ripete a se stessa, ma i pochi specchi di Lions Manor riflettono un'immagine dove le è difficile riconoscersi. Non sono suoi gli abiti eleganti che indossa, così raffinati e stupendi da farla sembrare una donna sofisticata. Le scarpe firmate ai suoi piedi non le permettono di attraversare la soglia del castello.

Di giorno Annabelle continua il suo lavoro in biblioteca. Quando è in mezzo ai libri, in quello che Declan ha definito il suo regno, lui le resta lontano. Non si avvicina, non la disturba. A volte Annabelle sospetta che la eviti. Perché evitarla durante il giorno, significa limitare le possibilità di una discussione. E le discussioni tra loro vertono sempre sullo stesso argomento.

"Non sono una prigioniera!"

"No, non lo sei, Belle. Sei la mia regina e resterai qui."

"Declan, ma è impossibile."

"Mio il castello, mie le regole. Non lo hai ancora imparato, Belle? Niente di quello che faccio o che voglio è impossibile."

"Posso scappare!"

"Mhm... intendi provarci davvero, Belle, o speri solo che ti leghi al mio letto?"

Non erano soltanto i loro toni a infiammarsi. Finivano sempre col fare l'amore in maniera disperata e selvaggia, dove l'uno voleva dimostrare all'altra quanto grande fosse il proprio potere e bisogno.

"Non vuole aiutarmi nessuno a farti ragionare!" sospirava Annabelle, dopo, quando restavano nudi e abbracciati tra le lenzuola aggrovigliate.

Lui rideva, accarezzando il suo corpo con pigro possesso.

"Forse, mio angelo, nessuno capisce perché vuoi andartene. Sono tutti felici qui. Tranne te, che sei la signora del maniero."

"Non prendermi in giro, non sono la signora di un bel niente! Non sono nemmeno una tua ospite, perché gli ospiti sono liberi di andarsene quando vogliono."

"Ah Belle, ma tu non vuoi andartene."

Sempre, a quel punto, lui la seduceva di nuovo. Dolcemente. Con appassionata tenerezza. Non le lasciava scampo. La portava a sospirare e singhiozzare. La torturava lentamente come se il tempo non avesse importanza. Giocava con il suo corpo e faceva esplodere le sue emozioni. Annabelle si scioglieva, impazziva di desiderio, disperata lo implorava di prenderla. Gli confessava di amarlo. E poi, il giorno seguente, ricominciava tutto da capo.

Seduta alla scrivania, in biblioteca, Annabelle sospira stancamente.

«Come faccio a combattere contro di lui e contro me stessa? Sono destinata a perdere!» ammette sconsolata, mentre schermate web scorrono sul monitor davanti ai suoi occhi. È il sito ufficiale della New York University, l'elenco dei corsi che sarebbero iniziati con il nuovo anno accademico. Tra le materie umanistiche c'è anche l'Archivistica. Annabelle allontana la mano dal mouse, senza riuscire a chiudere la pagina.

Moonlight le va vicino e posa la testa sul suo grembo per confortarla. La guarda tristemente con i suoi grandi occhi buoni. Lei gli sorride, accarezzandolo con gratitudine.

«È così strano, sai? Ho fatto tanta strada e alla fine mi sono ritrovata al punto di partenza. Prima papà e adesso Declan. È la seconda volta che devo mettere da parte i miei sogni per amore di un uomo.»

Con un sospiro, cerca di guardare la situazione da un'altra prospettiva. Però non è facile perché i suoi occhi si riempiono lo stesso di lacrime. Annabelle se li asciuga, con un vago senso di vergogna. «Lo so, è da sciocchi piangere per una cosa simile. Perché la verità è che da quando sono qui mi sono successe solo cose belle. Dovrei essere felice. E forse... forse potrei esserlo davvero, se anche Declan lo fosse. Ma lui non mi sembra felice. Non così, rifiutando tutto il mondo perché non riesce ad affrontare se stesso e superare quello che ha passato.»

Moonlight abbaia come per darle ragione. Annabelle si china ad abbracciarlo.

«Grazie, almeno tu mi capisci.»

Seguita dall'husky, Annabelle esce dalla biblioteca. Chiusa nei suoi pensieri cammina fino al giardino d'inverno, ammirando le rose che Ted coltiva con miracolosa ostinazione. Dal tetto di vetro la luce irrompe vivissima, quasi aggressiva, inondando tutto di sole. Ed è in quel momento che lo smartphone di Annabelle comincia a vibrare. Lei spalanca gli occhi, sorpresa nel leggere sullo schermo il nome della sua matrigna. Non ha più parlato con Mildred da quando ha lasciato Menton. Perché la sta chiamando adesso? Cosa può essere successo?

«Pronto?» sussurra intimorita. E la voce piena di biasimo di Drusilla le esplode all'orecchio.

«Cielo, Annie! Volevo proprio vedere se avresti avuto l'ingrata faccia tosta di non rispondere più nemmeno a mamma!»

Annabelle socchiude gli occhi e si siede su una panchina. Sente che le sta venendo l'emicrania.

«Dru?» sussurra sconfitta.

«Già, proprio io! Dru! Quella che ti ha sempre fatto da sorella maggiore, hai presente? Ma non è bastato perché tu ti degnassi di rispondere ai messaggi che ti ho lasciato dall'ultima volta che ci siamo sentite, oh no! Comunque sappi che anche mamma è qui con me. Ha insistito così tanto per venire che non ho proprio avuto cuore di dirle di no.»

Annabelle si massaggia stancamente la fronte.

«Qui con te? Perché? Dove siete?» domanda, con un'immagine mentale della matrigna e della sorellastra sdraiate al sole di qualche spiaggia caraibica. Magari nel nobile intento di distrarsi dalla morte di papà, pensa con dolorosa ironia.

«Oh Annie, questo posto è orribile. *Orribile*!» squittisce Drusilla sottovoce, evidentemente preoccupata che la gente di quel "posto orribile" possa sentirla. «*Lion's Den* mi pare che si chiami. Il proprietario è un tipaccio che fa proprio paura. Ora, non che faccia paura perché è un nero» ci tiene a precisare Drusilla, sempre molto politicamente corretta. «Ma dovevi vedere come ha squadrato mamma e me, quando abbiamo detto che volevamo raggiungere Lions Manor. Ci ha fatto venire i brividi!»

Annabelle fa un balzo, il suo cuore si mette a correre a velocità doppia.

«Drusilla! Mi stai dicendo che tu e Mildred siete giù in paese? Ma che cosa ci fate qui?!»

«Giù in paese» ripete la sorellastra in tono scaltro. «Allora è vero che siamo quasi arrivate. Cosa ci facciamo qui? Oh grazie, Annie! Grazie davvero: è bello saperti così felice di riabbracciarci, dopo il lungo viaggio che abbiamo fatto solo per te.»

Annabelle avrebbe voglia di sbattere la testa contro un muro.

«Per me? Siete qui per me? Ma perché? Sono sicurissima di aver firmato tutte le carte per la morte di papà. Non era rimasto niente in sospeso.»

«Scartoffie!» esclama Drusilla indignata. «È questo il tuo primo pensiero? Scartoffie! No, Annie, io e mamma siamo qui perché volevamo assicurarci con i nostri occhi che tu stessi bene. È questo che significa essere una famiglia. Uniti nella buona come nella cattiva sorte. Condividere tutto: le difficoltà e anche le opportunità.»

Una linea si incide tra le sopracciglia di Annabelle, mentre cerca di afferrare il senso delle parole di Drusilla. Le suonano vagamente deliranti e comincia ad avere paura.

«Allora, Annie, ti decidi a darmi le indicazioni per arrivare a questo tuo castello, sì o no?»

Mio castello?, ripete tra sé Annabelle basita.

«No» risponde d'istinto, secca come uno sparo.

Il rantolo di Drusilla echeggia dall'altro capo della linea.

«Che cosa hai detto? Annie, cosa sta succedendo? Ti giuro che io e mamma siamo pronte a raggiungerti anche a piedi!» promette ed è una minaccia pericolosamente realistica.

«Voglio dire che non potete salire fino al castello. È impossibile a causa della neve» prova a corregge il tiro, perché una Drusilla rabbonita è sempre più facile da gestire rispetto alla versione panzer. Infatti un silenzio pensieroso, anche se non del tutto convinto, accoglie quella spiegazione.

«Ma sono sicura che il tuo meraviglioso signor Lions avrà un mezzo da mandarci. Non vorrai farmi intendere che siete completamente isolati fino al disgelo perché non ci crederei mai!»

La mano di Annabelle trema nel reggere il telefono, mentre cerca di controllarsi. Non deve mostrarsi turbata. Drusilla riconosce l'odore della debolezza come uno squalo quello del sangue.

«Gliene parlerò.»

«Subito?»

Annabelle chiude gli occhi.

«Sì, subito. D'accordo. Intanto tu e Mildred mettetevi comode. Godetevi il succo di mela e le frittelle e aspettate che vi richiami io, okay?»

«Okay, Annie» sospira Drusilla, dando l'impressione di aver acconsentito molto a malincuore. «Ma tieni presente che mamma è davvero stanca e preoccupata. Lo siamo tutte e due!»

Chiusa la comunicazione, Annabelle rimane a fissare il telefono senza riuscire a smettere di tremare. Prende un respiro e poi un altro. Pian piano comincia a calmarsi. Sa cosa deve fare.

Sii forte, Annabelle!

Si lascia alle spalle il giardino d'inverno e va in cerca di Declan.

Capitolo 18

Dopo averlo cercato ovunque, Annabelle incontra Declan nell'ultimo posto dove si aspettava che fosse: in biblioteca. È seduto alla scrivania, quando lei entra a testa bassa, rattristata di non essere riuscita a trovarlo.

«Declan! Ma allora eri qui!»

Lui evita il suo sguardo, apparentemente a disagio di essere stato sorpreso nell'unico luogo da cui ha promesso di tenersi lontano.

«Ti lascio proseguire il tuo lavoro» mormora, alzandosi in piedi. Ma prima che possa fare un passo, Annabelle si è già rifugiata tra le sue braccia. La testa posata contro il suo petto, lo stringe più forte che può. Declan le prende il viso tra le mani.

«Cosa c'è, Belle?»

Lei solleva gli occhi e il suo sguardo lo trafigge. Non gli nasconde niente. Gli permette di guardare fino in fondo al suo cuore.

«Fa' l'amore con me!»

È tutto quello che gli chiede e l'ultima cosa al mondo che lui immaginava di sentirle dire.

«Ti prego» lo supplica di fronte alla sua esitazione. Si solleva in punta di piedi per sfiorargli le labbra con le sue. «Adesso. Subito. Fammi tutto quello che vuoi, ma fammi anche sentire che niente potrà mai separarci.»

Declan la prende in braccio, portandola via dalla biblioteca. Andranno nella sua stanza? O in quella della signora del maniero? Ad Annabelle non importa, purché ci arrivino presto.

«Prima non vuoi dirmi che cosa è successo?» le domanda lui, sfiorandole i capelli con un bacio. Annabelle scuote il capo per poi nascondere il viso contro il suo collo.

Declan ha scelto la sua camera, e lei ne è felice. È piena di ricordi meravigliosi. Quando l'ha scaldata con il suo corpo, salvandole la vita... Quando hanno fatto l'amore per la prima volta...

Lui la rimette in piedi, vicino al letto, e Annabelle comincia subito a spogliarsi. Le sue dita assaltano i bottoni della camicetta di pizzo, ma tremano troppo e non riesce ad aprirli. Si morde le labbra, frustrata dalla propria goffaggine. Declan le prende le mani e gliele fa abbassare lentamente.

«Sta' calma» le ordina con pacata sicurezza. Si piega su di lei e posa un bacio sul suo collo. Annabelle singhiozza e chiude gli occhi. «Sei qui con me» le sussurra, mentre le apre un bottone dopo l'altro. «Lo sai che non può succederti nulla.»

Lei annuisce, rincuorata. Declan le spinge la camicetta oltre le spalle, che svolazza delicatamente a terra. Attraverso la sottoveste di seta i suoi capezzoli sono già turgidi. Declan la bacia di nuovo sul collo, mentre fa scorrere la cerniera invisibile della sua raffinata longuette. La gonna scivola giù, accarezza le gambe nude di Annabelle, e si raccoglie intorno ai suoi piedi come una pozza di seta oltremare. Con un sospiro, lei si appoggia contro di lui. Lo abbraccia. Gli prende il mento tra le mani, guidando la sua bocca verso la propria. Lo bacia, aprendo le labbra per lui, intrecciando la lingua alla sua. Le mani di Declan si chiudono intorno alla vita di

Annabelle e la solleva contro di sé. Lei calcia via le scarpe prima che lui la porti sul letto. Senza mai smettere di baciarlo, Annabelle afferra il suo maglione e cerca di sfilarglielo. Con un sorriso Declan alza le braccia verso l'alto, separando le loro labbra il tempo che a lei serve per spogliarlo. Le mani di Annabelle corrono febbrili sul suo petto. Gli accarezzano le braccia muscolose, indugiano dolcemente su ogni segno che il dolore gli ha impresso sul corpo. Gli bacia la gola. Mordicchia la sua pelle e, se potesse, vorrebbe marchiarlo.

«Belle» geme lui con rauca sorpresa.

Annabelle gli apre la cintura e sbottona i suoi jeans. Li spinge giù dai suoi fianchi, insieme ai boxer. Chiude le dita intorno alla sua erezione, abbandonandosi contro il suo petto. Lo tocca. Lo accarezza. Declan è immobile, il cuore gli rimbomba nel petto mentre emette respiri profondi. Annabelle abbassa le palpebre, il viso nascosto contro il suo collo, i sensi pieni di lui. Il profumo della sua pelle, la sua forza e la sua presenza. Una goccia densa e calda le bagna il polpastrello dell'indice, mentre indugia carezzevole sulla sua fessura. Declan le prende i polsi e allontana le sue mani da sé. Annabelle è smarrita. Perché l'ha fermata?

Lui la guarda negli occhi.

«Mettiti in ginocchio, Belle. Il viso verso la parete. Le mani sulla testiera.»

Lo sguardo di lei rivela tutta la sua incertezza.

«Ma così... così non potrò guardati.»

«No» conferma lui, sfregando il naso contro il suo. La bacia sulle labbra. «Ti fidi di me?»

La risposta di Annabelle è fare quello che le ha chiesto, senza domandare altro. Non lo vede, ma lo sente. Il materasso si abbassa sotto il suo peso, quando anche lui sale sul letto, in ginocchio dietro di lei. Le mani di Declan si posano sulle sue cosce, le accarezzano prima di prendere tra le dita l'orlo della sottoveste e sfilargliela dalla testa. Annabelle solleva le braccia e poi rimette di nuovo le mani sulla testiera. Le allontana un'ultima volta per permettergli di tog600erle il reggiseno. Abbassa la testa, mentre Declan le spinge di lato i capelli. Le cadono ai lati del viso in lunghe ciocche ondulate, e sussulta quando lui le bacia la nuca. Sente la sua lingua sfiorarle le vertebre e poi la delicata pressione dei suoi denti. Singhiozza e il suo respiro va in pezzi, quando le prende i seni tra le mani, se ne riempie i palmi, si rigira i capezzoli, turgidi e sensibili, tra le dita. Annabelle posa la fronte contro la testiera del letto. Le mani di Declan scendono lungo il suo corpo, senza mai lasciare la sua pelle. Avvicina la bocca al suo orecchio.

«Allarga di più le gambe.»

Annabelle aumenta la distanza tra un ginocchio e l'altro, aprendosi per lui. La mano di Declan si ferma a coppa tra le sue cosce. Spinge un dito sulle mutandine che ancora le coprono l'inguine. Annabelle sospira profondamente. Sa di essere eccitata. Sa di essere bagnata.

«Queste sono zuppe, mio angelo» le sussurra, continuando a stuzzicarla attraverso il sottile lembo di seta. Annabelle riconosce un irradiarsi ormai familiare nel profondo di sé. Inizia a tremare e finalmente Declan la sbarazza anche di quell'ultimo indumento. Poi la prende per i fianchi e lei singhiozza sconcertata quando si sente tirare indietro.

«Abbassati, angelo. Posa la testa sul cuscino.»

Lei affonda il viso nel guanciale, provando a immaginarsi in quel momento come la vede lui: nuda, il fondoschiena per aria, aperta, eccitata e completamente esposta. La attraversa un brivido. Si sente pulsare. Declan esala un respiro profondo, ammirando la sua istintiva, sensuale reazione.

«Dio, Belle, sei un sogno. Un meraviglioso sogno.»

Anche tu sei il mio sogno, vorrebbe rispondergli, ma la sua voce si infrange in un gemito quando lui comincia a massaggiarle dolcemente i glutei. Annabelle distingue il tocco di entrambe le sue mani: la destra, morbida e perfetta, e la sinistra, con le dita ruvide e il mezzoguanto di cuoio. Poi i pollici di Declan separano ancora di più le labbra del suo sesso. Annabelle morde il cuscino per non mettersi a gridare, quando si sente baciare. La sua lingua la esplora dolcemente. La stuzzica e la fruga profondamente da quella diversa posizione, facendole assaporare nuove, sconvolgenti sensazioni.

«Ci sono dei preservativi sotto i cuscini. Prendine uno, Belle» le ordina Declan, dopo aver allungato un morso alla carne soda e liscia del suo sedere.

Annabelle obbedisce lentamente, lacerata tra la fretta di averlo in sé e la fatica soverchiante di ragionare come muoversi, perché le sembra di essere sprofondata in un vischioso mare di miele. Trattiene un istante la bustina tra le dita.

«Vorrei sentirti venire dentro di me» gli confessa, e lo sente gemere rauco come se quelle semplici parole fossero bastate a portarlo sul limite.

«Vederti piena di piacere e del mio seme, Belle. Potrei morire, lo sai?» le sussurra, prima di sottrarle il profilattico di mano. Annabelle chiude gli occhi. Segue uno strappo di plastica e dopo, con un'unica, profonda spinta, Declan la prende. Lei sospira, accogliendolo docile e riconoscente. Lo sente muoversi in lei. Si abbandona, lasciandosi possedere come lui ha deciso. Senza pensare, senza guardare, sentendo soltanto. Farsi travolgere dalla marea e portare via. Prima dolcemente e poi in maniera sempre più selvaggia e impetuosa. La attraversa come una tempesta. Grida. Si inarca. È ancora scossa dagli ultimi, profondi fremiti dell'orgasmo, quando Declan la abbraccia, attirandola contro di sé. Annabelle si abbandona contro il suo torace, reclina il capo all'indietro sulla sua spalla e gira la testa per guardarlo. I loro occhi si incontrano. Le loro labbra si trovano. Si baciano, si scambiano respiro e anima mentre tutto sparisce, si dissolve. Stesi sul letto, l'uno tra le braccia dell'altra, restano in silenzio per lunghi, preziosi momenti. Infine è Declan a parlare.

«Adesso vuoi dirmi cosa ti ha sconvolta?»

Capitolo 19

Annabelle fa un respiro profondo, poi si tira il lenzuolo sul seno e si mette seduta. Sdraiato sul letto, una mano dietro la testa, Declan aspetta pazientemente che lei cominci a parlare.

«Mildred e Drusilla sono qui» gli dice infine, con la stessa fretta che si usa nel buttare giù una medicina molto amara.

«Mildred e Drusilla» ripete lui pensieroso. «Sono la tua matrigna e sorellastra, giusto?»

Annabelle lo guarda sorpresa.

«Te ne ricordi?»

Declan le accarezza una guancia con il dorso delle dita.

«Mi ricordo tutto quello che mi dici. Cosa intendi con "sono qui"?»

Annabelle sospira di nuovo.

«Sono giù in paese, al *Lion's Den*. Quando ho lasciato Menton, io... ecco, diciamo che la mia partenza è stata abbastanza precipitosa. Avevo discusso con Drusilla riguardo il mio futuro. Avevamo delle idee molto diverse.»

«Spiegati meglio» le chiede Declan e Annabelle distoglie lo sguardo, mordendosi a disagio il labbro. Lui si solleva per portare di nuovo i loro occhi a incontrarsi. Le prende il mento tra due dita. «Belle, lo sai che puoi dirmi tutto.»

Lei si fa coraggio.

«A quanto pare i risparmi di mio papà non sono bastati per affrontare tutte le spese dovute alla sua malattia, così Mildred ha dovuto mettere un'ipoteca sulla casa.»

«Tutte le spese… ma non eri rimasta a prenderti cura di tuo padre proprio per evitare i costi di un'assistenza domiciliare?»

Annabelle fa segno di sì con la testa e lo sguardo di Declan si ottenebra.

«Continua» la invita a proseguire dolcemente.

«Io non sapevo dell'ipoteca, ma dopo il funerale di papà Drusilla mi ha spiegato che non potevamo riscattare la casa. Insomma, ecco… dovevo andarmene.»

Annabelle sente scottare le guance per l'imbarazzo. È così umiliante raccontare tutte quelle cose.

«La tua sorellastra ti ha buttato in mezzo alla strada?» domanda Declan dopo un momento di silenzio.

«No, questo no!» si affretta a chiarire, e neanche capisce da dove nasca il bisogno di difendere Drusilla. «Lei si è offerta di ospitarmi in casa con la sua famiglia, solo che io… ci sono delle cose che mi piacerebbe fare, lo sai» aggiunge con un filo di voce.

«Come andare all'università, per esempio?» mormora Declan, e Annabelle sa bene cosa ne pensa lui al riguardo. Improvvisamente comincia a chiedersi se non sia inutile. Che senso ha raccontargli tutto?

«Drusilla non ti avrebbe ospitato mentre tu cominciavi a frequentare i corsi?»

Alla domanda di lui, Annabelle ride sommessamente.

«No. Lei voleva andassi ad abitare con lei e suo marito per tenerle in ordine la casa e darle una mano con i figli. È mamma di due gemellini. Neanche a parlarne che andassi al college. Per lei io non… non ci sono portata, ecco.»

Che bel modo per dire che non mi ritiene abbastanza intelligente, riflette Annabelle tra sé, con un misto di mortificazione e rabbia. Poi guarda Declan. D'un tratto si chiede se anche lui, in fondo, non sia della stessa opinione. Quel dubbio silenzioso negli occhi di lei lo trapassa come una lama. Declan la fissa sbalordito.

«Annabelle, io...»

Prova ad abbracciarla, ma lei scuote il capo, fermandolo prima che prosegua. Si ritrae un poco, il lenzuolo sempre stretto intorno a sé. Una battaglia alla volta.

«Declan, non ha importanza adesso. Non è questo il punto. Per farla breve, io e Drusilla abbiamo litigato e me ne sono andata. Il maggiore MacTrevor mi aveva parlato di un lavoro in una biblioteca privata nel Vermont. O almeno lui mi aveva detto che stavi cercando un curatore, anche se a quanto pare non era proprio vero. Comunque mi sono messa in viaggio e sono arrivata qui. Non ho più sentito Drusilla finché miss Tower non mi ha dato le password per il Wi-Fi. A quel punto il mio telefono ha ripreso a essere connesso e lei mi ha rintracciata. Era molto preoccupata per me, ma le ho spiegato che stavo bene. Oggi, però, mi chiama e mi dice che lei e Mildred sono venute per vedermi.»

«Cosa vogliono?»

Annabelle si stringe nelle spalle.

«Dicono di volersi sincerare che io stia bene. Si sentono responsabili per me, ecco.»

Le labbra di Declan si piegano nel suo sorriso storto.

«Così potrai informarle che un mostro ti tiene sua prigioniera per sottoporti a perversi piaceri sessuali.»

Annabelle rabbrividisce, eccitata dal suo tono, ma anche arrabbiata che lui abbia voglia di scherzare.

«Tu non sei un mostro e quello che facciamo sono solo affari nostri» afferma con dignità.

Lui la guarda intensamente. «Cosa vuoi fare, Belle?»

Lei sospira. «Dovrò incontrarle per forza. Sono arrivate fin qui da Portland.»

«Sono al *Lion's Den*, hai detto? La strada è un disastro, ma manderò Ted a prenderle con un mezzo adeguato. Arriveranno per cena, va bene?»

«No!» esclama Annabelle con occhi sgranati e Declan batte le palpebre, disorientato dalla sua reazione.

«Non le voglio qui! Non voglio assolutamente che si avvicinino a te!»

Lui la scruta con espressione impenetrabile. «Ti vergogni di me?»

Annabelle lo fissa come se fosse pazzo davvero. «Declan, ma che dici? È di loro che non mi fido. Non voglio mai più che si avvicinino a qualcuno che amo, finché non sarò davvero sicura delle loro intenzioni. Io... ti prego, lasciami andare da loro. Fammele incontrare. Poi tornerò qui da te, te lo giuro.»

«Belle...»

Lei sospira angosciata. Le lacrime trattenute fino a quel momento cominciano a pungerle gli occhi. Se li asciuga con il dorso delle mani prima di mettersi a piangere.

«Declan, noi due abbiamo i nostri problemi da risolvere, ma io... io sono innamorata di te, e lo sai. E sono sicura che anche tu tieni a me, o non ti comporteresti così.»

«Come un irragionevole pazzo bastardo, intendi?»

Lei lo guarda pazientemente.

«Per favore, abbi fiducia in me. Lasciami fare questa cosa da sola. Tornerò da te, credimi.»

In silenzio Declan si alza dal letto. Annabelle lo guarda attraversare la stanza, magnifico e nudo. Prende qualcosa dalla cassettiera e poi torna da lei. Il cuore di Annabelle fa un balzo alla vista della scatolina di velluto nero che ha in mano. Quando la apre, rivela l'anello più splendido che lei abbia mai visto: un cerchio d'oro bianco dove un diamante perfetto è circondato da una corona di zaffiri. Lei non riesce neppure a fiatare.

«Lo hanno portato tutte le donne della mia famiglia. L'ultima è stata mia madre» Declan prende la mano sinistra di Annabelle nella sua, la pelle candida e morbida di lei posata sul mezzoguanto di cuoio, tra le dita segnate dalle ustioni. Fa scivolare il gioiello all'anulare sinistro, poi ne bacia le nocche. «Voglio che lo abbia tu, Belle. Non toglierlo mai, per tutto il tempo che sarai lontana da me.»

Capitolo 20

Sta calando il sole, quando Annabelle varca la soglia del *Lion's Den*. Si prende un momento per guardarsi intorno, mentre ricorda il giorno del suo arrivo. Al tempo stesso le sembrano trascorsi un'eternità e un solo battito di ciglia. Tutto è uguale nel pub, soprattutto la diffidenza con cui sono accolti i forestieri. Ma lei, adesso, è una di loro. Forse per via di Ted, che cammina al suo fianco come un cavaliere medievale. O forse è lei per prima a sentirsi diversa. Raggiunge il bancone e sorride al proprietario.

«Potrei avere una stanza, per favore?» domanda, pagando in anticipo.

«Naturalmente, signorina» acconsente lui con un cenno gentile del capo. Gli sguardi dei presenti la seguono. Annabelle immagina di essere un personaggio ricorrente nelle chiacchiere di paese. La bibliotecaria di Lions Manor. L'amante del capitano Lions. Tuttavia neanche uno sguardo la sfiora senza rispetto.

La moglie del locandiere le offre del succo di mela. Annabelle la ringrazia e ne beve un sorso. L'anello al suo dito riflette sfavillante la luce nel locale. La donna le strizza l'occhio e si allontana per servire gli altri avventori.

«Per favore, potete chiedere alle signore arrivate questa mattina di raggiungermi in camera?» domanda Annabelle all'oste, che inarca un sopracciglio poco d'accordo sull'uso della parola "signore".

«Come desidera, signorina.»

Annabelle sale al piano superiore, entra in camera e si prepara ad accogliere Mildred e Drusilla. Per distrarsi osserva la stanza. È rustica e graziosa, con un letto matrimoniale coperto da una trapunta patchwork, un paio di sedie di legno con allegri cuscini rossi e un tavolo abbellito da candele e agrifoglio.

Non manca molto a Natale, si rende conto Annabelle, quasi con sorpresa.

La voce lamentosa di Mildred echeggia fin dal corridoio, annunciando lei e la figlia.

«Lo so, mamma, hai ragione. È vergognoso, *vergognoso!*, che abbiamo dovuto aspettare in una stanzina a parte. Neanche fossimo delle lebbrose! Comunque ti dirò, mamma, è stato un bene non restare all'ingresso: si respira un'aria di tale negatività!» sta dicendo Drusilla, mentre apre la porta. Entrambe le donne si paralizzano alla vista di Annabelle.

«Ciao Mildred. Ciao Dru.»

Due paia di occhi gelidamente simili la squadrano dalla testa ai piedi. Osservano il suo maglioncino bianco di cashmere a collo alto, scendono lungo le gambe perfettamente vestite nei leggings scamosciati color caffè, fino alla punta degli stivali italiani al ginocchio.

«Annie, sei così chic!» esclama Drusilla, quasi stentando a riconoscerla.

Mildred entra in camera con un sospiro drammatico. Senza un bacio, né un abbraccio alla figliastra, va a sedersi accanto alla stufa, con un'occhiata sdegnata all'ambiente.

«Annie, tesoro, quando arriva la macchina? Il viaggio in aereo e poi il tragitto fino a questo posto mi hanno stravolta!»

«Macchina?» ripete lei asciutta.

Drusilla sorride, accostando la porta dietro di sé. Attraversa la stanza fino a raggiungere Annabelle. Poi, come al suo solito, l'abbraccia e bacia l'aria accanto alle sue guance. Questa volta, però, non si ferma qui. Le prende le mani tra le sue, sollevandole come un trofeo di caccia. I suoi occhi sembrano ingrandirsi due volte, fissi sull'anello al suo dito.

«Guarda un po' qui, mamma: sembra proprio che dobbiamo fare le congratulazioni alla nostra piccola Annie!»

Annabelle si irrigidisce al tono compiaciuto della sorellastra. Mildred squittisce, battendo le mani con entusiasmo.

«Oh se solo il mio povero Benjamin fosse qui per vederti! Sarebbe così orgoglioso della sua bambina! E la mia Drusilla aveva proprio ragione!»

«Ragione?» Una linea interrogativa increspa la fronte di Annabelle. La sorellastra le rivolge un sorriso saputo.

«Be', Annie, tu lo sai che io mi sono sempre sentita responsabile per te, proprio come una vera sorella maggiore. Ho fatto le mie ricerche quando mi hai detto che stavi lavorando dall'altra parte del continente alle dipendenze di un perfetto sconosciuto.»

«Non era uno sconosciuto. Aveva la fiducia del maggiore MacTrevor» obietta Annabelle, ma Drusilla la liquida con un cenno noncurante della mano.

«Non immagini la mia sorpresa quando ho scoperto che Declan Lions è un giovane eroe di guerra! E lo sai che la rivista *Forbes* lo ha classificato tra gli scapoli più ricchi d'America? Poi mi sono ricordata come lo avevi definito. Meraviglioso! Il signor Lions è meraviglioso, così hai detto. Testuali parole. Al liceo avevi la cotta più imbarazzante del mondo per quel giocatore di basket… come si chiamava? Andavate a scuola insieme… ah sì! Jake Russell. Per te anche Jake Russell era meraviglioso. Lo dicevi con le guance tutte rosse e gli occhi brillanti. Meraviglioso. Non uno schianto. Non un gran figo. Dio, Annie! Meraviglioso! Oh, se non lo avessi trovato così ridicolo, forse non ci avrei pensato» ridacchia Drusilla ed è un suono che ad Annabelle ricorda la carta vetrata. «Vorresti negarlo, Annie? Guardami negli occhi e dimmi che non sei innamorata persa di Declan Lions!»

«No, Drusilla, è vero. Io lo amo» ammette Annabelle senza problemi. Si sente incredibilmente calma. Le parole della sorellastra non la sfiorano, come se scivolassero al di là di un vetro, senza poterla raggiungere. C'è solo un sottile velo di amarezza in lei, la prova che aveva ragione a dubitare e diffidare, per proteggere chi ama. Ma è come polvere e basta un soffio per mandarla via.

«Perché siete qui? Che cosa pensate di ottenere?»

Mildred sussulta sdegnata, mentre Drusilla sgrana gli occhi con innocenza ferita.

«*Ottenere*? Sempre la solita ingrata, Annie! Io e la mamma siamo qui per aiutarti! *Aiutarti*! Sappiamo bene che sei un'ingenua romantica e non vogliamo che tu finisca stritolata in un mondo come quello dei Lions! Avrai bisogno di noi! Del nostro sostegno e della nostra guida. Del nostro affetto, Annie, perché siamo una famiglia. E di chi ti potresti mai fidare, se non della tua famiglia? Ora, per tornare alla domanda che ha fatto la mamma, vogliamo andare alla macchina?»

Annabelle prende un respiro profondo.

«Non c'è nessuna macchina.»

Per la prima volta Drusilla sembra senza parole, e Annabelle ne approfitta per proseguire.

«Non saliremo al castello, perché non c'è alcun motivo per voi di restare qui. Non ho interessi che dobbiate difendere.»

Drusilla emette una risatina nervosa. Sembra ricorrere fino all'ultima goccia di autocontrollo.

«Annie, hai voglia di scherzare con noi, sciocchina? Quello che hai al dito è un fantastico anello di fidanzamento! Lo sai cosa significa, in termini economici, sposare un uomo come Declan Lions?!»

«Sì, infatti ho firmato un accordo dove rinuncio a ogni eventuale pretesa, presente e futura, sul suo patrimonio» risponde asciutta, ed è singolare vedere Mildred e Drusilla trasalire agghiacciate alle sue parole. Che strano!, pensa tra sé. *Ho sempre detto loro la verità e non mi hanno mai creduta. Adesso che mento per la prima volta, non le sfiora il minimo dubbio.*

«Cosa?!» rantola Mildred con voce stridula. «Annie, tu cosa?!»

Annabelle scrolla leggermente le spalle.

«Mi conoscete, sono una romantica. E tutto ciò che voglio è lui. Il resto non mi interessa» dice convincente, perché è la verità.

Mildred sembra aver perso la capacità di proferire parola, mentre varie sfumature dal bianco gesso al rosso incandescente si alternano sul suo volto.

Chi invece ha ancora la voce è Drusilla. E quando parla, gronda veleno. La maschera della parente premurosa è definitivamente crollata. Sul viso ha un'espressione molto vicina all'odio puro.

«Tu, piccola, inutile, stupida! È che *lui* voglia *te* a sembrarmi impossibile. Una nullità come te? Al massimo speravo che per un po' potessi diventare la sua puttanella… Che cosa hai fatto per ottenere quell'anello al dito, eh? Cos'ha fatto il tesorino di papà, la principessina Annie, per ingraziarsi un uomo come Declan Lions? Gli hai succhiato l'uccello?»

Annabelle sussulta, impressionata da una tale vemenza.

«E fosse almeno servito a qualcosa! Ma no! Dovevi rovinare tutto come sempre! Come hai fatto fin dal primo giorno! Se solo non ci fossi mai stata, io e mamma saremmo potute essere perfettamente felici con Benjamin! Invece no! Dovevi sempre esserci tu al primo posto. Sempre!»

Drusilla alza il braccio per darle uno schiaffo, ma questa volta Annabelle la ferma prima che possa sfiorarla. Le afferra il polso e la allontana da sé con una spinta. L'altra indietreggia, sbalordita. Finalmente senza parole.

«Basta, Drusilla! Non sono più una bambina e se solo provi a farmi del male...»

La porta della stanza si spalanca con la violenza di un tuono. Ad Annabelle si ferma il respiro per la sorpresa di vedere Declan sulla soglia. Poi una vampata di gioia l'attraversa. Lui è lì. Lui, che ha giurato di non lasciare mai Lions Manor, adesso è lì davanti a lei. Il suo sguardo, pieno di una furia devastante, è posato su Mildred e Drusilla. Le due donne sono impietrite, del tutto incapaci di distogliere gli occhi da lui. Tra le informazioni che Drusilla si è premurata di raccogliere, evidentemente nessuna faceva riferimento alle ferite che il capitano Lions aveva riportato in Afghanistan.

«Se vi azzardate ad avvicinarvi di nuovo a lei, a cercarla ancora un'altra volta, giuro che vi farò rimpiangere di aver mai sentito il mio nome» promette loro con la sua voce vellutata. Nessuno dubiterebbe mai stia parlando sul serio, tanto meno le dirette interessate. «Sergente Styles, accompagni le signore fuori dalla mia proprietà. Sono certo che non torneranno.»

Ted si mostra molto sollecito nell'eseguire l'ordine, con un'espressione dura e feroce sul suo viso che Annabelle non ha mai visto prima. Il vero volto del soldato dentro di lui.

La porta si richiude, lasciandola sola con Declan. Lui scuote il capo.

«Che streghe! Come hai fatto a diventare un simile angelo, tormentata da quelle due?»

Annabelle gli sorride. «Avevo mio padre. Il ricordo di mia madre. La scuola. I miei libri. E un amico come il maggiore MacTrevor.»

«Mhm… e cosa c'è stato esattamente tra te e questo Jake Russell?»

Lei ride di cuore.

«Da quanto tempo ci stavi ascoltando?»

«Abbastanza per ammirarti mentre le mettevi all'angolo come una vera leonessa.»

Annabelle arrossisce, lusingata dal complimento.

«E sei qui.»

Declan le si avvicina. Le solleva il mento con due dita.

«Sì, sono qui. Non potevo lasciarti sola. Non nel dubbio che avessi bisogno di me.»

Annabelle gli passa le braccia intorno alla vita e posa la guancia contro il suo petto. Si acciglia, sentendo qualcosa di strano. «Cos'hai?» gli chiede, tastando la sua giacca di pelle, all'altezza del cuore. Lui abbassa la cerniera e dalla tasca interna tira fuori una busta.

«Aprila. È per te, Belle.»

Lei gli rivolge un'occhiata sospettosa, mentre rompe con attenzione il sottile involucro di carta. Le sue labbra si schiudono per la sorpresa nel ritrovarsi tra le mani vari dépliant della New York University.

«Li ho scaricati dalla cronologia del tuo computer, quello in biblioteca. Io… ti ho ascoltata questa mattina, mentre credevi di essere sola con Moonlight. Cazzo, il mio cane ha più sensibilità di me! Ci credo che preferisci confidarti con lui.»

«Oh Declan…»

Lui le posa un dito sulle labbra.

«Belle, non interrompermi, perché sai che scusarmi non è qualcosa che faccio spesso. Ma mi dispiace, amore mio. Mi dispiace per come ti ho fatto soffrire. Per come ti ho fatta sentire… Dio, Belle, tu sei così intelligente che puoi fare, puoi diventare, tutto quello che vuoi. E sei forte, stupenda, dolcissima… E io sono un contorto bastardo che vorrà sempre tenerti tutta per sé. Dovrai essere molto paziente con me. Ma voglio anche lasciarti fiorire e splendere, mia luce. Voglio darti quello che vuoi ed essere al tuo fianco, mentre realizzi i tuoi sogni. Insomma, sto cercando di dirti...»

Annabelle lo bacia. In punta di piedi, gli circonda il collo con le braccia, lo stringe forte e lo bacia. Lo bacia, mentre le lacrime le rigano le guance e lei si sente incredibilmente felice.

«Torniamo a Lions Manor?» gli chiede, sfregando il naso contro il suo.

«È un po' difficile: sta nevicando come Dio la manda! Dovremo passare la notte qui. Per fortuna, ho saputo che hai preso una stanza. Credo fosse l'ultima disponibile... accetti di dividerla con me, Belle?»

Lei sorride radiosa, con un bagliore eccitante nello sguardo che Declan non manca di notare.

«Vediamo se ho capito bene... allora questo è il mio castello, questa notte varranno le mie regole, e tu sei mio prigioniero!»

Le sfugge un gridolino quando lui la solleva tra le braccia per portarla verso il letto.

«Direi che è tutto giusto, mio angelo. E qual è il tuo primo ordine per questa povera bestia pazzamente innamorata di te?»

Annabelle gli prende il volto tra le mani.

«Tu non sei una bestia, Declan» sussurra teneramente.

«No? E cosa sono, mia bella?»

Gli sfiora le labbra con un bacio.

«Tu sei il mio principe.»

**

Lions Manor

Il naso schiacciato contro il vetro, Angélique osserva la neve scendere dal cielo.

Miss Tower va a sedersi vicino alla ragazzina.

«Non li rivedremo prima di domani mattina. È inutile restare ad aspettarli.»

Angélique si volta verso la governante. Agita in aria la sua bacchetta con la stella e i nastrini dorati.

«Ho fatto una magia per il signor Lions e la mia amica Annabelle, così saranno per sempre felici e contenti. Lo saranno, vero, zia?»

Elizabeth sorride, gli occhi illuminati da uno scintillio commosso.

«Ma certamente, Angélique. Per sempre.»

Epilogo

Nevica anche a New York, ma non è la neve soffice e ovattata del Vermont. Non ci sono montagne e foreste. Non c'è un castello circondato da alti cancelli di ferro come il cuore di colui che lì dimora. Che aspetta. E che a lei, Annabelle, manca terribilmente.

«Declan...»

Quel nome lascia le sue labbra come un sospiro, sciogliendosi nell'aria fredda della città.

Il ricordo di lui la scalda più del pesante abbigliamento indossato per affrontare l'inverno di New York. Guanti, sciarpa, berretto di lana. Le guance arrossate dall'aria gelida e i lunghi capelli castani sparsi sulle spalle, dentro il cappuccio del piumino bordato di pelliccia.

Ferma sui gradini della New York University, Annabelle Mayfair è una ragazza come tutte le altre, la borsa a tracolla sotto il braccio e gli scarponcini ai piedi. Un paio di jeans. Gli occhi pieni di emozione.

Con l'anno nuovo comincerà a frequentare le lezioni in quel bellissimo complesso in pietra bianca. A salutarla ogni giorno troverà la grande fontana zampillante, dove all'ingresso tanti giovani stanziano sugli scalini, zaino in spalla, cuffiette nelle orecchie e tra le mani un cappuccino di Starbuck's.

«Mayfair!»

A chiamarla è una voce squillante. Una ragazza dai corti capelli rosa sta uscendo dall'edificio. Annabelle la riconosce: è Daisy, studentessa e impiegata part-time della segreteria universitaria che l'ha aiutata con i moduli di iscrizione.

«Per fortuna sono riuscita a raggiungerti!» sospira trafelata con un sorriso bellissimo. «Controllando il tuo questionario, ho notato che non hai compilato la domanda sull'alloggio. E non hai lasciato neppure un indirizzo di domicilio! Poi mi sono ricordata che hai detto che i tuoi genitori non ci sono più, che hai sempre vissuto nell'ovest...»

Il discorso di Daisy è un fiume di parole, scintillante come il brillantino che porta alla narice e che accresce il suo look da fatina urban fantasy. «Così mi sono chiesta... tu ce l'hai un posto dove stare, vero?»

Annabelle batte le palpebre, sorpresa dall'interesse della ragazza.

«Sei gentile. Sì, io... mi sono già sistemata» annuisce, scegliendo con cura la risposta da offrirle. Come un fiore.

Daisy esala un sospirone di sollievo.

«Oh meno male! Comunque, se non sapevi dove andare, potevi stare da me, chiaro? Si capisce che non sei di qui. Non conosci ancora nessuno, vero?»

Annabelle arrossisce un poco e Daisy scoppia a ridere deliziata.

«Oh lo sapevo! È che tu hai un'aria così innocente e carina! New York può fare paura la prima volta. È facile rimanere disorientati e sentirsi soli: soprattutto a Natale. Insomma, hai presente *White Christmas*? Irving Berlin poteva comporla solo qui! Vuoi che ti metta in lista per un alloggio al campus? Con la fine del primo semestre si libera sempre qualche stanza...»

«Ti ringrazio, ma io... io non sono sola.»

Daisy spalanca gli occhi e il suo sguardo si spinge un po' oltre Annabelle. Un'espressione buffissima compare sul suo visetto da fatina. Si affretta ad annuire con entusiasmo.

«Chiaro! Sei qui con il tuo ragazzo!»

Annabelle si volta: Ted la sta aspettando seduto sul bordo della grande fontana. Solleva la mano in un cenno di saluto.

«Lui non è il mio ragazzo» spiega subito a Daisy. «È un amico.»

«D'accordo!» annuisce l'altra con una leggera scrollata di spalle. «Se questa sera tu e il tuo amico non sapete cosa fare, abbiamo organizzato una festa al Village.»

Prende dalla tasca il suo coloratissimo smartphone per digitare sullo schermo a una velocità impressionante. Quasi nello stesso istante, Annabelle sente il telefono vibrare nella borsa. «Ecco! Ti ho mandato l'indirizzo e il nome del locale!»

«Grazie!» sorride Annabelle, contagiata dalla spontaneità di Daisy di condividere generosamente il proprio mondo. «E buon Natale!»

Quel giorno è il 24 dicembre.

«Andiamo a casa?» le propone Ted.

Casa, riflette Annabelle. Solo Ted può definire in quel modo la suite del lussuoso hotel dove alloggiano da quando sono arrivati a New York. Il sergente Styles è a proprio agio tra montagne innevate come nei deserti rocciosi. Naturalmente anche lì a New York si muove con totale disinvoltura, tra auto che corrono su nastri di asfalto, palazzi di arenaria e cemento, torri di vetro e maxi-schermi pubblicitari.

Annabelle è affascinata da quell'atmosfera, dalle strade e gli edifici visti solo nei film. Ha ammirato la stupefacente bellezza della cattedrale di San Patrizio, le decorazioni a Central Park e l'albero di Natale al Rockfeller Center, i Santa Klaus fuori dai magazzini Macy's e i cantori di carole. Si è sentita libera e spensierata. Ma felice, davvero felice, mai.

E questo Declan lo sa. Annabelle gliel'ha detto.

"Non posso essere felice senza di te" gli ha sussurrato al telefono, mentre le luci di New York splendevano nella notte fuori dalla sua finestra. Sdraiata sul letto della sua bellissima camera, ascoltava ogni respiro e ogni parola di Declan Lions.

"Ma io sono sempre insieme a te, Belle."

Annabelle chiudeva gli occhi e lo immaginava con Moonlight accucciato fedelmente ai suoi piedi, nello studio inglese dove lui l'ha ricevuta la prima volta. Dove l'ha spaventata e respinta. Dove ha cominciato subito a farla innamorare.

"Porti ancora il mio anello, mia bellissima Belle?"

Allungando la mano, lei ha osservato il magnifico solitario scintillare al suo anulare sinistro.

"In ogni momento" gli ha risposto.

"Bene" ha approvato lui, la sua voce roca e sensuale come una carezza di velluto sulla pelle di Annabelle. "Perché sai come ti immagino adesso? Nuda, con solo quello addosso. E sai cosa vorrei farti?"

Con il respiro sempre più affannato, lei ha chiuso gli occhi. Ha scoperto che Declan può fare l'amore con lei anche con le parole.

«Come ti è sembrata l'università?» le domanda Ted mentre cammina al suo fianco come un vero cavaliere.

«Un sogno!» gli risponde con un ampio sorriso. «Devo studiare l'orario delle lezioni e procurarmi i libri di testo. Sono così indietro rispetto agli altri studenti! Tu pensi che riuscirò a mettermi in pari?»

«Lady Mayfair, tu puoi riuscire in tutto quello che vuoi! L'ho capito dal primo momento che ti ho vista sulla soglia di Lions Manor.»

Annabelle lo prende affettuosamente sottobraccio, posando la testa sulla sua spalla.

«Grazie Ted! E grazie anche per essere qui!»

«Mi piace New York! Adoravo venirci in licenza. Noi due lo sappiamo bene che tu sai cavartela alla grande, ma amare significa anche permettere a qualcuno di prendersi cura di te.»

Il cuore di Annabelle ha un sussulto nel ricordare le parole di Declan.

"Mi permetterai di prendermi cura di te e di renderti felice?"

Tra le sue braccia, Annabelle aveva posato un bacio sul suo collo. Sulle sue labbra. Il fuoco nel caminetto acceso non era rovente quanto il loro letto, dopo che avevano fatto l'amore e stavano nudi e abbracciati. Pelle contro pelle. Cuore contro cuore.

"Credi davvero che potrei mai essere felice, lontana da te?"

"Credo che potrai essere libera di fare tutto ciò che ti senti, Belle. E ricorda: non sarò mai lontano da te."

L'hotel dove Declan ha voluto alloggiassero è un magnifico palazzo del Novecento, con lampadari a goccia, personale in livrea e tappeti dai caldi disegni orientali. La fervida fantasia di Annabelle evoca balli d'ambasciata e passioni travolgenti tra quei saloni ampi e lucidi.

Il concierge li accoglie con l'abituale, rispettosa discrezione. Nell'elegante hall un enorme albero di Natale è decorato con luci e cristalli.

«Buona serata» la saluta Ted di fronte agli ascensori. Annabelle lo guarda stupefatta.

«Ma... non ceniamo insieme come le altre sere?» gli domanda confusa.

«Questa non è una sera come le altre: è la Vigilia, principessa. Io andrò in giro aspettando la visita dei tre fantasmi del Natale.»

«E io?»

Il sorriso di Ted diventa così sorprendentemente malizioso da farla arrossire.

«Credo che anche tu riceverai la visita di un fantasma. Ma sarà più in stile Gaston Leroux che Charles Dickens.»

Le sfiora la guancia con un bacio, e Annabelle lo guarda attraversare l'atrio con il suo passo sicuro e rilassato, verso l'uscita dove già la sera ha oscurato il cielo, disegnando ombre tra gli scintillii artificiali delle festose decorazioni della metropoli.

Prova un affetto profondo per lui: quell'amore di bambina disperatamente desiderosa di una famiglia, che Mildred e Drusilla hanno svilito e rifiutato, lei lo nutre tutto per Ted. Come un fratello, al di là del sangue. E non c'è solo Ted, ma anche la signora Tower, la piccola Angélique e sua madre. Annabelle sa di aver trovato una famiglia.

L'ascensorista le regala un sorriso, accompagnandola all'attico. Un altro dettaglio squisitamente retrò di quel luogo meraviglioso, fuori dal tempo proprio come un castello tra le montagne del Vermont.

Lei entra nella suite accostando la porta dietro di sé. Dalla grande vetrata la sera della Vigilia si mostra in tutta la sua sfavillante bellezza.

Annabelle sta intonando tra sé una canzone natalizia, quando il suo telefono vibra. Declan.

«Parlo con una studentessa della New York University?» le domanda lui scherzosamente, la voce calda e avvolgente.

Annabelle ride felice.

«Ho sbrigato tutte le pratiche! Mi ha aiutata una ragazza gentilissima.»

«Bene» mormora lui, e lei può sentirlo il suo sorriso. Così particolare, così sensuale nel modo che incurva solo un angolo della sua bocca. «Sono felice che incontri persone che ti piacciono.»

«Sì» annuisce lei. «Ma tu mi manchi.»

«Lo so, Belle. Conosco il tuo cuore e so che è tanto più buono e luminoso del mio.»

Lei scuote piano la testa.

«Non dire così.»

«No? Ma è la verità, mia bellissima Belle. Lo sai che sono egoista e possessivo.»

«Mi stai lasciando realizzare i miei sogni, Declan. Mi stai aiutando a farli avverare. Questo non è egoismo, è amore.»

«Sono una bestia che non ti merita, mia bella.»

«Sei il mio principe, Declan Lions. E meriti tutto quello che io desidero darti.»

«Dio, Belle. Cinque giorni. Solo cinque giorni senza di te e mi sento morire. A non respirarti, stringerti, baciarti...»

Il cuore di Annabelle fa una capriola.

«Declan...»

«Ti manco come tu manchi a me, Belle. Tu sei venuta da me, al mio castello. Non c'è luogo al mondo che possa tenermi lontano da te.»

Lei trattiene il fiato.

«Cosa intendi?» gli domanda, il cuore che le batte forte.

La risata di Declan è come una musica bassa e sensuale.

«Lo scoprirai presto, mia luce.»

La comunicazione si interrompe. Annabelle mette via il telefono, pervasa da una sensazione di eccitante aspettativa.

Oltrepassa il salottino della suite per raggiungere la camera da letto. Le sfugge un'esclamazione di meraviglia alla vista del vestito da sera drappeggiato sul copriletto. Una scatola lo accompagna. Lei scioglie il nastro di seta e solleva il coperchio. Una dozzina di rose rosse la inebria con il loro profumo.

«Oh Declan!» sussurra commossa, portandosi i fiori al viso.

Poi si spoglia in fretta per indossare il vestito. La seta fluente color mezzanotte abbraccia ogni curva del suo corpo, dalla schiena nuda fino a sfiorare il suolo. Ha raccolto i capelli e i suoi unici gioielli sono la catenina con la rosa d'oro di sua madre e l'anello che Declan le ha messo al dito. Si è appena posata la stola di pelliccia intorno alle spalle, che squilla il telefono della suite. Dalla hall il concierge la avverte di essere attesa.

C'è un'automobile ad aspettarla all'ingresso. Annabelle ci sale con il cuore in gola. Batte le palpebre disorientata appena si accorge di essere sola. Prendendo posto sui morbidi sedili, si lascia condurre attraverso Manhattan, godendosi ogni momento come una favola. La sua e di Declan perché, proprio come nelle favole, dopo le avversità, le lacrime e la disperazione, dopo aver dato prova di quanto profondo è l'amore che li unisce, possono godersi il loro lieto fine. Impegnandosi insieme perché prosegua e resti vivo ogni giorno.

La macchina si ferma a Broadway, di fronte a un teatro. In cartellone c'è *Il Fantasma dell'Opera*. Annabelle si porta le mani al viso, emozionata. Una maschera la conduce a un piccolo palco riservato, dove si gode la vista migliore sulla scena, discretamente al riparo dagli sguardi curiosi del proscenio.

«Grazie» sussurra Annabelle, sedendosi sulla poltroncina di velluto. Giù in platea gli spettatori prendono posto, mentre dagli altri palchi privati la raggiungono occhiate curiose, di dame e gentiluomini intenti a domandarsi chi lei sia... tutta sola...

Annabelle è grata all'abbassarsi delle luci. I riflettori sono puntati sul palcoscenico e la musica si libera potente e bellissima. Gli orchestrali compiono la loro magia e lei si abbandona alla storia travolgente, sensuale e disperata di Erik il Fantasma.

Le tremano le labbra e una lacrima le riga il viso. Un bacio si posa sulla sua guancia, raccogliendo quella lacrima. Un braccio si stringe intorno alla vita di Annabelle. La calda vicinanza di un corpo che le è mancato come se fosse una parte di sé. Declan.

Si volta verso di lui, incontrando i suoi occhi azzurri tra le ombre che gli nascondono il viso. Ma lei non ha bisogno di vederlo per ricordare ogni dettaglio di lui, la sua bellezza celestiale e le ferite che l'hanno devastata. Ama tutto di lui.

«Come sapevi che adoro questa storia?» gli chiede.

«Ho ancora i miei segreti, Belle. E tu mi conosci: sono un bastardo e seguo solo le mie regole. Ti guardavo dormire, innocente e intoccabile, sotto il mio tetto.»

Lei ha un brivido quando le sue labbra le sfiorano il collo, ogni parola un sussurro caldo solo per loro.

«Ti addormentavi ascoltando questa musica» prosegue Declan. «Sognavi Erik?»

Annabelle gli accarezza con dolcezza i capelli.

«Sognavo te. Anche allora. Mi sembra di averti sognato da sempre. E tu adesso sei qui con me. È il regalo più bello!»

Lui le sfiora le labbra con lei proprie e Annabelle si abbandona al suo bacio. Poi sussulta, come se un'emozione le avesse colmato il cuore. Come se si fosse ricordata improvvisamente di qualcosa di molto importante.

«Non ti ho fatto nessun regalo!» esclama preoccupata, sul viso un'espressione di profondo rammarico.

Declan la stringe a sé, e Annabelle si lascia inebriare dal suo profumo di ginepro nero. Sotto le mani la stoffa pregiata del completo sartoriale che lui indossa. Misterioso e affascinante come un demone che nella notte più magica ha deciso di camminare in mezzo agli uomini. E ritrovare la propria anima.

«Mi hai donato la luce, la speranza, la felicità. Prima di te, senza di te, io non avevo niente, Annabelle. Non ero niente. Buon Natale, amore mio.»

«Buon Natale, mio principe.»

Capitolo extra

Solo Dickens scriverebbe un altro capolavoro su una notte come questa, pensa il sergente Theodore Styles. Perché nessuno più del vecchio Charlie sapeva guardare nel cuore degli ultimi.

Ed è lì tra gli ultimi che Ted si trova: seduto su una panchina di Central Park con la neve che fiocca e la temperatura sempre più bassa. Ma per qualcuno cresciuto in Alaska, il freddo vero è un'altra cosa. Il freddo vero è come la morte che senti dentro, quando il tuo cuore si spezza e la vita non ha più significato. Il freddo vero è la solitudine che ti accompagna ogni istante, perché pensi a un amore spezzato, e lui nel tuo cuore continua a vivere come un angelo.

«Buon Natale, Scott» sussurra al cielo.

Intorno a Ted, ci sono altre anime solitarie, fragili e abbandonate in quella notte magica che più di tutte le altre fa sentire la disperazione. Sono i senzatetto di New York.

Poi, all'improvviso, arriva qualcun altro: un ragazzo così bello da sembrare davvero un angelo, se solo gli angeli scendessero dai taxi.

Non è un ragazzo, si corregge Ted guardandolo meglio quando gli passa accanto. *È un uomo. Giovane, ma un uomo.*

E se è un angelo, allora le ombre nei suoi occhi grigi fanno di lui un angelo caduto.

Ha un violino con sé, e una ragazza vestita di un cappotto bianco lo tiene per mano come una fata buona. Lei si accorge di Ted e gli regala un sorriso, così generoso e bello che lui non si stupisce sia stata capace di incantare un angelo.

Intanto il violinista si sistema lo strumento sulla spalla. Quando chiude gli occhi, Ted si domanda cosa stia vedendo: se le note sul pentagramma oppure il viso della sua ragazza.

Non ha importanza, si dice. *È chiaro che per lui, lei è come la musica.*

Comincia a suonare, e quell'angolo dimenticato dal mondo, pieno di gente dimenticata dagli altri, si trasforma in un Paradiso.

Gli angeli hanno la voce di quel violino e lui... Dio! Sta creando qualcosa di meraviglioso.

I senzatetto si voltano verso il musicista, ascoltando un concerto degno del Met, ma quella notte dedicato soltanto a loro, sotto il cielo e la neve, tra il fruscio degli alberi e i barbigli dei falò accesi nei bidoni per scaldarsi.

Lui suona e Ted sente qualcosa allentarsi in fondo al suo cuore: un freddo nodo di dolore che neppure sapeva di portarsi dentro. Quel ghiaccio si scioglie nelle lacrime che in silenzio gli rigano il viso.

Un fottuto miracolo di Natale, ride piano quando l'ultima nota si sfuma nell'aria.

L'angelo della musica ha terminato il suo concerto, e tutti loro, che lo hanno ascoltato, provano un'emozione a lungo dimenticata: sentirsi degni. Meritevoli di qualcosa di bello.

Si sente così anche Ted, e gli sembra incredibile.

Altri angeli arrivano nella notte: sono i volontari con un pasto caldo e delle coperte per i senzatetto.

Fondazione Payne, legge Ted distrattamente sulla fiancata di un furgoncino, prima di alzarsi e andarsene. Si incammina per le strade di Manhattan. Forse chissà... anche lui può incontrare qualcuno, anche solo per quella notte.

Raggiunto il Village, scopre di non aver perso l'istinto di riconoscere un locale tranquillo, riservato ai gay. Appena varcato l'ingresso, gli sguardi che gli sono rivolti gli strappano un sorriso. Ne è lusingato, ed è una sensazione che quasi non ricordava più. Tuttavia, mentre si siede a un tavolo, in disparte, ammette con se stesso che non è in cerca di un'avventura.

Non vuole sesso occasionale con qualcuno di cui nemmeno gli importa il nome. Ordina una birra e pensa a ciò che vorrebbe: una bevuta insieme. Due chiacchiere con la sincerità che si riesce ad avere solo tra sconosciuti. A mezzanotte scontrare i boccali e augurarsi buon Natale.

Ted è il primo a sollevare la testa, quando i due giovani uomini entrano nel locale. Uno è bello da mozzare il fiato, l'altro ha l'aria preoccupata di chi si aspetta da un momento all'altro una catastrofe: così agitato e sulle spine che Ted prova un impeto di tenerezza. Un senso di protezione.

E non riesce a togliergli gli occhi di dosso.

***

«Signore, è una pessima idea! Davvero una pessima idea!» geme Bart, una mano sulla fronte, angosciato come davanti a una scissione nucleare.

Almeno gli atomi obbediscono alle leggi della fisica, a differenza del suo capo, Jackson King: presidente fresco di nomina di una delle più potenti compagnie high-tech a livello mondiale, capace di seguire solo le proprie regole e il cui vocabolario ignora totalmente parole come "moderazione" e "sconfitta".

Bart sospira, consapevole che tutti gli uomini nel locale stanno praticamente mangiandosi con gli occhi il suo datore di lavoro: affascinante, sexy, ma anche rigorosamente etero. Bart lo sa bene, perché tra i suoi compiti come assistente personale rientra l'acquisto di costosi e scintillanti regali alle infinite conquiste femminili di Jackson King.

«Signore, lei ha altri impegni questa sera. La sua famiglia la sta aspettando. Sua sorella ha telefonato per ricordarle il cenone all'*Eclipse Farm*...»

«Certo, era proprio lì che dovevo andare, prima di vederti con quell'aria da cane bastonato.»

Quella, in effetti, è stata una vera sorpresa: l'improvvisa attenzione del suo capo al suo depresso stato d'animo, era l'ultima cosa che Bart si sarebbe mai aspettato. Ha passato gli ultimi mesi a fargli da schiavo assoluto, e non ha il minimo dubbio che Jackson King sia uno squalo incapace di concepire altro a parte il successo e la prosperità della sua compagnia. Tuttavia...

"Tu hai fatto un ottimo lavoro per me, Bart! Io lo apprezzo e ti stimo. Cazzo, credevo che la gratifica extra nelle buste paga di questo mese fosse un segno abbastanza tangibile!"

Inaspettato e generoso, poteva confermare Bart.

"Invece hai un problema e non ti sei sentito abbastanza importante da venire da me" aveva constatato Jackson King, e a Bart era sembrato quasi ferito di questo. "Se tu hai un problema, io voglio aiutarti. Sai perché? Perché facciamo parte della stessa squadra."

"Ma, signore, io..."

"Ti ascolto. Non vado da nessuna parte finché non abbiamo risolto la questione."

Bart aveva sospirato: dissuadere Jackson King quando si prefiggeva un obiettivo, era come provare a modificare l'orbita di un pianeta. Aveva bofonchiato qualcosa e poi si era deciso a svuotare il sacco: un patetico e imbarazzante sacco fatto di solitudine. Tornare a casa e trovarla vuota. Nessuno con cui fare colazione, organizzare il weekend, decidere cosa guardare alla TV... Non che ne avesse avuto molto, di tempo libero, dato che praticamente ormai *viveva* alla *King Inc*. E questo aveva completamente asfaltato la sua già inesistente vita sentimentale.

Jackson l'aveva fissato incredulo.

"Tutto qui? Ti senti semplicemente solo? Ma stai scherzando? Un bel ragazzo come te? Cosa ci vuole a trovarti una ragazza?"

Bart aveva sospirato abbattuto.

"Ragazzo" lo ha corretto. "Signor King, io sono gay."

"Oh! E allora? Non è anche più facile?" aveva aggiunto senza fare una piega e con clamoroso senso pratico.

Bart aveva scosso la testa, cercando di mettere un punto a quella mortificante conversazione. Ma il suo formidabile capo non aveva voluto sentire ragioni.

"Ascoltami bene! Tu sei un vincente! Un pezzo da novanta e vali fottutamente più di quanto sei convinto in questo transitorio momento di depressione natalizia. Quindi noi due adesso usciamo e ti troviamo compagnia!"

Così eccoli lì in un bar gay del Village, con Bart che già paventava terrificanti articoli sui giornali di gossip. E l'ultima cosa di cui Jackson King aveva bisogno era un altro scandalo!

«Signore, la prego, andiamo via. Non può funzionare così!»

Lui si volta a fissarlo con i suoi magnifici occhi verdi. I primi tempi, Bart non lo nasconde, gli procuravano un po' di turbamento. Ormai si considera vaccinato.

«Perché?»

«Perché, signore, a vederci insieme tutti ci prenderanno per una coppia» prova a spiegargli con tatto e pazienza.

Il suo formidabile capo si limita a scrollare le spalle.

«Diciamo chiaro e tondo che siamo solo amici. E già che ci siamo: vuoi piantarla di chiamarmi "signore"?»

«Se diciamo che siamo amici, allora sarà anche peggio» prosegue Bart tetro. «Perché tutti vorranno provarci con lei... con *te*!» si corregge, stressato.

Jackson King inarca le sopracciglia. Sembra sorpreso dall'idea. Lusingato.

«È il più bel complimento che mi abbiano mai rivolto!» afferma con un sorriso smagliante. Bart ammicca, assalito dalla tremenda consapevolezza di non aver capito niente del suo capo, l'uomo con cui ha praticamente trascorso ventiquattr'ore su ventiquattro, sette giorni su sette, degli ultimi mesi. Scuote la testa, sconfortato.

«Sì, ecco... per favore. Sono sempre il tuo assistente personale, ed è mio dovere non farti mancare ai tuoi appuntamenti. Hai una cena, Jackson. *Una cena di famiglia!*»

Bart comincia seriamente a sospettare che il suo capo preferirebbe mille volte accompagnarlo in guerra, all'inferno, o in tutti i locali gay dell'East Coast, piuttosto che adempiere a quell'inderogabile impegno familiare.

«Tu, invece, hai qualcuno che non ti toglie gli occhi di dosso!» gli rivela l'altro serafico, facendolo sobbalzare. Bart si volta: in un tavolo d'angolo, intento a sorseggiare un boccale di birra, c'è un giovane uomo dall'aria riservata. Bello. Un po' malinconico. E solo. Quando i loro sguardi si incrociano Bart sente il cuore accelerare. Deglutisce a fatica il nodo che gli si è formato improvvisamente in gola.

Il suo capo gli molla un'energica pacca sulla schiena.

«Non hai più bisogno di me, quindi io me ne vado. Consideriati in ferie fino al 2 Gennaio. Poi, mi spiace, ma mi sei necessario alla *King Inc*. Buon Natale, Bart. Il primo giro, lo offro io.»

«Buon Natale» risponde con voce un po' soffocata. «E grazie!»

Poi, raccolto il coraggio, raggiunge lo sconosciuto al suo tavolo. Quest'ultimo lo osserva, mentre lui se ne sta lì in piedi, senza sapere se sedersi o meno.

«Posso?» domanda infine, sentendosi goffo da morire.

L'altro gli scosta la sedia.

«Bart» si presenta. Solo Bart, perché detesta il suo nome completo. *Bartholomew*. Assurdamente pomposo.

«Theodore» risponde l'altro. «Ma chiamami Ted. Sei solo?»

Bart annuisce.

«La mia famiglia vive nel Kansas. E non mi sono potuto assentare dal lavoro.»

«Io sono dell'Alaska. So cosa significa non avere nessuno in una notte come questa.»

Bart prende un respiro profondo.

«Ma non dobbiamo essere per forza soli. Possiamo... parlare.»

Ted sorride. Ed è un sorriso davvero bellissimo.

«Parlare mi sembra una fantastica idea.»

Si avvicina il cameriere. Mister Jackson King ha promesso di offrire il primo giro e lo ha fatto ovviamente nel suo stile: nel cestello del ghiaccio c'è lo champagne più pregiato di tutto il locale.

Ted inarca un sopracciglio e Bart ridacchia incredulo.

«Ho appena scoperto che il mio capo tiene a me più di quando immaginassi!»

Ted prende uno dei due calici.

«Conosco la sensazione. È davvero bella!»

«Anche questa serata mi sembra bella» aggiunge Bart dopo un momento di esitazione.

Ted lo guarda negli occhi. Lo champagne è nei loro bicchieri. Si incontrano con un melodioso tintinnio.

«Sembra anche a me. Buon Natale, Bart.»

«Buon Natale.»

Consigli di lettura

La storia dell'angelo violinista e la sua fata buona vi aspetta!

BUONANOTTE A CHI NON C'È
A volte devi solo ascoltare il cuore

Disponibile su Amazon: http://bit.ly/buonanotteachi

Nicholas Payne è uno dei più grandi violinisti di sempre quando, all'apice del successo, qualcosa nella sua vita va storto. Le sue grandi ali d'angelo, tatuate sulla schiena, sembrano non riuscire a sostenerlo nel suo volo. A ventisei anni, Nicholas decide quindi di cambiare vita, suonando Rumpelstiltskin, il suo Stradivari, per le strade di Londra.

Ed è nella capitale inglese che Alice lo ritrova, attratta da un'incantevole melodia alla fermata della metro. È proprio lui: il ragazzo che anni prima aveva conosciuto a New York, in occasione delle seconde nozze dei rispettivi genitori e del quale si era innamorata in maniera tanto maldestra quanto indimenticabile.

Alice, che ora è diventata una *chineur*, un'esperta collezionista di oggetti di valore, sa riconoscere le virtù nascoste nelle persone, soprattutto in quel giovane bellissimo e dannato per il quale il suo cuore batte ancora.

Chissà se la sua tenacia basterà a risollevare l'angelo caduto, affinché torni a volare in alto sulle note del suo *Rumpelstiltskin*...

Dal 10 Marzo disponibile il romanzo di Jackson King!

IL PRINCIPE DEL VENTO
Tra odio e amore c'è una linea sottile.
Ancora più sottile è quella tra odio e desiderio.

Disponibile su Amazon: http://bit.ly/principedelvento

Jackson King è come il vento: può essere dolce brezza o feroce tempesta. Esmeralda Wax è vivace, anticonformista, fedele a se stessa e alle sue convinzioni.

Jackson ed Esme si detestano e si attraggono sin dai tempi del liceo, quando lui era il Re della scuola, bellissimo, ricco e ammirato, e lei la ragazza strana, emarginata e irrisa.

Anni dopo, Esme è diventata un'assistente universitaria e Jackson il presidente della multinazionale high-tech di famiglia. In comune hanno solo il grande affetto per la sorella di Jackson, Crystal. Finché una folle notte a Las Vegas sconvolge il corso del destino, costringendo entrambi a un accordo dalle conseguenze sensuali e imprevedibili. E sarà impossibile tenere al sicuro il cuore…

Ringraziamenti

L'amicizia tra donne è rara, ma quando c'è fa paura anche al diavolo.

Un grazie di cuore alle mie splendide amiche Linda Kent ed Eleonora Morrea: siete state indispensabili per la realizzazione di questo romanzo.

L'Autrice

Angela White è nata e vive in una città che si affaccia sul mare.

Ama il sole, la luna, la pioggia, i profumi, gli scogli, la sabbia, le luci di Natale, i cristalli, i fiori e il teatro. Vive di numeri e scrive di emozioni. Per lei iniziare un nuovo romanzo è come innamorarsi.

Ha pubblicato con Mondadori, Rizzoli e Amazon Publishing.

Sulla sua pagina Facebook è possibile trovare tutte le notizie dei suoi nuovi romanzi.
https://www.facebook.com/AngelaWhiteAutrice

Sito Web: http://angelawhite.altervista.org

Pagina Amazon http://bit.ly/angelawhiteauthor

Di Angela White sono disponibili:

GLI ANGELI CADUTI
Romanzi contemporanei autoconclusivi

BUONANOTTE A CHI NON C'È
A volte devi solo ascoltare il cuore

È SUBITO L'ALBA
L'amore può tutto, anche vincere il dolore.

COME IL SOLE E LA LUNA
Lei è candida e solitaria come la luna.
Lui è bruciante e inarrivabile come il sole.

IL PRINCIPE DEL VENTO
Tra odio e amore c'è una linea sottile.
Ancora più sottile è quella tra odio e desiderio.
(dal 10 marzo 2020)

LE PROFEZIE DELLA STREGA SCALZA
Ogni sua predizione è la promessa di un amore

Romanzi storici autoconclusivi

IL CASTELLO DEI SOGNI
DI GHIACCIO E D'ORO
LA ROSA DEL DRAGO
LA LUNA DEI DESIDERI
CUORE DI GHIACCIO
NEL CASTELLO DEL LUPO
LA SPADA E IL FIORE

© 2020 Rielaborazione grafica di Cora Graphics
© Immagine: Loverna Journey

Printed in Great Britain
by Amazon